非對稱

愚蠢或瘋狂，哪一個描述了你的世界？

Lisa Halliday
麗莎・哈利迪——著
呂玉嬋——譯

Asymmetry

各界好評

「令人驚豔……樂趣之一在於它遵循了經典小說的傳統，即述說一個不停往前展開的故事（在這裡是兩個故事）……哈利迪用妙筆描述了衝突如何轉化為大量的時間浪費，從驅車在沙漠迂迴繞行以閃避遊蕩的綁匪，到在無窗房間待上數個小時，牆上還貼著寫有『禁止睡在地上』的標語……戰爭揭發了自由意志是特權階層的幻想，否定了結構，因此開始創造屬於她自己的結構。」

——**《紐約書評》（*The New York Review of Books*）**

「《非對稱》堪稱佳作……哈利迪文風奇特，又妙語驚人，光是落筆成章，宛如一則對於小說現狀的評述。讀完第一遍或第二遍（或者如我這名讀者，第三遍）《非對稱》後，你會好奇其他作家何以沒有善加利用他們的自由……一本出道之作，讀來卻像出自一名多年來出版了數部作品的作者之手……真實呈現了對於將閱讀視為情感上有益、理智上合理之生活體驗者的意義……哈利迪竟然能夠同時寫出一部越界的影射小說、思想小說和涉及政治的後設小說。」

「巧思橫溢……對我們來說，這段旅程就是任由自己掉入兔子洞，前往未知的地方。在《非對稱》發展到完美結局的那一刻，讀者能做的就是懷著敬畏的心回到開頭，查明哈利迪是如何一次又一次顛覆這個故事。」

——**《紐約時報書評》**（***The New York Times Book Review***）

「這是一本出奇聰穎的出道之作……是一部以曼哈頓為背景的巧妙風俗喜劇，也是一個伊拉克裔美國家庭緩緩展開的悲劇，提出了許多深刻的問題：自由意志、命運和自由、出生當下的萬能機遇、生活如何提煉成小說……你在每一頁都會質問每一個細節：『你在這裡做什麼？』『你為什麼重要？』《非對稱》並不複雜，但不能懷著自滿的心來閱讀。無論你喜歡與否，它都將使你成為一個更好的讀者、一個更積極的觀察者，磨礪你的感官。在末了，一名電臺主持人訪問以斯拉，問他變老是什麼感覺？他回答道：『簡單的答案是，你做事時提醒自己，把每一樣東西當作是最後一次看。很可能這真的就是最後一次。』何必拖延？哈利迪在挑戰我們，現在就翻開書吧！」

——**《華盛頓郵報》**（***The Washington Post***）

「檢視愛情與戰爭中的權力關係，既精彩又複雜。」

——《**紐約時報**》（***The New York Times***）

「讀到小說最後，你會難以否認愛麗絲或哈利迪順利完成了一項高超的特技。如同見到體操運動員做出一個十全十美的動作後，你衝動地想立刻問她：『接下來是什麼呢？』」

——《**華爾街日報**》（***The Wall Street Journal***）

「一則關於文學野心的寓言，手法微妙又複雜，並且採用了一個年輕女性作家能夠採取的文學形式來表現。從這樣的觀點而論，《非對稱》已經是一部『出師之作』——亦即學徒為了展現她已掌握之技法而完成的作品……我們幾乎很少從這個年輕女子的角度聽到這個故事。《非對稱》之所以勁勢強大、這般有趣，就在於哈利迪並未完全消除那種沉默，反而將之表現出來，然後引爆。」

——《**紐約雜誌**》（***New York***）

——《**大西洋雜誌**》（***The Atlantic***）

「麗莎．哈利迪的處女作《非對稱》從一場失衡的戀曲開始，對一則講述不諳世故和優勢的故事來說，這是理想的橋段……愛麗絲和阿馬爾或許天真，但哈利迪明白身為人的孤獨、憾恨和痛苦。」

——**《時代雜誌》**（***Time***）

「《非對稱》是一部技法高超、文彩照人的處女作。提拱讀者的不只是一個巧妙的結構，而是一個熟悉的世界變成了熟悉但瘋狂的世界。」

——**《新共和》**（***The New Republic***）

「正如書名所暗示，麗莎．哈利迪引人注目的處女作無疑尖銳檢視了男與女、生疏與老練、名望與抱負之間不平等的權力關係……提出多到令人眼花的問題，許多達到了扣人心弦的效果。讓讀者心生疑惑，正是此書的成功標誌。」

——**《衛報》**（***The Guardian***）

「《非對稱》用一種看似複雜的手法觸及性別和仇外等敏感話題，從我們以為是老掉牙的故事開始，帶我們踏上一段需要投入更深、觀察更細的旅程——去思考那些熟悉印象背後的源由和動機。在這個發掘的過程中，有一些相當令人耳目一新——甚至叫人震驚的東西。審視新小說的版圖，你立刻會發現轉彎抹角的高檔驚悚小說無所不在，明確表達當前形勢的毒牙派反烏托邦小說也處處可見。這些書之中有若干較為出色，但無論如何，《非對稱》創造了它自己的類別。」

——**《娛樂週刊》**（***Entertainment Weekly***）

「別出機杼的精彩處女作，一幅看似不協調的拼圖，終究完美地拼在一起……在這部小說中，形式、氛圍和論點存在著奇特的牴觸，頻頻為讀者帶來愉悅，卻從不解釋太多。重視創新小說的讀者都應該珍惜這本書。」

——**《出版人週刊》**（***Publishers Weekly***）**一週選書**

「一部漂亮的小說處女作……哈利迪匠心獨具，將兩個截然不同的故事交織在一起，對藝術與生和死的關係進行了深刻的反思。」

——**《書單雜誌》**（***Booklist***）**「星」級推薦**

「兩篇看似毫不相干的中篇小說，在這部觀察敏銳的處女作中巧妙地結合成一個完整的故事……把一則故事巧妙嫁接到另一則上；這些連綴交織的故事優雅地反映出生活和藝術。」

——《科克斯書評》（*Kirkus Reviews*）「星」級推薦

「麗莎．哈利迪的處女作一開始像是一則你聽過的故事，最後卻變成了一本你從未讀過的書。第一個謎是各個部份如何組合在一起，最後一個謎是她如何成功地完成這本書。靈巧有趣、有人情味，《非對稱》描述了藝術在不公正世界中的地位，是一部非常必要的政治小說。」

——查德．哈巴赫（Chad Harbach），《防守的藝術》（*The Art Of Fielding*）作者

「哇！從某種意義上說，《非對稱》是一本罕見的書，讀到精雕細琢、結構完整的作品總會令人震驚，因為幾乎沒有小說能夠具備這一切條件：越界、深入又全面；像是從今日報紙撕下的頭條，又像是我們今日所處奇異時刻的符徵。從某個角度來說，這本書、這部作品簡直是以成熟之姿乍然問世。麗莎．哈利迪是一位不簡單的作家，快翻開從頭開始讀吧！」

——查爾斯．博克（Charles Bock），《美麗的孩子》（*Beautiful Children*）與《愛麗絲與奧利佛》（*Alice & Oliver*）作者

「了不起，哈利迪女士獨樹一格，能把熟悉的變成陌生的，把陌生的變成熟悉的。我絞盡了腦汁，怎麼也想不起另一本對我產生類似影響的小說。《非對稱》有趣又悲傷，刻劃了人性，毫無疑問是一部大膽又充滿智慧的作品。」

——凱文．鮑爾斯（Kevin Powers），《黃鳥》（*The Yellow Birds*）作者

「在《非對稱》這部小說中，輕鬆是騙人的，歡樂帶了點愁思。麗莎．哈利迪的筆下帶著讓人大笑的溫柔智慧，但在她那令人敬畏的批判目光下出現的世界，則是充滿強烈喚起讀者注意的人物。她帶著新秀小說家的活力和成熟作家的自信登上文學舞臺。」

——路易絲．厄德里奇（Louise Erdrich），《拉若斯》（*LaRose*）與《現世上帝的未來之家》（*Future Home of the Living God*）作者

「麗莎．哈利迪這部優雅而奇特的小說，讓人難以釋卷，也難以定義。它將我們的視線從一個在文學世界發生的忘年戀曲，轉移到一位伊拉克裔美國經濟學家，被扣留在希思羅機場的第一人稱敘述。她正直並尊重地對待這些角色，角色似乎有了肉體。我們發現，一切都非如表面所見，不管是去發掘哈利迪的故事如何發展，或者找出它們之間的關聯，都會讓人深深感動。她以優雅文字大膽檢視愛、權力、野心的交互關係，也探究我們——無論是二十五歲還是七十五歲——試圖在世界找到一席之地的方式。她簡潔洗練的句子散發出一位自信藝術家迷人的嫻靜氣質——同時提出關於小說本身本質的有趣問題。」

——懷丁作家獎基金會（*The Whiting Foundation*）

*這是一部小說，其中所引用的歷史事件、真實人物或真實地點皆用於虛構的內容上，其他名字、人物、地點和事件全為作者想像的產物，任何與真實事件、地點或無論生死之人物的相似之處，全為巧合。

CONTENTS

導讀

與他者相遇

國立臺灣師範大學英語系教授／**黃涵榆**

《非對稱》作者麗莎·哈利迪一九七七年生於美國麻薩諸塞州梅德菲爾德（Medfield, Massachusetts），現居義大利米蘭。作品最早見於《巴黎評論》（*The Paris review*），曾獲得二〇一七年度的懷丁獎（Whiting Award）。《非對稱》是她第一本小說，二〇一八年二月出版後立即引起廣大迴響，為她贏得該年《紐約時報》（*The New York Times*）年度十大好書的殊榮。

《非對稱》分為三部份，看似各自獨立，其中的連貫與呼應值得仔細摸索。第一部「愚蠢」的情節發展環繞在正值雙十年華的出版社編輯愛麗絲，和大她四十多歲的作家以斯拉·布雷澤的戀人關係。故事敘述呈現紐約曼哈頓區的日常生活場景，包括洋基和紅襪的對決、餐館、公寓、雜貨店、性愛、閱讀、音樂、電影等。以斯拉給予愛麗絲「無微不至」的照料（當然，這些照料的另一面也許是控制欲），同時也將她帶進文學創作的夢想，他對愛麗絲而言是一個心靈活躍但肉體衰老的不對稱的存在。在小說敘述的安排下，愛麗絲似乎沒有太多自我表白或內心戲的場景，但是在某些偶然的片刻之中，讀者還是能看到愛麗絲細膩觀察和感受她所處的世界，「渴望去做，去發明，去創造——把全部精力投入到做出一些她自己獨有的美麗事物上」。有一次愛麗絲離開法庭，她出現在報導巴格達爆炸的新聞標題、地鐵站蜂擁的人潮、玻璃鋼鐵構成的森林、嘆息呻吟的公車、巴赫的音樂、比利喬的歌曲等各種影像、聲響與律動糾集成的近似魔幻寫實的場景中。

小說第二部轉換到和第一部截然不同的故事背景和敘述方式。敘述者阿馬爾・賈法里（一位伊拉克裔美籍經濟學者）透過第一人稱的觀點，描述他在二〇〇八年計畫從英國出發到伊拉克境內的庫德族區尋找蒸發多年的哥哥薩米，卻在希斯羅機場因為反恐措施被拘留，落入無止境的荒謬審訊。小說敘述持續游移在審訊和阿馬爾在布魯克林灣脊區的童年、長春藤的求學過程、逝去的戀情、為了探親回到伊拉克短暫停留。相較於愛麗絲低調內斂的感受，阿馬爾的敘述不斷探問現實處境，包括伊拉克的動盪與破敗、西方與中東的衝突，不斷追問記得和不記得什麼。

表面上（僅止於表面上），小說從「愚蠢」到「瘋狂」顯示一種非對稱的敘事結構，愛麗絲和阿馬爾的生命世界似乎是兩條各自獨立的軸線。然而，在這樣非對稱、沒有交集的表象下，有著作者精心的布局或者所藏的彩蛋。兩個故事的時空背景都在美國總統布希任內，以各自的方式再現美國入侵伊拉克和伊拉克社會的動盪，相關的新聞報導和畫面也不時出現在字裡行間。兩個故事中都有墮胎的橋段，兩位女性角色愛麗絲和瑪蒂都與年齡與她們不對稱的老人發展出戀情；細心的讀者應該還可以繼續發掘兩個故事之間更多的連結。

那麼，作者藏的彩蛋在哪裡呢？愛麗絲在她隱晦的寫作之路叩問著，「一位基督教白人女孩如何可能進入一個穆斯林男人的意識之中」。作者哈利迪並沒有提供任何明確的線索，讓讀者掌握這樣的寫作意識發展的路徑。一直到小說第三部「以斯拉．布雷澤的荒島唱片」，以斯拉在BBC廣播採訪中談到美國向世界輸出戰爭，而美國人卻又普遍活在自己的世界的時候，提到他的一位年輕女性朋友以疏離的方式寫了一篇短篇小說，反思自身的意識盲點，卻又欲言又止不說她的名字。到這裡，讀者似乎才比較能夠「合理懷疑」阿馬爾的故事是出自愛麗絲之手。當然，小說第三部的作用並不僅止於此。讀者不妨把它看成是以「荒島唱片」——也就是想像自己如果要一個人在荒島生活要帶哪幾張唱片——為敘述框架或策略，隨著（想像的）電台音樂聲娓娓道來關於愛情、戰爭、回憶、分離等等的生命故事，讓以斯拉．布雷澤的作者的個別身份甚至整部《非對稱》融入多重語彙、敘述和聲響的連結與迴響之中。這樣的布局頗有喬伊斯（James Joyce）的風采，把作家的個別性融入於作品之中視為最高的藝術表現形式。

除了情節發展和敘述結構之外，小說裡還埋著更多「非對稱」的彩蛋等著讀者挖掘。愛麗絲不僅經歷和以斯拉年齡與權力非對稱的戀情，我們甚至可以認為，愛麗絲在小說中的生命歷程穿越以以斯拉做為情人——作家——（象徵性的）父親三位一體的「影響焦慮」。小說也不斷探問記憶與現實、歷史與理解和創造力。上面提到的愛麗絲的問題，以及阿馬爾對於伊拉克的陌生感，不也顯示西方與「他者」之間的不對稱？這樣的不對稱同時存在於個別生命與不同的社會與歷史之間，是小說內建的「與他者相遇」（或「遭遇他者」）的倫理和藝術創造的問題。這樣的問題逼使我們去想像一種能夠跳脫性別、宗教、族群、國籍、權力等各種不對稱的身份標記的相互理解，這也許是作者為讀者埋在最深層的一顆思考、感受與想像的彩蛋吧！

第一部

愚蠢

我們都過著鬧劇般的生活，
莫名其妙被判了死刑……

——美國作家馬丁・加德納（Martin Gardner）
《評註本愛麗絲》（*The Annotated Alice*）

愛麗絲對於就這麼無所事事地一個人坐著開始覺得厭倦；她不時想再讀一讀腿上的那本書，但裡面幾乎都是長段的文字，完全沒有引號。愛麗絲心想，「沒引號的書有什麼重點呢？」

她正在認真考慮（有點傻，因為她不太擅長把事情做完）自己是否有天也能寫一本書時，一個男人在她旁邊坐下，他有一頭錫灰色的捲髮，手上還拿著從街角的富豪雪糕（Mister Softee）車買來的冰淇淋甜筒。

「妳在讀什麼？」

愛麗絲拿給他看。

「有西瓜的那本？」

愛麗絲沒讀到什麼有關西瓜的內容，不過還是點了點頭。

「妳還讀些什麼？」

「唔，大都是過時的東西。」

他們坐著，半晌沒說話。男人吃著他的冰淇淋，愛麗絲假裝讀著她的書。有兩個人一前一後地在慢跑，經過時多瞧了他們一眼。在那男人坐下來的同時，愛麗絲就已經知道他是誰，臉頰也變得和西瓜一樣紅。但是在驚愕之餘，她只是凝視著腿上原本就翻開的書，就如同勤勞不倦的花園小矮人，繼續死盯著那似乎是用水泥做成、翻也翻不動的幾頁。

「那妳叫什麼名字？」說著，男人站了起來。

「愛麗絲。」

「喜歡老東西的愛麗絲，有機會再見。」

下一個星期日，愛麗絲坐在老地方想讀另一本書，這本書是在描述一座憤怒的火山，以及一個自負的國王。

「妳。」他說。

「愛麗絲。」

「愛麗絲？妳讀那做什麼用？我還以為妳想當作家。」

「誰說的？」

「不是妳嗎？」他掰下一塊巧克力遞給她，手微微發顫。

「謝謝。」愛麗絲說。

「不客『趣』。」他回答。愛麗絲咬了一口巧克力，疑惑地看了他一眼。

「妳不知道那個笑話？有一個飛往檀香山的男人對鄰座說：『不好意思，這個字怎麼讀？夏威夷還是夏威魚？』另一個人說：『夏威魚。』男人說：『謝謝。』另一個人說：『不客趣。』」

愛麗絲邊咀嚼邊笑了：「是猶太人的笑話嗎？」

作家翹起腿，雙手交握放在膝蓋上。「妳覺得呢？」

第三個星期日，他買了兩支富豪雪糕甜筒，一支請她。如同收下巧克力一樣，愛麗絲收下了了甜筒，因為它開始融化了。況且，多次拿下普立茲獎（Pulitzer Prize）的人，總不會到處毒害人吧？

他們吃著冰淇淋，看著一對鴿子啄食稻草。愛麗絲在陽光下漫不經心地扳曲著一隻腳，她的藍色涼鞋和洋裝上的「之」字形圖案非常相配。。

「那麼，愛麗絲小姐，妳有興趣試一試嗎？」

她看著他。

他看著她。

愛麗絲笑了。

「妳有興趣試一試嗎？」他又問了一次。

她又吃起甜筒：「嗯，我想，沒有理由拒絕。」

作家起身走去丟餐巾後回到她的身邊。「有很多拒絕的理由。」

愛麗絲瞇起眼，微笑看著他。

「妳多大了？」

「二十五。」

「男朋友？」

她搖搖頭。

「工作？」

「我是編輯助理，在獅鷲出版社。」

他雙手插在口袋，微微揚起下巴，似乎斷定這很合理。

「好吧，下個星期六一塊散步好嗎？」

愛麗絲點點頭。

「四點在這裡？」

她又點點頭。

「我應該記一下妳的號碼，以免臨時有事。」

又一個慢跑的人放慢腳步看他時，愛麗絲把號碼寫在隨書附贈的書籤上。

「妳這樣就不知道讀到哪了。」作家說。

「沒關係。」愛麗絲說。

星期六，下雨了。愛麗絲坐在浴室的格子地板上，想要用奶油刀把壞了的馬桶座圈擰緊，這時她的手機響了：**未顯示號碼**。

「喂，愛麗絲？我是富豪雪糕，妳在哪？」

「在家。」

「妳家在哪？」

「八十五街和百老匯大道交叉口。」

「噢，附近而已，我們可以用罐頭傳聲筒。」愛麗絲想像有一條繩子，像一條巨大的跳繩，彎垂在阿姆斯特丹大道的上空。他們一說話，繩子就在他們之間顫動。

「那麼，愛麗絲小姐，現在要怎麼樣比較好呢？妳願意過來聊聊嗎？還是改天一起散步？」

「我過去。」

「妳過來，很好，四點半？」

愛麗絲把地址抄在一封垃圾郵件上，然後用手捂住嘴，等著。

「還是五點好了，五點這裡見？」

雨水淹沒了斑馬線，浸濕了她的雙腳。阿姆斯特丹大道上的計程車似乎比沒下雨的日子行駛得更急速，快速轉動的車輪造成水花四濺。他的門房把自己擠進一個十字形的空間中，以便讓路給愛麗絲通過，愛麗絲堅定地走進去；邁開大步伐，鼓起雙頰，甩了甩雨傘。電梯從上到下都鍍著讓事物看起來變形的黃銅。不是電梯爬到很高的樓層，就是電梯移動得很慢，因為時間充分到她可以蹙眉，看著無數個自己的哈哈鏡倒影，憂慮接下來會發生的事。

電梯門打開，出現一道還有六扇灰門的走廊。她正要敲走到的第一扇門時，電梯另一側的另一扇門打開一道縫，一隻拿著玻璃杯的手伸出來。

愛麗絲接過裝滿水的杯子。門關上。愛麗絲喝了一小口。

門再次打開時，似乎是自動開啟。愛麗絲遲疑了一下，拿著水穿過一截短廊。走廊盡頭是一間敞亮的白色房間，此外還有一張繪圖桌和一張異常寬大的床。

「讓我看看妳的皮包。」他從她的身後說。

她讓他看了。

「基於安全考量，請把它打開。」

愛麗絲把皮包放在他們中間的小玻璃桌上，扭開鎖扣。她拿出皮夾，一個棕色皮革男用皮夾，破舊不堪。一張刮刮樂，一美元買的，刮中了一美元。一條潤唇膏、一把梳子、一個鑰匙圈、一根髮夾、一枝自動筆、幾枚銅板。最後，三根衛生棉條，她像子彈一樣攥在手裡。毛毛的，沙沙的。

「沒有電話？」

「我留在家。」

他拿起皮夾，摸了摸一小截鬆脫的縫線。「這太不像話了，愛麗絲。」

「我知道。」

他打開皮夾，抽出她的簽帳金融卡、信用卡、過期的唐恩都樂甜甜圈（Dunkin' Donuts）商品卡、駕照、學生證和二十三美元鈔票。他舉起其中一張卡：「瑪莉－愛麗絲。」愛麗絲鼻子一皺。

「妳不喜歡瑪莉這個名字。」

「你喜歡嗎？」

有那麼一會兒，他一下看著她，一下看著那張卡，似乎試著決定他更喜歡哪一個她。然後他點點頭，把卡片豎起敲了幾下對齊，又從書桌拿來橡皮筋把卡片和鈔票捆在一起，再將那疊東西放回她的皮包。他把皮夾扔進一個鐵絲網廢紙簍，簍裡已經丟滿了白色廢棄打字稿，那畫面似乎讓他感到短暫的煩躁。

「那麼，瑪莉－愛麗絲……」他坐下來，示意她也坐下。他閱讀時坐在一張黑色皮面的椅子，位置像保時捷跑車一般非常貼地。「我還能為妳做些什麼？」

愛麗絲環顧四周。繪圖桌有一份新的手稿正在等待他的關注，桌子後方的兩面玻璃拉門通向一座小陽臺，樓上的陽臺為它擋去了雨。在她的身後，那張大床收拾得整整齊齊，顯得很冷清。

「妳想去外面嗎？」

「好。」

「不能甩掉對方，說定了？」愛麗絲笑了，伸出一隻手，仍然坐在離他五英呎遠的地方。作家垂下目光，懷疑地盯著好一會兒，似乎她的手掌上紀錄了些什麼。

「我想想，妳過來。」他說。

他的皮膚有皺紋，很涼。

他的嘴唇柔軟——不過後面有牙齒。

在她的辦公室，大廳牆上掛著至少三張有他的名字的國家圖書獎獎狀。

當她第二次敲門時，幾秒鐘過去了，還是無人應門。

「是我。」愛麗絲對著門說。門開了一道縫，一隻手伸出來，拿著一個盒子。

愛麗絲接過盒子。門關上。

「林肯文具店」，盒上寫著這幾個字。金色包裝精美，盒內有一張白薄紙，底下是一個有零錢袋的紫紅色扣式皮夾。

「哦，我的天哪！好漂亮，謝謝你。」愛麗絲說。

「不客『趣』。」他回答。

再一次，她拿到一杯水。

再一次，他們做他們做過的事，沒有動到床舖。

隔著她的毛衣，他在每個乳房上各放了一隻手，好像要她安靜下來。

「這個比較大。」

「哦。」愛麗絲說，不悅地低下頭。

「不不，不是瑕疵，不可能有兩個東西是一模一樣的。」

「就像雪花？」愛麗絲說。

「就像雪花。」他表示同意。

從他的胃一直往上到胸骨，有一條像拉鍊的粉紅色傷疤。另一道傷疤把他的大腿從鼠蹊處到腳踝分為兩部份。還有兩條在臀部上方構成一個模糊的揚抑符號。這只是前面的部份。

「誰對你做了這種事？」

「諾曼・梅勒（Norman Mailer）。」

她拉上褲襪時，他站了起來，轉開洋基隊的比賽。「哦，我愛棒球。」愛麗絲說。

「真的？哪一隊？」

「紅襪隊。小時候，我奶奶每年都會帶我去芬威球場。」

「還在世嗎，妳奶奶？」

「在，想要她的電話嗎？你們年齡相當。」

「瑪莉－愛麗絲，妳諷刺我啊？以我們的關係來說，現在有點太早。」

「我知道，對不起。」愛麗絲笑著說。

他們看著傑森・吉昂比（Jason Giambi）往左外野方向擊出一球，球數來到兩好三壞。「啊！」作家站了起來說著。「險些忘了，我買了塊餅乾給妳。」

當他們隔著小玻璃餐桌，或她坐在床上、他坐在椅子上彼此對視時，她留意到他的頭會微微向一側跳動，好像跟著心臟的節奏。他的脊椎動過三次手術，因此有些事他們可以做，有些事不可以做，不該做。

「我不想讓你受傷。」愛麗絲蹙著眉說。

「現在說這有點晚了。」

他們現在用到床了。他的床墊用一種特殊的骨科材料製作，她覺得躺在上面好像緩緩沉入一大塊軟糖裡面。她把頭轉向一側，隔著他透過挑高的窗戶，可以看到曼哈頓中城的天際線。高樓就像在雨中互依相偎，顯得很莊嚴。

「哦、天啊，哦、老天，哦、老天爺，妳在做什麼？妳知不知道……什麼……妳在做什麼？」

之後，在她吃另一塊餅乾時：「誰教妳那個，瑪莉－愛麗絲？妳和誰交往過？」

「沒人。」她一面說，一面從膝蓋撿起餅乾屑吃掉。「我只是想像什麼會感覺很好，然後就做。」

「嗯，妳很有想像力。」

他叫她美人魚，但她不知道為什麼。

他的鍵盤旁邊有一張便條紙，他在上面用打字機打著：

持續很長一段時間，你是一個空的容器，有些東西發芽生長，你不樂見，有些東西悄然進駐，你愛莫能助。機會之神在我們裡面創造……探索藝術需要諸多耐心。

下面寫著：

我認為，藝術家不過是一條強大的記憶體，可以在特定的經驗中任意穿梭……

當她打開冰箱時，他那個從白宮獲得、繫在冰箱把手上的金牌，響亮地撞上門。愛麗絲回到床上。

「好。」

「親愛的，我沒辦法戴保險套，沒有人有辦法。」他說。

「那麼，我們該怎麼預防疾病？」

「唔，我相信你，如果你——」

「妳不應該相信任何人，要是妳懷孕了怎麼辦？」

「哦，不用擔心那個，我會拿掉。」

後來，她去浴室洗一洗，他遞了一杯白葡萄酒到裡面給她。

這叫「停電餅乾」，從哥倫布烘焙坊買來的，他每天散步都會經過那裡。他自己盡量不吃，他也不喝酒，他正在吃的藥都不能混到酒精。但他給愛麗絲買了幾瓶桑塞爾或普依富塞產區的酒，替她倒了她想喝的量，把軟木塞塞回瓶口，再將瓶子放在門邊的地板上，讓她帶回家。

有一天晚上，愛麗絲吃了幾口餅乾，抿了一小口，然後做出一個非常厭惡的表情。

「怎麼了？」

「對不起。」她說：「我不想表現得好像沒良心。只是，你知道的，它們實在很不搭。」

他想了一想，起身走進廚房，拿出一個大玻璃杯，還有一瓶留名溪波本威士忌（Knob Creek）。「喝喝看這個。」

他貪婪地看著她先咬一口，然後再喝一口。威士忌像火焰一樣下了肚。

愛麗絲咳嗽。「天堂的滋味。」她說。

其他的禮物：

一個非常實用的指針式防水手錶。

香奈兒「誘惑」香水。

一套《美國傳奇音樂》系列的三十二分郵票，紀念哈洛・亞倫（Harold Arlen）、強尼・莫瑟（Johnny Mercer）、桃樂西・菲爾茲（Dorothy Fields）和赫奇・卡爾邁基（Hoagy Carmichael）。

一九九二年某個三月天的《紐約郵報》（*New York Post*）頭版，標題是「牛棚裡的怪異性行為（最近的市總決賽）」。

第八次，當他們正在做一件他不該做的事時，他說：「我愛妳，我因為這個愛妳。」之後，當她坐在桌旁吃餅乾時，他靜靜看著她。

第二天上午：**未顯示號碼**。

「我只是想說，聽我這麼說一定很奇怪；妳一定覺得震驚——震驚是R-E-E-L-I-N-G，不是R-E-A-L-I-N-G，不過這個詞也不壞。我想說的是，當下是認真的，但並不表示我們之間有任何改變。我不想要任何改變，妳做妳想做的，我做我想做的。」

「當然。」

「好女孩。」

掛上電話時，愛麗絲在微笑。然後，她又想了一會兒，眉頭皺了起來。

她在閱讀手錶說明書時，她的父親打電話跟她說——這是那星期第二次了——「高塔倒塌那天，沒有一個猶太人去上班。」不過，作家很多天都沒有再打電話給她。睡覺時，愛麗絲把手機放在枕頭旁，當她不在床上時，就隨身帶著——當她去廚房喝水時，帶著手機；當她去廁所時，帶著手機。要把她逼瘋的還有馬桶座圈，每次坐上去，它就滑到一旁。

她想再去他們的公園長椅，不過最後決定去散散步。那天是陣亡將士紀念日的週末連假，百老匯大道封街舉辦街頭集市。十一點鐘，附近已經煙霧彌漫，空氣中充斥著各種氣味；油炸鷹嘴豆餅、墨西哥鐵板烤肉捲、炸薯條、肉醬三明治、玉米棒、茴香香腸、漏斗蛋糕，還有像飛盤那麼大的油炸麵糰、冰涼的檸檬汁、免費脊椎健康檢查。「我們人民」社團的法律服務宣傳看板上寫著：「離婚三百九十九美元，破產一百九十九美元」。

在一個兜售無品牌波西米亞風時裝的貨攤上，一件漂亮的罌粟色無袖連身裙懶洋洋地隨著微風飄動，只要十美元。印度裔攤販把它拿下來，愛麗絲在他的小貨車後面試穿。車上一隻眼睛水汪汪的德國牧羊犬把下巴擱在爪子上注視著她。

那天晚上，她已經穿上睡衣時：**未顯示號碼**。

「喂？」

「喂，瑪莉－愛麗絲，妳看了比賽嗎？」

「什麼比賽？」

「紅襪對洋基的比賽，洋基隊十四比五，贏了。」

「我沒有電視，誰投球？」

「誰投球，每個人都投，妳奶奶投了幾局，妳在幹什麼？」

「沒什麼。」

「妳想過來嗎？」

愛麗絲脫下睡衣，穿上新裙子，已經有一根脫線需要咬掉。當她到他的公寓時，只有床頭櫃上的燈還亮著，他靠坐在床上，帶著一本書和一杯巧克力豆奶。

「春天到了！」愛麗絲喊著，把裙子從頭頂脫下。

「春天到了。」他一面說，一面疲憊地歎息。愛麗絲像山貓一樣，朝著他爬過雪白的羽絨被。「瑪莉–愛麗絲，有時候妳真像十六歲。」

「老牛吃嫩草。」

「嫩草愛老牛，當心我的背。」

有時，感覺好像在玩「外科手術」的桌遊——如果她不能俐落地夾出他的可笑骨頭，他的鼻子就會亮燈，電路就會吱吱作響。

「哦，瑪莉–愛麗絲，妳瘋了，妳知道嗎？妳瘋了，妳懂的，所以我愛妳。」愛麗絲笑了。

她到家時，離他打來電話只過了一小時四十分鐘，一切都和她離開時一模一樣。但她的臥室看起來太亮了，有點陌生，好像現在屬於別人。

未顯示號碼。

未顯示號碼。

未顯示號碼。

他留了言。「誰最喜歡把對方引入歧途？」另一則留言：「有人在這裡嗅出美人魚嗎？」

未顯示號碼。

「瑪莉－愛麗絲？」「嗯？」

「是妳嗎？」「是我。」

「妳好嗎？」「很好。」

「妳在幹什麼？」「看書。」

「看什麼？」「哦，沒什麼有趣的。」

「妳有冷氣嗎？」「沒有。」

「妳一定很熱。」「對。」

「週末還會更熱。」「我知道。」

「妳怎麼辦？」「不知道，融化吧。」

「我星期六會回城裡去，到時妳想見面嗎？」「想。」

「六點？」「好。」

「不好意思，六點三十？」「好。」

「我說不定可以替妳準備晚餐。」「那太好了。」

他忘了晚餐，或者是決定不準備了。當她到的時候，他讓她坐在床邊，給了她兩個巴諾書店（Barnes & Noble）的大袋子，裡頭裝滿了書。《頑童歷險記》（*Huckleberry Finn*）、《夜未央》（*Tender Is the Night*）、《暗夜旅程》（*Journey to the End of the Night*）、《竊賊日記》（*The Thief's Journal*）、《朱利的族人》（*July's People*）、《北回歸線》（*Tropic of Cancer*）、《阿克瑟爾的城堡》（*Axel's Castle*）、《伊甸園》（*The Garden of Eden*）、《玩笑》（*The Joke*）、《情人》（*The Lover*）、《魂斷威尼斯及其他故事》（*Death in Venice and Other Stories*）、《初戀及其他故事》（*First Love and Other Stories*）、《敵人，一個愛的故事》（*Enemies, A Love Story*）等。

愛麗絲拿起一本書，她見過這位作家的名字，但從未聽人說過。「哦，卡默斯！」她以為與「謝默斯」同韻。作家很長一段時間什麼也沒說，愛麗絲讀了讀《第一人》（*The First Man*）書末的版權頁。當她抬起頭時，他仍然帶著一種微微錯愕的表情。

「是卡ｌ繆，親愛的，他是法國人，卡ｌ繆。」

她的公寓位在一幢連棟老宅的頂層，太陽很曬，熱氣散不掉。她那一層樓裡唯一的另一個房客，是一個名叫安娜的老太太。對安娜來說，爬上四層陡峭的樓梯是一場二十分鐘的折磨。走一步，休息。走一步，休息。有一次愛麗絲要去H&H貝果店時從她身邊經過，等愛麗絲回來時，可憐的老太太還在那裡。從安娜提的購物袋形狀來看，你會以為她早餐吃的是保齡球。

「安娜，我能幫忙嗎？」

「噢，不用了，親愛的，我已經這樣生活了五十年。」安娜又走了一步，然後休息。

「妳確定嗎？」

「噢，當然。妳真漂亮！告訴我。妳有男朋友嗎？」

「現在沒有。」

「嗯，別拖太久，親愛的。」

「不會的。」愛麗絲笑著跑上樓。

「隊長！」現在他的門房會友好地向她打招呼。當他們要出門散步時，他會請作家下來，並向他們敬禮。作家邊晃著一袋從津氏雜貨店買來的李子，邊問愛麗絲有沒有聽說，市府計畫以大聯盟棒球運動員的名字替一些豪華住宅命名，像是波沙達大樓、李維拉大樓、索利安諾大樓。「賈西亞帕拉大樓。」愛麗絲說。「不行，不行。」他嚴肅地打斷她。「只有洋基隊的。」他們走進自然歷史博物館後方的小公園，愛麗絲啃著李子，佯裝要將他的名字刻在美國諾貝爾獎得主紀念碑上、約瑟夫・史迪格里茲（Joseph Stiglitz）的名字下方。然而，大多數時候，他們待在家裡。他把自己寫的東西朗讀給她聽，她對「keister」的拼法提出疑問。他們看了棒球，並在週末下午收聽了喬納森・施瓦茨（Jonathan Schwartz）被提兒妮・莎頓（Tierney Sutton）和南茜・蕾蒙（Nancy LaMott）迷得神魂顛倒的歌曲。《不論下雨或晴天》（*Come Rain or Come Shine*），《只有你，只有我》（*Just You, Just Me*）。桃樂絲・黛（Doris Day）感傷地唱著《聚會終了》（*The Party's Over*）。一個午後，愛麗絲突然大笑起來，說：「這傢伙真是個老土包。」

「『老土包』。」作家一面吃著油桃，一面重複她的話。「這是一個很好的老派用語。」

「我猜你可能會說……」愛麗絲一面說，一面在地板找她的內褲。「我是一個很好的老派女孩。」

「聚會終了……」只要希望她回家，他就會唱著：「今天到─此─為─止……」接著，他興高采烈地在屋子裡走來走去，關掉電話、關掉傳真、關掉電燈、替自己倒一杯巧克力豆奶，然後數出一小堆的藥。他解釋：「年紀越大，上床睡覺以前要做的事情就越多，我有一百件事要做。」

聚會終了，空調終了。愛麗絲頂著高溫走路回家，腳步有點踉蹌，肚子裝滿波旁威士忌和巧克力，口袋裡塞著內衣。她走上一層比一層悶熱的樓梯，回到公寓後只做一件事，那就是把枕頭沿著走廊搬到前廳；至少在防火梯旁邊的地板上，可能會有一絲風吹過。

「聽我說，親愛的，我要離開一段時間。」愛麗絲放下餅乾，擦了擦嘴。

「我要回鄉下住一陣子，我必須完成這個稿子。」

「好。」

「但這不表示我們不能說話，我們可以經常講電話，如果妳想的話，等我寫完後再見面，好嗎？」

愛麗絲點點頭。「好。」

「另外……」他將一個信封推過桌子。「這是給妳的。」

愛麗絲拿起來——信封正面印著布里奇漢普頓聯邦特許銀行，旁邊有一個帆船大賽的標誌——抽出六張百元美鈔。

「拿去買冷氣。」

愛麗絲搖搖頭。「我不可以——」

「妳可以，這會讓我開心。」

她動身回家時，外頭還很亮，天空有一種停滯不前的感覺——好像一場暴風雨即將到來卻迷失了方向。年輕人在人行道上喝酒，他們的夜才剛剛展開。愛麗絲慢慢地、不情不願地走向門階。一隻手擱在皮包裡的信封上，心想著該怎麼辦。她的胃讓她感覺自己好像還在他家的電梯中，而且有人切斷了懸吊裝置。

她往北走過一個路口有間館子，裡面有一張木頭長吧檯，大部份顧客看上去彬彬有禮。愛麗絲在靠裡面、餐巾紙盒旁，找了張凳子，表現出一副主要是為了看電視而來的樣子。在第三局末，紐約領先坎薩斯城四分。

「加油，皇家隊。」她心想。

酒保在她面前放了一張餐巾，問她想喝什麼。愛麗絲考慮著牆上列出的特選葡萄酒。

「我要一杯……」

「牛奶嗎？」

「事實上呢，你有留名溪嗎？」

帳單共計二十四美元，她先放下信用卡，又拿起來，抽出作家那幾百元中的一張。酒保找了三張二十元、一張十元以及六張一元。

「給你的。」說著，愛麗絲把一元鈔票向他推去。

洋基隊贏了。

在二手的富及第冷氣（Frigidaire）勉強運轉並帶有黴味的氣流中：

……我不相信我們能夠一舉擊敗這麼多的西班牙人和阿拉伯人，但我想看看駱駝和大象。所以，第二天，也就是星期六，我加入了突擊隊。收到消息後，我們衝出樹林，奔下山坡，但那裡沒有西班牙人和阿拉伯人，沒有駱駝、也沒有大象，只有主日學校的野餐活動兼祈禱書認讀課。我們破壞了野餐，把孩子追得往山谷裡跑。不過，除了一些甜甜圈和果醬，我們什麼也沒拿到。只有本·羅傑斯（Ben Rogers）拿到了一個布娃娃，喬·哈帕（Jo Harper）拿了一本讚美詩和宣教小冊子。然後，老師衝過來，要我們放下所有的東西並切……

夜裡，雨水打在冷氣機的部份機身，發出如金屬箭頭射到地面的聲音。雷雨來來去去，劈里啪啦的聲音越來越響亮，變成了尖銳的爆裂聲。閃電穿透眼瞼，雨水淹出街溝，像山石上的泉水。當風暴過去後，殘留下的便以緩慢有節奏的水滴聲來計算清晨的時間……

你知道，我值夜班，但那時我已經很睏了，所以吉姆說會替我守上半夜。他在這方面一向很好，吉姆就是這樣。我爬進小屋，但國王和公爵的腿都伸開了，我根本沒位置，於是我躺在外面——我不介意下雨，因為天氣暖和，海浪現在也沒那麼高。不過，大約兩點鐘，浪又高了起來。吉姆本來要叫我，但改變了主意，因為他認為浪還沒有高到會造成損害的地步。但他錯了，沒過多久，突然來了一個超猛的浪，害我從船上掉到水裡。吉姆差點沒笑死了，反正他是史上最容易笑的黑人……

用剩餘的錢，她買了一個新的馬桶座圈、一個茶壺、一把螺絲刀，還在哥倫布圓環週末的古董市場買了一個小型的木製梳妝檯。茶壺是光滑全金屬的北歐設計。她一邊聽著施瓦茨的廣播，一邊拴緊了馬桶座圈，感到非常滿意。

她覺得工作比以往更無聊，更不重要：傳真這個、存檔這個、複印這個。有一天晚上，其他人都走了，她盯著老闆旋轉式名片整理架上的作家的號碼，有個同事把頭探進房間說：「嘿，愛麗絲，à demain。」

「你說什麼？」

「À demain。」

愛麗絲搖搖頭。「明天見？」

「噢，對。」

在變冷以前，天氣又變得更熱，一連三個週末她都躺在床上，關著臥室房門，把富及第冷氣開到最強，冷氣嗡嗡地響個不停。她想著作家在自己在的小島上，穿梭於他的游泳池、工作室和飽覽海港景觀的十九世紀農舍之間。

如果有必要，她可以等很久很久。

我不想在這本日記裡隱藏其他讓我淪為小偷的原因，反抗、痛苦、憤怒或任何熟悉的感情都不是理由，最簡單的原因就是我需要吃飯。帶著狂熱的謹慎，「嫉妒的謹慎」，我為冒險做好了準備，就像一個人為愛而安排了一張沙發或一間房，我因為犯罪而相當亢奮。

馬蘭長著一張中國人的臉，月亮臉、微塌的鼻子、幾乎沒有眉毛、瓜皮頭，濃密的大鬍子遮不住他性感的厚嘴唇。他的身體柔軟圓潤，肉肉的手，胖嘟嘟的手指，暗示這是一個不喜歡徒步旅行的中國人。當他痛快大吃的時候，半瞇著眼睛，你會不由自主地想像他穿著絲綢馬褂，手裡夾著筷子。然而，表情改變了這一切。那雙狂熱的深褐色眼睛，時而不安、時而猛然專注，彷彿心思集中在某個特定的點上，那是西方人具有高度敏感和文化修養的眼睛。

用變味的奶油來煎，味道不是特別開胃，更何況做菜的房間完全沒有通風設備，我一開門就覺得難受。可是尤金聽到我來了，總會打開百葉窗，拉開像魚網一樣纏結在一起的遮陽床單。可憐的尤金！他四下張望屋裡的幾件家具、髒床單以及還盛著髒水的洗臉盆，然後說：「我是奴隸！」

愛麗絲拿起電話。上面只顯示著：**諾基亞**。

但關於變味的奶油氣味……

某天晚上有個聚會，要歡送某位編輯退休。之後，她和版權代理部門的一個助理睡了，他們確實使用了保險套，只是應當出來的時候，它竟然留在愛麗絲的體內。

「媽的。」男孩說。

「它去哪兒了？」愛麗絲問道，低頭看著他們之間的幽暗峽谷。她的聲音聽起來像少女，容易受騙上當。好像這是一個魔術，他隨時可能從她的耳朵拿出一個新的保險套。

結果卻是她完成這個戲法——獨自到浴室裡，一腳踩在新馬桶座圈上，屏住呼吸，一根彎起的手指在滑溜起伏的大浪中摸索，這很不容易。之後，儘管明知無法阻止每一個擔心的後果，她還是進了浴缸，以她所能忍受最燙的水洗了身子。

「有什麼計畫嗎？」早上，男孩繫上燈芯絨長褲腰帶時問她。

「不知欸，可能去辦公室一下，你呢？」

「今天下午有紅襪隊和藍鳥隊的比賽。」

「我討厭棒球。」男孩說。

我們非常感謝妳即將來到河醫診所，為了妳的利益，我們提供以下資訊。如果回答不了妳的問題，請妳在就診時提出。

手術通常費時五至十分鐘。一進入檢查室，妳會見到私人護理師、醫師、麻醉師或麻醉護理師，他們會將靜脈導管插入手臂靜脈或手掌靜脈進行全身麻醉。妳將坐上檢查檯，躺下，把腿放在腳架上。醫師會為妳做子宮觸診（也就是將兩根手指插入陰道檢查子宮），然後將一個器具（鴨嘴器）置入陰道調整，讓兩側維持分開，以便醫師看到子宮頸（子宮口）。醫師必須打開子宮頸才能取出妊娠物。

醫師會使用一種稱為擴張器的棒狀或管狀工具充分拉開開口，再將一根管子或真空器插入子宮，管子連著抽吸裝置。當機器啟動時，子宮內的東西會經由管子抽出，裝進瓶子。接著，取出管子，將一個細長的勺狀工具插入再拉出，檢查是否有殘留。

醫師完成後會取出鴨嘴器，妳可以放下雙腿，繼續躺在床上。接著我們會將妳推送到恢復室監視情況。恢復通常需要二十分鐘至一個小時，如果順利，妳會轉到可以休息、穿衣的房間。離去之前，有一個護理師會給與妳個別指導與最後的叮嚀。妳可能會斷斷續續出血三週。如果我們能夠讓妳更舒適，請讓我們知道。我們希望妳在我們這裡的時間是一個正面的經驗。

十月的第二個星期四，她正扯著卡在濕漉漉亂蓬蓬的髮絲上的梳子時，從收音機聽到他們將諾貝爾獎頒給因惹．卡爾特斯（Imre Kertész），理由是「以個人的脆弱經歷對抗歷史野蠻專斷的寫作」。

未顯示號碼。

像是要甩掉自己的建議，愛麗絲上氣不接下氣地把她買的所有東西告訴他，包括馬桶座圈、茶壺和古董商說是「一九三〇年代經典」的梳妝檯。

「跟我一樣。」他說。

「我的月經來了。」愛麗絲道歉。三天後的晚上，當她的胸罩繞在腰間，手臂摟著他的頭時，她驚訝地發現他的大腦就在那裡，在她的下巴底下，那麼輕易就容納在肘部之間狹窄的空間。一開始，只是一個不甚認真的念頭，但她突然懷疑自己會忍不住想壓碎那顆大腦、關掉那顆大腦的欲望。在某種程度上，這種情緒一定是雙向的，因為過了一會兒，他吻她時猛然咬了她一口。

現在，他們見面次數少了，他對她似乎更加謹慎，而且他的背也給他帶來困擾。

「因為我們做了什麼？」

「不是，親愛的，妳什麼也沒做。」

「你想……？」

「今天晚上不行，親愛的，今天晚上只有柔情。」

有時，他們面對面躺著，或是他坐在小餐桌對面，頭朝著一邊振動。他的表情會逐漸變成一種悲傷的困惑，好像意識到她是當下生活中最大的快樂，那不是一件可悲的事嗎？

「妳是最棒的女孩，妳知道？」

愛麗絲屏住呼吸歎氣：「最棒的女孩。」

「以斯拉。」她捂著肚子說：「對不起，我突然覺得不太舒服。」

「怎麼了？」

「我想餅乾可能有問題。」

「妳想吐嗎？」

愛麗絲翻過身，用手和膝蓋撐起身子，把臉埋進冰涼的白色羽絨被裡。她深深吸了一口氣。「我不知道。」

「去浴室吧。」

「好。」但是她沒有動。

「親愛的，來吧。」

忽然間，愛麗絲捂著嘴跑走了。以斯拉從床上爬起來，冷靜且安靜地跟在她後面。在她進去之後，把門帶上。門關上時，輕輕發出一聲莊重的喀嚓聲。她好了以後沖馬桶，也洗了臉和嘴，靠在盥洗檯上瑟瑟發抖。隔著門，她聽到他恭恭敬敬地繼續晚間生活——打開冰箱，水槽裡的碗盤叮噹作響，踩下踏板，掀起垃圾桶蓋子。她又沖了一次馬桶後扯下一段衛生紙，擦了擦馬桶、馬桶座、馬桶蓋、浴缸邊緣、衛生紙架和地板。到處都是停電餅乾。愛麗絲放下馬桶蓋，坐下，垃圾桶裡有厚厚一疊和她一塊上大學的某男孩所寫的小說，男孩的經紀人要求他能幫忙寫一篇推薦信的便條紙仍用迴紋針別在封面上。

當她再度出現時，以斯拉坐在椅子上，雙腿交叉，拿著一本關於羅斯福新政的書。他皺著眉頭，看著愛麗絲赤裸地墊著腳走過房間，慢慢躺到壁櫃和床舖之間的地板上。

「親愛的，妳在做什麼？」

「對不起，我需要躺下，但不想毀了你的羽絨被。」

「瑪莉－愛麗絲，上床去。」

他走過來坐在她的身邊，像她的母親往日那樣，在她背上撫摸了好幾分鐘。然後，他把羽絨被拉到她的肩上，靜靜退開，開始做他的一百件事；讓會發出鈴聲的東西安靜下來、關掉燈光、拿出藥丸。在浴室裡，他輕輕轉開收音機。

他出現時，穿著淺藍色的卡文克萊T恤和內褲。他把一杯水放在床頭櫃，把書拿來，重新整理了枕頭。

「九十七、九十八、九十九……」他上了床，誇張地歎了口氣：「一百！」愛麗絲靜靜躺著，一動不動。他打開書。

「親愛的。」最後，他勇敢且爽朗地說話了。「不如留下吧？就這一次，妳這樣沒辦法回家，好嗎？」

「好。」愛麗絲低聲說：「謝謝你。」

「不客『趣』。」他說。

夜裡，她醒來三次。第一次，他仰躺著，身後的天際仍舊閃閃爍爍，帝國大廈的頂樓亮著紅色、金色的泛光燈。第二次，他背對她側躺著。愛麗絲頭痛欲裂，所以下床到浴室找阿司匹靈。有人關了帝國大廈的燈。第三次，她醒來時，他從後方環抱她，緊貼著她。第四次，已經是早上了，他們的臉貼得很近，幾乎碰在一起。他已經睜開眼睛，正凝視她的眼睛。

「這——」他嚴肅地說：「是一個非常糟糕的主意。」

第二天早上，他又去了小島。當他打電話告訴愛麗絲這件事時，愛麗絲掛上電話，把電話扔進洗衣籃，並發出不高興的「哼哼」聲。就在同一天，她的父親打電話來，解釋飲水加氟是「新世界秩序」所宣揚的邪惡。一個小時後，他又打來，宣布人類從未在月球上行走。愛麗絲巧妙地回應了這些新聞快報，這八年來，她每週會這麼做一、兩次，以樂觀的緘默推遲自己的反對意見，推遲到她知道如何在不傷害任何人感情的前提下，表達出來的那一天。在此期間，她發現漂亮的新茶壺有一個難以接受的缺陷，若在爐上加熱三十秒，連接壺身的金屬手把就會燙到不能拿。愛麗絲心想：「哪有手把是不能拿的？」她把燙傷的手掌放在水龍頭底下，也把這件事怪在她的作家頭上。但這一次才過三天，他就打電話來了。他從戶外休閒帳篷打電話給她，描述不斷變化的樹木，在車道上蹣跚走著的野生火雞，以及他那片六英畝樹林後方漸漸消失的橘紅色夕照。後來，他又打電話給她，這次才過了兩天。他拿著電話，讓她聽烏鴉啼，還有風吹過樹葉時的沙沙聲，然後是一陣靜默，什麼都沒有。「我什麼也沒聽到。」愛麗絲笑著說。「就是要你聽這個。」他回答：「這就是寧靜，幸福的寧靜。」但現在已經太冷，無法使用泳池，而且還安排了日期，要把管道大肆維修。所以他只會再待一星期左右，然後就會回到城裡。

他帶回一架老舊的寶麗來SX-70拍立得。「看看我還記不記得怎麼用這玩意。」他一面說，一面把它拿在手裡翻來翻去。他們拍了十張，包括一張他，唯一一張有他的。他側躺，穿著凱文克萊（Calvin Klein）T恤，戴著慣用的腕錶。除此之外，什麼都沒有。在他旁邊的床上，拍好的九張照片被擺成兩個同心圓弧形讓他檢視著；暗褐色的物體表面有一層乳白色光，彷彿自一條陽光照耀的河裡出來。事實上，照片越清晰，拍照的樂趣就越少。愛麗絲起身去浴室時，以斯拉把全部十張照片都放進她皮包的口袋。接下來，他們看琴吉・羅傑斯（Ginger Rogers）和佛烈・雅士提（Fred Astaire）主演的《禮帽》（*Top Hat*）。以斯拉刷牙時，輕哼著〈臉貼臉〉（*Cheek to Cheek*）。第二天早上，她回到電梯，伸手要拿鑰匙時，才發現它們在那裡；一整疊的自己，整整齊齊、方方正正，用她的髮圈緊緊捆在一起。

回到家，她把照片放在床上，分成幾疊，像是準備玩單人紙牌遊戲一樣。在幾張照片中，她的皮膚看起來像稀釋過的牛奶，太稀了，遮不住手臂和胸部的血管。還有一張照片，她的臉龐和耳朵泛起紅暈。在如瓷般的斜肩上，克萊斯勒大廈宛如一小團白金色的火焰。在另一張照片裡，她的頭靠在他的大腿，一隻眼睛閉著，以斯拉的手指撥開她的髮絲。另一張，她雙手托起乳房，豐滿高聳，光滑圓潤。這張照片是他從她的下方拍攝，為了看鏡頭，她只好順著鼻子向下看。她的頭髮塞在耳後，垂在下巴的兩側，像厚重的金色窗簾。瀏海太長了，從中間微微偏左分開，密密地垂到睫毛上。這幾乎是一張美麗的照片，理所當然是最難分割的。愛麗絲思考著，問題是在於底片上的「愛麗絲」特質：那種頑固的少年特質，總讓她驚訝和惱火。

微微小小地，彷彿遠處的紅綠燈，她的瞳孔閃著紅光。

未顯示號碼。

「噢，對不起，親愛的，我不是故意打電話給妳的。」

未顯示號碼。

未顯示號碼。

未顯示號碼。

「瑪莉－愛麗絲，我仍然期待今晚見到妳，不過妳介不介意先去札巴超市帶一罐緹樹糖漬水果醬？是緹樹糖漬水果醬，T-I-P-T-R-E-E，糖漬水果醬就是果醬——不是隨便一種口味，一定要『小鮮紅』。這是最貴的，一罐大約要一百美元，因為那是用像妳這樣的小女孩做的。所以，一罐小鮮紅緹樹糖漬水果醬，一罐妳能找到的最好花生醬，還有一條沒有切片的俄羅斯黑麥麵包，不要切片。你把它們拿到這裡！」

「隊長！」

又有禮物：

一套三十七分郵票，美國一州一枚，設計成看起來像老式的「來自〇〇州問候」明信片。

一張愛德華．艾爾加（Edward Elgar）的大提琴協奏曲CD，馬友友和倫敦愛樂交響樂團演出。

一袋蜜脆蘋果。（「妳會需要圍兜兒的。」）

他需要裝一個支架。他們會在狹窄的冠狀動脈插入一個小網管，撐開冠狀動脈，讓血液恢復流動。一個簡單的手術，他已經做過七次了。他們不會施打麻醉藥，只是注射鎮靜劑，麻醉插入點周圍的區域，在一根導管裡扭動支架，把它塞進去。然後將一個小球充氣，支架就會像羽毛球一樣展開，接著……完成了。大約需要一個小時，有個朋友會陪他去醫院。她願意的話，他請這個朋友在結束後撥個電話給她。「好的，麻煩。」儘管他一再保證，自己卻變得鬱鬱寡歡。愛麗絲倒是很高興，覺得這些戲劇性的狀況在考驗自己。

「當然，我們都一定會擔心，我可能會得癌症，或者明天，在街上，你可能——」她說。他閉上眼睛，舉起一隻手。「我已經知道公車的事了。」

手術當日，她下班回到家，放了艾爾加的CD，音樂優美極了，傷感而急切。總之，開頭與她的心情完全吻合。然而，二十分鐘之後，大提琴仍舊肅穆地拉著，似乎已經將她拋下，絲毫不關心她的掛慮。九點四十分，她的手機終於響起，閃著一組陌生的號碼。一個男人用難以辨識的慢吞吞語調，一本正經向她保證，手術耽擱了，但進行順利。以斯拉會在那裡過夜，以便監控幾樣東西。但是除此之外，一切都好，一切都好。

「非常謝謝你。」愛麗絲說。

「不客『趣』。」朋友說。

他管她叫「那孩子」，好比「我給那孩子打電話」。以斯拉覺得很有趣，愛麗絲搖了搖頭。

有一陣子，他心情很好，支架起了作用。派拉蒙電影公司（Paramount）要將他的作品拍成電影，選了一位常獲獎的女演員擔任主角，他被聘為現場顧問。一個早上，他比平時稍晚打電話給她——愛麗絲已經走出淋浴間，正在穿衣服準備去上班——說：「猜猜昨晚我邀誰來我家？」

愛麗絲猜中了。

「妳怎麼知道？」

「還能是誰呢？」

「總之，我沒有上她。」

「感謝你。」

「我想她對我拿來裝零錢的盤子的印象不是很好。」

「或是你的加濕器。」

他們又拍了照。

「我這一張看起來像我爸，就差一把四十五英吋口徑的柯爾特手槍。愛麗絲說。

「妳爸爸有槍？」

「他有很多槍。」

「為什麼？」

「以免發生革命。」

以斯拉皺起了眉頭。

後來，她正往一片麵包塗上小鮮紅果醬時，他說：「妳去看妳爸時，這些槍……就這樣四處放著嗎？」愛麗絲吮著拇指上的果醬回答：「沒有，他把槍收在保險櫃，但我們不時會拿出一把，對著後院靠著舊洗碗機站立的葫蘆練習射擊。」

她讀著他的經紀人轉發給他的幾封書迷郵件時，他對著壁櫥說了一些她聽不到的話。

「什麼？」

「我說——」他轉過身來說：「妳沒有比這一件還保暖的外套嗎？妳不能整個冬天都穿它，妳需要一件夾層的、羽絨的，還要有帽子。」幾天後的晚上，他把另一個信封推過桌子說：「塞爾百貨，S-E-A-R-L-E，七十九街和麥迪遜大道交叉口，他們剛好有一件適合妳的。」

尼龍發出奢華的唰唰聲，帽子以一圈黑毛框住她的臉，好像穿著一個貂皮鑲邊的睡袋走來走去。等待跨城公車時，愛麗絲覺得自己受到寵溺，無人可敵——對這座城市也感到極度興奮，因為這座城市每天都像是一個不斷累積獎金的頭獎。然後，她匆匆登上那棟樓的門階時，腳底竟然一滑，她拚命想保持平衡，結果手背撞上門階的鐵欄杆，一陣劇痛。不論如何，她還是去了他的公寓。整個晚上把抽痛的那隻手藏在膝上，或者在他們上床時，將手伸到一旁，像是為了保護還沒乾的指甲油。

早上，她的手掌是青色的。

回到家，她等了一整天，等著腫脹消退。後來放棄了，下樓攔計程車到最近的急診室。司機載她到地獄廚房區（Hell's Kitchech，有時也稱柯林頓區〔Clinton〕），她在候診室坐了兩個小時。候診室擠滿了酒鬼遊民，他們假裝有精神病，好待在溫暖的地方。十點左右，一位實習醫師呼叫愛麗絲的名字，把她帶到一張簡易病床，將她曾祖母的戒指從腫脹的中指上剪下來，輕敲她的每一個指關節確定哪裡疼。「痛！」愛麗絲痛得發出尖叫。「那裡好痛！」

X光片出來了，實習醫師把它舉高，指著X光片說：「斷了，妳掌骨中間——」愛麗絲點了點頭；她翻了白眼，身體搖晃了幾下之後，緩緩朝著斜前方摔了出去，宛如一個遭到拋棄的木偶。在這個瞬間，她踏上一場漫長的旅途，來到充滿野蠻習俗和瘋狂思維的遙遠國度；結交又失去許多說著一口非人之語的夥伴；學習又忘卻各種晦澀難懂的真相。

幾分鐘後，她醒過來，竭力忍著彷彿想要拉著她穿過地心的噁心暗潮，隱約意識到機器正在嗶嗶叫，管子摩擦著鼻孔內側。問題和她的回答之間，有太多秒數消逝了。

「妳有沒有撞到頭？」

「妳有沒有咬到舌頭？」

「妳有沒有尿濕衣服？」她的運動褲有一塊潮濕，那是她把別人給的紙杯水灑出來的。

「妳必須星期一一早就去看外科。」忙碌的實習醫師說：「妳可以打電話找到人來接妳嗎？」

「可以。」愛麗絲低聲說。

外頭又下了一陣小雪，她出來時，已經將近午夜了，厚厚的雪花急急斜斜地飄落。愛麗絲抱著像是蛋殼做的手走到拐角處，前前後後地看著，接著又往前看，想叫輛計程車。

未顯示號碼。

「喂?!」

「我只是想讓妳聽聽我的加濕器在幹什麼……」

「以斯拉，我摔斷了手！」

「天啊，怎麼會？很痛嗎？」

「痛！」

「妳在哪裡？」
「第五十九街和哥倫布圓環交叉口。」
「叫得到計程車嗎？」
「正在努力！」
她到達時，他穿著黑色絲質長內褲，頭上還貼著ＯＫ繃。「怎麼了？」
「我除去了一顆痣，妳怎麼了？」
「我在門口階梯上滑倒了。」
「什麼時候？」
「今天早上。」她撒了一個謊。
「上頭結冰嗎？」
「對。」
「那妳可以告他們。」
愛麗絲傷心地搖搖頭。「我不想告任何人。」
「親愛的，紐約看手最厲害的是艾拉·奧布斯鮑姆（Ira Obstbaum），O-B-S-T-B-A-U-M，他在西奈山醫院。妳願意的話，我明天打個電話給他，請他幫妳看一看，好嗎？」
「好。」

「在那之前，妳先吃這個止痛，睡得著嗎？」
「我想可以。」
「妳是一個勇敢的女孩，受到驚嚇了，妳只要記住：我活著，我很好，我有溫暖舒適的床。」愛麗絲哭了。
「親愛的，不用哭。」
「我知道。」
「妳為什麼哭？」
「對不起，你對我真好。」
「妳也會為我這麼做。」
愛麗絲點點頭。「我知道，對不起。」
「親愛的，不要一直說『對不起』，下次妳想說『對不起』時，就說『去你媽的』，好嗎？」
「好。」
「明白了？」
「嗯—嗯。」
「那麼？」

愛麗絲抽了抽鼻子。「去你媽的。」她怯弱地說。

「好女孩。」

吞下藥丸後，愛麗絲坐在他的床邊，仍穿著大衣。以斯拉坐在閱讀椅上，雙腿交叉，頭持續往一旁跳動，眼神鬱悶地看著她。「大概要四十五分鐘，藥效才會發揮。」他瞥了一眼手錶說。

「你要我留下來嗎？」

「妳當然可以留下來，想吃點東西嗎？我們有蘋果醬、貝果、蔥香豆腐奶油乾酪，還有果肉很多的純品康納果汁。」

他站起來烤了一個貝果給她，看著她用一隻手吃。後來，愛麗絲躺下面對著雪，在他陽臺的燈光下，雪落得更加平靜，像一支跳傘入侵的敵軍，均勻地靜靜落下。以斯拉回到椅子上拿起一本書，三度因為翻頁而打破了寂靜。接著，一陣溫和的氣泡充盈愛麗絲的體內，她的皮膚好像開始感到在震動。

「哇。」

以斯拉看了一眼錶。「開始起作用了？」

「嗯，嗯嗯嗯嗯嗯……」

他打電話給奧布斯鮑姆，坐計程車帶她去西奈山。他安排津氏雜貨店送食品雜貨到她的公寓，每週兩次，連續六週。

他拍了她上石膏的照片。

「我愛你。」愛麗絲說。

「妳真正愛的是維柯丁止痛藥，我們的底片用完了。」他走向壁櫥。

「你的壁櫥裡還放了什麼？」

「妳不會想知道的。」

「我想。」

「更多的女孩子，被綁起來。」

「幾個？」

「三個。」

「她們叫什麼名字？」

「凱蒂……」

「不會吧。」愛麗絲說：「讓我猜一猜，凱蒂和……艾蜜莉？艾蜜莉在裡面嗎？」

「是的。」

「米蘭達？」

「沒錯。」

「那些女孩屢教不改。」

「屢教不改。」他重複道，好像這個詞是她編造的。

石膏很重，當她什麼也沒穿時，似乎更重。愛麗絲翻身趴著，像一隻三條腿的貓伸展四肢。然後，她撐起身體，弓起背，也拱起了腰，腦袋在脖子上轉啊轉，邪惡地咧嘴一笑。

「幹麼？」他問。

她跪著走向他：「我們來做點可怕的事吧！」

他微微吃了一驚。「瑪莉－愛麗絲，這是妳說過最肆無忌憚的話。」

他們坐在最後一排，以免引人注意，也讓他在需要時可以站起來伸伸腰，但他並沒有站起來。那是星期六的日場，電影院全是小孩子，有一個格外亢奮，還把爆米花灑在以斯拉的袖子上，愛麗絲還擔心他會改變心意。接著，哈波用噴燈點雪茄，格勞喬使帽子穿過「鏡子」，以斯拉的笑聲——他仰著頭，毫不壓抑——比其他人的笑聲都要響亮。最後，當弗里多尼亞向西瓦尼亞宣戰，兄弟倆扭著屁股高唱：「上帝的每個孩子都有槍。」以斯拉從口袋裡掏出一支塑膠水槍，往愛麗絲的肋骨偷偷噴了一下。

「我們要開戰了！」他們一路唱著，沿著百老匯大道走回去，經過彩燈、蛋彩畫雪堆以及緊細得像柏樹一樣的耶誕樹。「嗨滴、嗨滴、嗨滴、嗨滴、嗨滴、嗨滴、嗨滴唷！」在鱘魚店，他們和其他人一塊擠到展示玻璃前，低頭凝視燻魚、醃舌和希臘紅魚子泥沙拉，好像在產科育嬰室的玻璃窗前端詳新生兒。愛麗絲指著一款標示著「硬質可塗抹乳酪」，一本正經吹起了口哨。輪到他們的時候，以斯拉舉起一根手指，點了「兩片魚餅凍，些許辣根，半磅燻鮭魚，還有——該死的？給這位愛琳小姐兩盎司最好的白鱘卵。」

「咦。」愛麗絲說。以斯拉轉過身來平靜地望著她，一面咂嘴、一面搖頭：「抱歉，親愛的，妳不是愛琳。」

未顯示號碼。

「喂？」

「晚安，我可以和米蘭達說話嗎？」

「米蘭達不在這裡。」

「她在哪兒？」

「進了監獄。」

「艾蜜莉在嗎？」

「艾蜜莉也在監獄裡。」

「為什麼？」

「你不會想知道的。」

「那麼那個……？」

「凱蒂？」

「沒錯，凱蒂，凱薩琳。」

「她在，想和她說話嗎？」

「麻煩。」

……「喂？」

「嗨，凱蒂？我是學校的齊珀斯坦老師。」

「哦，你好，齊珀斯坦老師。」

「妳好，一切都好嗎？」

「我很好。」

「很好。聽我說，我打電話是想問妳，願不願意這星期找個晚上到我家來複習功課？」「好。」

「妳願意？」「當然。」

「明天？」「糟糕，我明天不行，我明天上鋼琴課。」

「星期四呢？」「藝術社團。」
「之後呢？藝術社團之後呢？」「星期四晚上輪到我擺桌子。」
「我跟妳媽媽談過了，她說妳可以改成星期五擺兩次桌子。」「好。」
「那麼就星期四的六點半？」「沒問題。」
「再說一次，這次是哪一位？」「凱蒂。」
「不要進監獄，凱蒂。」「不會的，齊珀斯老師。」
「應該是齊珀斯坦。」「齊珀斯坦。」
「好女孩。」

我可愛的小婊子諾拉，我照妳說的話做了，妳這個淫蕩的小女孩，讀妳的信時，我自己打了兩槍……是的，我現在還能回想起那個晚上，我從後面操妳操了大半天……親愛的，那是我操妳最淫蕩的一次，我的老二在妳的身體裡待了好幾個小時，在妳翻過來的屁股底下進了又出，出了又進。我摸著妳出汗的肥臀，看著妳通紅的臉蛋、狂亂的眼睛。每一次我操妳，妳那不知羞恥的舌頭就會從嘴唇蹦出來。要是我操妳比平時更有力，妳的屁股就會發出又響又臭的屁聲。那天晚上，妳的屁股都是屁。親愛的，我把它們全從妳的身體操出來，又響又臭的屁、又長又帶氣的屁、又快又愉快的屁，還有一大堆淘氣的小屁。最後，妳的洞裡滔滔不絕噴出一陣屁。操一個放屁的女人，每幹一下都會把她的屁逼出來，真爽。我想，不管在哪裡，我都能認出諾拉的屁。我想，我可以在一屋子放屁的女人中認出她的屁。那是一種相當女孩子氣的聲音，不像我想像中胖太太所放那種一陣風似的又夾帶濕氣的屁。它是突然的、乾爽的、骯髒的，就像一個大膽的女孩晚上在學校宿舍裡放的那種。我希望諾拉對著我臉不停放屁，這樣我也能熟悉它們的氣味。

「好噁。」愛麗絲說。

他把書放下來，用一種隱隱受辱的眼光看了她一眼。愛麗絲甜甜地鑽到被子，四處亂抓，直到他像一個無力的飲水機達到高潮。

他們打了個盹。

他的手錶嘟嘟響了八點，愛麗絲嘆氣低聲說：「我得走了。」以斯拉親切地輕輕點了個頭，沒有睜開眼睛。

她坐在桌邊扣鞋子扣環：「你知道那個遊民嗎？那個站在札巴超市門前、即使在夏天也穿著一百件衣服的人？」

「嗯哼。」

「那些外套都是你買給他的嗎？」

「沒錯。」

「你覺得他是在淪為遊民之前瘋了，還是相反？」

以斯拉想了想。「不要為他感傷。」

「什麼意思？」

「不要憐憫他，不要過度同情他，他很好。」

她到浴室漱了漱口，梳了梳髮，在盥洗檯上的按摩棒綁了一條牙線領結；然後，她走了。

她步下她那棟樓的門階遇到安娜。「早安，親愛的！妳今天好漂亮，告訴我，妳有男朋友嗎？」

「還沒有，安娜！還沒有。」

過節時，他去了他的小島。愛麗絲坐火車去探望母親，認為不可能不為她懷著傷感。跨年夜，她又回來參加一位同事的晚宴。茄子是硬的，義大利燉飯過鹹。之後，每個人都喝便宜的香檳喝到醉了，在愛麗絲的石膏上寫了愚蠢的東西。「新年有什麼新希望？」她問癱倒在身邊的男孩，有人告訴她，他春天會出版一本詩集。「當然有。」他回答道，伸直一條腿，用手梳理他那螺旋形的長髮。「質量兼具。」在聯合廣場，一位身穿金色亮片的女孩在地鐵的飲水槽嘔吐，她的朋友邊拍照邊哈哈大笑。

以斯拉回來後，他們開了香檳，真正的香檳，吃莫瑞起司專賣店的保加利亞魚子醬。他還給她帶了一盒庇護所島烘焙坊的果醬甜甜圈，一套八張CD浪漫經典，標題為《他們在唱我們的歌》（*They're Playing Our Song*）。

「有沒有你不知道的？」

「〈我心若止〉（*My Heart Stood Stil*）？」

以斯拉點點頭，靠在椅背上，深吸一口氣。「『我望了你一眼，我就只想這麼做，於是我的心停止了跳動……』」

「〈九月之歌〉（*September Song*）？」

又深吸一口氣。「『從五月到十二月，是一段長長的、長長的時光，但是當你到了九月，日子變短了……』」

他本來有一副好嗓子，但為了輕鬆一點唱，改變了嗓音。愛麗絲害羞起來，低頭對著甜甜圈微笑。以斯拉輕輕笑了笑，摸摸下巴。

「妳這裡有果醬。」他說。

「以斯拉。」過了一會兒，她在廚房裡把盤子遞給他說：「我想我今晚不能做。」

「我也不能，親愛的，我只想和妳一起躺下。」

她在床上費力地想找一個地方放石膏。

「什麼時候拆？」

「星期三上午。」

「之後妳不如過來，我跟妳一起午餐，好嗎？」

「好，謝謝。」

「工作怎麼樣？」

「什麼？」

「我問妳工作怎麼樣，親愛的。」

「哦，你是知道的，不是我下半輩子想做的事，但很好。」

「妳下半輩子想做什麼？」

「我不知道。」她輕輕笑了。「住在歐洲吧。」

「他們給你的薪水高嗎？」

「以我的年齡來說。」

「妳負責很多事？」

「當然，我的頂頭上司下個月要休產假，所以我很快也要做她那一部份的工作。」

「她多大？」

「三十五、六吧，我猜。」

「妳想要孩子嗎？」

「哦，不知道，我不知道，現在不想。」

以斯拉點點頭。「我親愛的愛琳快四十歲時想和我生個孩子，我不想失去她，所以非常認真考慮。差一點就生了，幸好沒有。」

「結果呢？」

「我們分手，很不容易的一件事，拖了一段日子。不過她找到了別人，艾德溫．吳。他們現在有了小凱爾．吳和奧莉維亞．吳。一個四歲，一個六歲，非常可愛。」

他們漸漸進入夢鄉，儘管他還沒有做他那一百件事。愛麗絲抽了幾下鼻子。

「怎麼了？」

「我奶奶，熱愛棒球的那個，她叫依琳。我爺爺是個酒鬼，向她求婚時，喝得醉醺醺的，結果說：『你願意嫁給我嗎，愛琳？』」愛麗絲笑了。

以斯拉摟著她的手臂變得僵硬。「哦，瑪莉－愛麗絲，甜蜜的瑪莉－愛麗絲！我希望妳贏，妳知道嗎？」

愛麗絲抬起頭看著他。「為什麼我不會贏？」

他一隻手抹了抹眼睛，手指顫抖。「我怕有個男人出現，把你搞得一團混亂。」

在他生日的前一晚，他們共享一個焦糖堅果塔，看著總統宣布入侵。

在這場衝突中，美國面對的是一個無視戰爭慣例與道德準則的敵人……我們懷著對伊拉克公民、對他們的偉大文明和對他們的宗教信仰的尊重來到伊拉克。在伊拉克，除了消除威脅，重建該國對伊拉克人民的控制，我們沒有其他的野心。

「這個人真蠢。」愛麗絲搖著頭說。「讓我死了算了。」

她給了他一條老花眼鏡用的帶子，他又給了她一千元，讓她去賽爾百貨消費。第二天晚上，一位朋友打算為他舉辦慶生會，愛麗絲沒有受邀。

「是那個叫我孩子的朋友嗎？」

以斯拉忍著笑。

「他沒聽過兒童桌嗎？」

「親愛的，妳不會想去的，我都不想去了。況且，是妳不想讓別人知道我們的事，是妳不想登上《紐約郵報》娛樂版。」

他的背好多了，他的書寫得很順利，他想吃中國菜。「一份龍蝦醬蝦仁、一份青果青花菜、一份棒棒雞，還有——瑪莉－愛麗絲，妳要啤酒嗎？——兩瓶青島啤酒……是的，呃，不，我想是一份蝦、一份青花菜、一份棒棒雞，還有……沒錯。兩罐『新掃』，『新』『掃』，對，就是這個——青島。」他無奈地往額頭一拍，笑了起來，電話另一頭的聲音憤慨起來。「不是！」他說：「我是在笑我自己的發音！」

他掛了電話。「四十分鐘，我們應該做什麼呢？」

「吃顆愛維柯丁？」

「我們吃過了。」

愛麗絲歎了口氣，撲通往後倒在床上。「哦，要是有一場棒球比賽正在比就好了！」

「哦，妳會為此付出代價的，小賤人……」

他告訴她，有個漂亮的巴勒斯坦記者參加慶生會，想採訪他。愛麗絲皺起眉頭，把頭從他胸前抬起。

「糟了。」

「什麼？」

「你的心臟正在做一件怪事。」

「怎麼個怪法？」

「噓。」

他對她揚起眉毛，等著。愛麗絲又抬起頭來。「它先跳三下，然後暫停，四下再暫停，三下再暫停。」

「你確定？」

「我想是的。」

「嗯，也許我應該給普朗斯基打電話。」

「普朗斯基是誰？紐約看心臟最厲害的嗎？」

「自以為聰明，能幫我把電話拿來嗎？還有我那邊那本黑色小筆記本。」

普蘭斯基答應第二天早上替他看診，沒有發現任何異常，但還是認為他應該裝一個除顫器。這一次等候消息時，愛麗絲正在工作，面試她老闆女兒的保姆，她想來實習。

「所以妳是怎麼認識羅傑的？」

「他在東漢普頓住在我叔叔的隔壁。」

「妳叔叔是做什麼的？」

「證券那方面。」

「但妳更想在出版業工作。」

女孩聳聳肩。「我喜歡看書。」

「妳喜歡看誰的書？」

未顯示號碼。

「……你希望我出去嗎？」

「不用，不用，沒關係。」

「好，嗯，安．比蒂和……」

未顯示號碼。

「你確定嗎？」

「別擔心，安．比蒂和？」

「茱莉亞．葛拉絲，我才讀完《三個六月天》（*Three Junes*），超好看的。」

「嗯、嗯，還有其他人嗎？」

女孩轉過身去，看著一個擦窗工人在對街大樓順著繩索下降。幾秒鐘過去，她抽了幾下鼻子，舉起一隻戴著手鐲的手臂抓抓鼻子。

嗶嗶。

「哦！」女孩轉身回來說：「我超愛以斯拉．布萊澤。」

「什麼感覺？」

「好像胸口有個打火機。」

「看起來也像你的胸口有個打火機。」

坐在馬桶上，他聚精會神地看著她擰毛巾，輕擦他的縫線。縫線離他五次繞道手術的疤痕只有一英吋距離，尖尖刺刺的黑線像帶刺鐵絲在他的皮膚上穿進穿出。「你確定這麼做好嗎？」愛麗絲問。「把它弄濕來——」

「啪滋——！」他大叫，把她嚇了一跳。

波士頓隊與洋基隊首場比賽的前夕，他們去了一家叫「吻」的餐館，但以斯拉管這家餐館叫「肉球」。「這裡的東西非常難吃。」他開心地說，打開了菜單。「但是我們不能把所有時間都花在那個小房間裡，妳懂的？」從桌子底下，他遞給她一瓶乾洗手。

「我要鮭魚。」愛麗絲對侍者說，仍然搓著手。

「我要蛤蜊義大利麵，不要蛤蜊，一杯健怡可樂。還有——瑪莉－愛麗絲，妳想喝杯酒嗎？請給這位小姐來杯白葡萄酒。」

一個穿著紫紅色褲裝的女人走到他們的雅座前，興奮地絞著雙手。「非常不好意思，我先生覺得我這麼做很難為情，但我一定要告訴你，你的書對我們非常重要。」

「謝謝你。」

「現在我的床頭櫃上就有兩本。」

「很好。」

「而妳——」女人轉身對愛麗絲說：「長得好漂亮。」

「謝謝妳。」愛麗絲說。

她走後，他們坐在那裡，羞怯地相視。以斯拉把手肘靠在桌子上，按摩自己的雙手。

「那麼，瑪莉－愛麗絲，我一直在想……」侍者送上飲料。「也許妳這個夏天願意到鄉下來看我。」

「真的嗎？」

「如果妳願意的話。」

「我當然願意。」

他點了點頭。「妳可以找個星期五，下班後搭火車到綠港，然後坐渡輪，克里特或是我去接妳。」

「哦，太好了，謝謝你！」

「還是妳可以星期五請個假。」

「聽起來不錯，就這麼做吧！」

他再次點點頭，似乎已經厭倦了這個主意。「不過，聽好，親愛的，在大多數時候，那裡只有我們，不過克里特會在，還有幾個人過來除草什麼的。所以我建議我們採取預防措施，給妳一個化名。」

「什麼？」

「另一個名字。」

「我知道化名是什麼，但為什麼？」

「因為人都愛說長道短，妳是知道的吧？所以妳在那裡時，我們喊妳另一個名字，要是有人問起，我們就說妳正在幫我做一些研究。如此一來，如果有人說閒話，他們一定會說，妳就不用擔心會傳回工作的地方。」

「你是認真的嗎？」

「非常認真。」

「嗯，好，你想好名字了嗎？」

他靠在椅背上，雙手交疊放在桌上。「珊曼莎．巴吉曼。」

愛麗絲噗哧笑了起來，不得不放下酒。「你從哪裡知道那個名字的？」她說。

「我捏造的。」他在餐巾上擦了擦手，又從襯衫口袋裡拿出一張名片：

珊曼莎．巴吉曼
以斯拉．布萊澤的編輯研究助理

「但是，上面沒有電話號碼，哪有沒有電話號碼的名片？」

「親愛的，你不希望有人真的打給妳。」

「我知道，但是……為了取信於人，誰會相信這真的是我的名片？」

他一副泰然自若的模樣，往後一靠，給義大利麵騰出地方。他拿起叉子。

「好吧。」愛麗絲笑了。「你……？你什麼時候……？」

「也許七月，也許是獨立日那個週末，到時再說吧。」那天晚上，除了剩下的名片——兩百張，奶油色卡紙印製，整齊置於一個石楠灰色的盒子——他還給了她：

六顆綠色桃子。

一本佛蒙特鄉村商店的商品目錄。他說她可以訂購一些焦糖胡桃軟糖，以及任何她想要的東西，記在他的帳上。

十五張百元大鈔，包在一張橫線筆記紙裡，他在上頭用紅色馬克筆寫：「妳知道拿去哪兒花。」

本週，美國國會通過加強醫療保險暨使之現代化的歷史性立法。根據參眾兩院的法案，醫療保險實施三十八年以來，美國老年人首度獲得處方藥保險。由於醫療保險跟不上現代醫學的發展，我們採取了行動。舊保險於一九六〇年代規劃，當時住院治療極為普遍，藥物治療相對罕見。今時今日，藥物等治療方法可以減短住院日程，並且顯著改善護理品質。但是醫療保險不給付這些藥物，許多老年人不得不自掏腰包買藥，迫使他們經常在支付藥費或其他費用之間難以做出選擇。今年一月，我向國會提出一份醫療保險改革的架構，堅持提供老年人處方藥保險，在醫療保險制度下提供更多選擇。這種做法的重點是選擇，老年人應當能夠選擇適合自己需求的醫療保健計畫。當醫療保險計畫有了商業競爭，老年人也將會有更好、更負擔得起的醫療保險選擇。國會議員和其他聯邦雇員已經能選擇不同的醫療保健計畫，如果選擇對立法者來說夠好，對美國老年人來說也就夠好——

「哦，閉嘴。」愛麗絲喃喃自語。她站起來換臺，接著又繼續剪下從賽爾百貨買來的新衣的標籤。

門口響起：叩—叩叩叩—叩—、叩—叩—原來是安娜，穿著扣子扣錯了的長袍，顫巍巍地遞出一罐泡菜。「親愛的，妳能打開這個嗎？」

「……好了。」

「謝謝，妳叫什麼名字？」
「愛麗絲。」
「這名字真好聽，妳結婚了嗎？」
「還沒。」
「我以為我聽到有人的聲音，妳有男朋友嗎？」
「沒有，沒有男朋友，我怕……」
除了焦糖胡桃軟糖，愛麗絲也在椰子西瓜果乾、花生醬蜜糖、土耳其太妃糖和玩具士兵軟糖（「向你對甜食的愛致敬」）旁邊打勾。然後，她上了床，開著收音機睡著了，卡繆從膝上傾斜，她用來在某些段落畫線的鋼筆墨水把睡衣袖子弄髒了。

「……我愛你。」科梅里輕聲說。
馬蘭把那碗冰鎮的水果朝他推過去，他什麼也沒說。科梅里接著說：「因為，當我很年輕、很傻、很孤獨的時候……你注意到我，為我打開通往世界上我所嚮往事物的大門，卻又好像沒有這麼做。」
她的背痛、乳房腫脹。上班時，她斥責新來的女孩，說她拿出辦公室洗碗機裡東西的動作太慢。

她從浴室洗手檯拿出一個粉紅色塑膠翻蓋盒，上頭積滿了灰。星期二顯示最後一個透明泡殼裡面已經沒有藥丸了。白色顯示你懷孕了，藍色顯示這只是一個玩笑。三年前，這樣過了六個星期，她哭哭啼啼，脾氣暴躁到發瘋的地步，於是她放棄了。不過她現在長大了，而且對於荷爾蒙可能的突擊具有警覺。這一回，她已經準備好面對歇斯底里的念頭，用理智戰勝。

所以，今晚一粒白色藥片，明天一粒白色藥片，星期五一粒白色藥片，星期六午餐後再吃第四粒。她想這應該能讓她安然度過週末……

未顯示號碼。

「喂？」

「行李準備好了？」

「差不多。」

「妳的火車幾點開？」

「九點十二分。」

「妳不會相信一件事，可我為了我的書重讀了《塊肉餘生錄》（*David Copperfield*），剛剛在第一百一十二頁的第四行讀到了『駁船船夫（巴吉曼）』。」

「不會吧？」

「真的！聽好了：『他告訴我，他的父親是個駁船船夫，戴著黑絲絨頭飾走市長就職日遊行。他也告訴我，我們的主要夥伴是另一個男孩，他告訴我他的名字是——非常特別的名字——鬆軟馬鈴薯。』從現在起，我就這麼叫妳，瑪莉－愛麗絲，鬆軟馬鈴薯。」

「很好。」

「妳想像得到嗎？我竟然在妳來的前一晚讀到駁船船夫？這個詞出現的頻率有多高？」

「很低。」

「很低，沒錯。」

愛麗絲抿了一口樂莎度。

「搞怪嗎？」

「如果你想要。」

「不，我想我們不該，晚了。」

她等待著。

「親愛的。」

「什麼。」

「告訴我一件事。」

「好。」

「妳曾經認為這不適合妳嗎？」

「恰恰相反」。愛麗絲說得有點太大聲了。「我認為這對我很適合。」

以斯拉輕輕地笑了。「妳是個有趣的女孩，瑪莉－愛麗絲。」

「我相信還有更有趣的。」

「妳可能是對的。」

「不管怎樣，你讓我快樂。」她說。

「哦，親愛的，妳也讓我很開心。」

光線在樹上閃爍，當風吹過樹葉時，樹葉發出一聲歎息，就像神在一頓漫長醉人的午餐後發出的歎息。空氣溫和微鹹，四處飄著一股松下蘭在陽光下冒泡的味道。愛麗絲跳入他持續加熱到接近血液溫度的水中，像魚雷一樣滑行了半個池子後浮出水面，從從容容游了三十趟蛙式。腿像青蛙，雙手一遍又一遍幾乎碰到一起後又往兩側打開。總是右手向前伸，在沿著石板邊緣爬行的昆蟲之間觸地。總是左手彎曲，在下一趟開始前抹抹鼻子。有些日子，她甚至覺得她靠著這套動作而有了某種前進——好像她游的圈數不等同於她一遍又一遍來回折返的距離，而是像管子一樣頭尾相接鋪設的長度，總有一天會將她帶到它們總長加起來那麼遙遠的目的地。她的雙手幾乎併攏又分開，她覺得好像某人的雙手一度被祈禱所誘惑，但後來卻放棄了祈禱，轉而尋求其他方式撫慰自己；一個博學的人、一個開明的人、一個有文化修養的人、一個有見識的人。抽水機嗡嗡地響著。

晚上，他們收聽《難忘的週末音樂》（*Music for A Weekend to Remember*），跟喬納森很像，只是更肉麻，然後端盤子到戶外休閒帳。如果有比賽的話，就把盤子端到有粉紅燈光的小書房。壁爐檯上，玻璃金字塔往牆壁投射顫動的彩虹旁邊，有個古色古香的木製日曆，正面有三扇窗戶，木樺讓裡頭的亞麻布卷軸向前轉動，顯示出正確的月、日、星期：

八月二日星期六。

木樺白皙平滑，愛麗絲經過都會忍不住輕轉一下……但是從來不敢把星期六轉成星期日、或者把二轉成三、八月轉成九月，因為害怕不能將它們轉回來。

沙發後方有一個狹長的大理石玄關桌，上頭的書堆到她的手肘那麼高。許多出自知名作家之手，她知道其餘的名人是他的朋友。比方說，管她叫「孩子」的朋友寫了一本關於奧斯威辛集中營的書，以斯拉謹慎給了好評。還有好幾本大部頭，其中一本是亞瑟．米勒（Arthur Miller）的傳記，一本是愛麗絲自己的老闆計畫該年秋天要出版的小說，老闆的一封信就平整塞在裡面：

親愛的布雷澤先生：

在我的引言中，你會讀到《阿來圖納湖！》（*Allatoona!*）是一本非常特別的小說，更別說它對你的影響力致上微妙尊重和最終獲得成功的敬意。我不是要你背書，只是希望你能像我們獅鷲出版社所有人同樣喜歡這本書，對書中所呈現出的自信、精確刻劃、辛辣風趣感到驚奇和愉快——

她把大部頭闔上，帶著那本奧斯威辛的書到外面走廊。

在晚餐時間，一個年長的鄰居偶爾會順道拜訪，從他的雞舍帶來雞蛋以及當地的傳聞。其餘的夜晚，她和以斯拉打牌，或是讀書，或是拿手電筒到他的碼頭看星星。一個星期六，他們一路走到羊頭酒吧，一場婚禮派對還在進行。男人揮著槌球棒，在草坪上追趕赤腳的伴娘。酒吧裡，爵士五重奏樂隊表演大型樂隊的標準曲目。愛麗絲開玩笑地拉著他的手臂，以斯拉堅定地說，「不要。」但這時，〈盡情歡唱〉（*Sing Sing Sing*）那部落風格的快速打擊聲響起。他假裝在演奏打擊樂器，好像被萊諾・漢普頓（Lionel Hampton）附身，一下子捻手指，一下子轉腳跟。有一次，他甚至竟敢踮起腳尖，短暫做了一個膝蓋開合的動作。他執起愛麗絲的手，像用萬花尺畫圖一樣地旋轉她；每旋轉一回，圈子就變得更大、更鬆。這時，一個胸前戴著一個顛倒花飾的女人，跳著狐步舞靠過來宣布：「欸，大家都說你長得超像我丈夫。」以斯拉回答：「我就是你丈夫。」然後繼續讓愛麗絲斜到幾乎與地面平行的角度，接著領著她走向樂隊。

他的臥室在頂樓，地板發出沉穩的吱吱聲，窗戶被一株老橡樹的枝幹填滿了波浪起伏的綠。每天早晨，愛麗絲面對著他躺著，望著他瞳孔輻射出來的褐色，驚覺那對瞳孔看起來沒有一絲老態，多麼清澈、多麼機靈，縱然經歷了那麼多的生日、戰爭、婚姻、總統、暗殺、軍事行動、獲獎和書籍，愛麗絲歎了口氣。他們兩個人之間共活了九十七年。時間越長，她就越把他的當成自己的。

外面，鳥兒愉快地交談。當太陽照到臉龐時，愛麗絲坐起來，把一綹頭髮塞到耳後，她的臉頰仍然留著枕套皺褶的壓痕。她一臉嚴肅，用一根手指碰了碰鼻子，接著碰了碰下巴，又碰了碰手肘，然後又碰了碰鼻子，然後拉扯一隻耳朵。「短打。」以斯拉聲音嘶啞地說。沒錯！鼻子、下巴、手肘、大腿、耳垂、耳垂、耳垂、又是鼻尖、快速擊掌三下。「盜壘。」很好！下巴、大腿、耳垂、耳垂、手肘、手肘、假想的帽舌。「打帶跑。」輪到他的時候，以斯拉模仿她做過的動作，但速度加快，面無表情，每一組以指著她的肚臍結束。愛麗絲笑著往後倒在枕頭上。以斯拉抱起她，親吻她的頭髮。「最可愛的女孩，妳是最可愛的女孩。」這些話就像她耳朵裡有一根溫熱的羽毛，在她的另一隻耳朵裡。他的手錶報時聲響起，以聽來幾乎像不得不提醒他們而抱歉的音調告知，已經正午了。

「我走自己的路，如夢遊者那般精確嚴謹。」但是，夢遊者的路線一點也不精確嚴謹，這是猶豫不決的領導者竭力要讓他的臣民放心。也許最重要的是，讓他自己放心，相信他的目標是可靠純淨的。他只有一件事是肯定的：他想當領袖、他想擁有權力、他喜歡受人崇拜、他希望別人服從他。所有政客或多或少都能感受到這些渴望，否則他們會選擇另一種不那麼主張服從權力的職業。但是，在某些情況下，這樣的渴望是極端的，出自一種彌補過去恥辱的衝動——也許是私生子，也許遭到渴望就讀的學術機構拒絕。世界不瞭解他、不欣賞他，這種感覺令人惱火，因此他必須把世界改造成一個瞭解他的世界。正如《紐約時報》在不少於一萬三千字的元首訃告中所寫的那樣，統治不僅是一種幻想，也是希特勒對他失敗者、下屬、「棄兒中的棄兒」身分的一種報復。

廚房裡放著三瓶半的黑皮諾紅酒，一甕蘇托力伏特加，以及一瓶沒打開的留名溪威士忌。愛麗絲看著窗戶外的泳池，克里特正在利用長柄網撈起水面上不乾淨的東西。她打開伏特加的蓋子，傾斜酒甕，倒出一大口，回到門廊。

但不能用狂妄自大（megalomania）來形容，這個字的字尾和字首都暗示著一種過度，一種個人影響力不協調的錯覺。然而，希特勒並沒有為自己強大的力量所迷惑，他為他目標的價值所迷惑。沒錯，但是他似乎不可能高估他對人類歷史的影響。那麼，一個人的錯覺何時會變成世界的現實呢？與獨裁者的奇想搏鬥，是每一代人的命運嗎？在《我的奮鬥》（*Mein Kampf*）中，我們讀到「透過狡猾的持續宣傳，天堂可以如同地獄呈現給人們，反之亦然。最悲慘的經歷也可以如同天堂呈現給人們。」但是，那只有當這些人未盡警戒之責時，只有當我們串通一氣無所作為時，只有當我們自己夢遊時。

又一大口。

「寶貝？寶貝，你在哪裡？」

收音機響起，馬桶沖水，腳步跨過老舊的地板，孩子氣地走下樓梯。愛麗絲隔著門廊窗戶望著他，他朝一個看似老舊彈藥木箱的東西走去。從裡面的一疊東西挑出一本相冊，隆重地將它從盒子中抽出來。過了一會兒，突然一陣忙亂的聲音噴出，接著是一種熱帶的旋律，聽起來像夏威夷傳統樂器魯奧。

在藍色地平線之外
等待美好的一天

告別叫人厭煩的事
快樂在等著我！

在歌曲的段落之間，他隔著窗戶喊道：「要喝一杯嗎？」

他們在戶外休閒帳舔著手指上的烤肉醬，看著一艘獨木舟划過玻璃般透明的港口。

「維吉爾！」以斯拉喊道。「你好嗎？」

「鼴鼠今天早上鑽到我的工具棚下面，但我處理了牠。」

「你處理了牠？」

「我處理了牠。」老人咳了一聲，掀開休閒帳的門，小心翼翼地弓背進來。

「聽我說，維吉爾，我想請你幫個忙，你知道路那邊那塊地？延伸到北卡特萊特的那塊？」

「知道。」

「你曉得是誰的嗎？」

「一個住在科拉角的女士，買了好幾年。」

「什麼樣的女士？」

「年齡跟我差不多，姓史托克斯，叔叔以前住在威廉特那邊那間灰色木頭牆板小屋。

死了後，她的孩子把它賣給了那幾個搞音樂的。」

「嗯，可以的話，我想和史托克斯女士聯繫。因為我一直在想，我要在別人開洗車店以前買下那塊地。」

維吉爾點點頭，又咳了幾下，肩膀一聳一聳，肝斑周圍的皮膚泛起一層鮮豔的李子色。「親愛的。」以斯拉輕輕地喊。愛麗絲點點頭，走進屋裡，回來後遞給維吉爾一杯水。維吉爾說：「謝謝妳，珊曼莎。」

後來，愛麗絲和以斯拉在廚房裡玩金拉米紙牌遊戲，不經意地問：「萬一有緊急情況，在這裡該怎麼處理？」

以斯拉冷靜地重新整理了手上的牌，回答：「妳的意思是，如果我們正在辦事，我的打火機突然放電，你該怎麼辦？」

「對，那一類的。」

「打電話給維吉爾。」

「啥。」

「我是說真的，維吉爾是本地的救護技術員。」

「本地的救護技術員一百歲了？」

「他才七十九歲，第二次世界大戰時，他擔任救護車軍醫，巴頓說『我們在訓練你們這些混蛋去踢日本人的屁股』時，他就在現場，你可能不知道巴頓是誰。金胡。」
他起身走去廁所，回來時一臉很感動的模樣。「我差點忘了我們有蘆筍。」
「所以……島上沒有醫院？」
「綠港有一家，另一家在南安普頓。但是，不用擔心，維吉爾知道自己在幹什麼，不管怎樣——」他伸出一隻手。「——看看我，我好得很。」他若有所思對她眨了一會兒眼睛，然後把手收回來看看錶。
「你讀過這個嗎？」她舉起奧斯威辛集中營那本書。
以斯拉搖了搖頭。「不好。」
「什麼意思？」
「太多如廁訓練。」
「請再說一遍？」
「希特勒太早開始學習上廁所，墨索里尼被留在便桶上太久，這些都是弗洛伊德式的推測，與任何事情都無關。如果妳想瞭解大屠殺，我會告訴妳該讀什麼。」
星期天，她悶悶地想著心事，回到城裡，又是五天的接電話、趕出簡介、處理卡住的訂書機，很沒勁。以斯拉到泳池做水中有氧運動，愛麗絲站在窗邊看著，他下了水，在陽光斑駁的淺水區來回走動，享受著水的阻力。隨後，起風了，將他從視線中抹去。整個上午，她在各個房間飄來盪去，拿起書又放下，倒了幾杯檸檬水，坐在餐桌前喝著，聽蜜蜂的聲音。水槽上的鐘滴答滴答地響著。

兩點鐘剛過，他進來發現她躺在沙發上，用一隻前臂遮著眼睛。

「親愛的，怎麼了？」

「沒什麼，只是在思考。」

「妳不想用泳池嗎？」

「要，等一下就去。」

「妳的火車是幾點？」

「六點十一分。」

「妳幾點會到？」

「應該九點半以前會到家。」

「克里特會送妳去搭渡輪，至於我……」他環顧四周，彷彿房間裡一片混亂，他不知道從何處開始。「我要在這邊待一陣子，至少到九月底，這份稿子得完成。」

「好。」

「讓我好煩。」

「嗯、嗯。」

「我有東西給妳。」他從襯衫口袋掏出一張紙，紙有三個環孔，整整齊齊折成四分之一的大小：

基塔．瑟倫利（Gitta Sereny），進入黑暗（*Into that Darkness*）

普里莫．萊維（Primo Levi），奧斯威辛的生存（*Survival in Auschwitz*）

漢娜．鄂蘭（Hannah Arendt），耶路撒冷大審紀實（*Eichmann in Jerusalem*）

「謝謝。」愛麗絲說。

「不客『趣』。」他說。

一九〇八年三月二十六日，他在奧地利小鎮阿爾特蒙斯特出生。唯一的姐姐當時十歲，母親依舊年輕美麗，但父親已經上了年紀。

「我出生時，他已經是夜間警衛，但他腦裡和嘴裡都只有他在龍騎兵部隊〔奧匈帝國的菁英兵團之一〕的日子。他的龍騎兵軍服掛在衣櫃，總是仔細刷洗熨平。我非常討厭它，我變得非常討厭制服。我從很小開始，我記不得究竟是什麼時候，就知道父親不是真心想要我。我聽到他們的談話，他認為我其實不是他的，他認為我母親……那個你知道……」

「即使如此，他對你好嗎？」

他笑了，笑容中沒有一絲歡樂。「他是龍騎兵，我們的生活類似部隊生活，我怕他怕得要命。記得有一天，我大概四或五歲，剛得到一雙新拖鞋，那是一個寒冷的冬日早晨，隔壁的人家正在搬家，搬運貨車來了，當然，是一輛馬車。車夫進屋幫忙搬家具，那輛奇妙的馬車就停在那邊，四周一個人也沒有。我穿著新拖鞋跑到外面的雪地，雪積到我的腿一半高，可是我並不在乎。我爬上去，坐在駕駛座上，離地面很遠。我看到的一切都是安靜的，潔白的，寂靜的。只有遠處一個黑點在潔白的新雪中移動，我望著那裡，但認不出那是什麼，接著突然發現那是我的父親，他回來了。我以最快的速度跳下車，穿過厚厚的積雪，飛奔回到廚房，躲在母親的身後。但他幾乎以和我同樣快的速度回到家。

『那孩子在哪裡？』他問道，我只好走出來。他把我放在他的腿上，拿皮鞭抽打我。幾天前他割破手指，用繃帶包紮著，他因為狠狠地抽打我，傷口裂開，血流出來。我聽見母親尖叫：「住手，你把血都濺到乾淨的牆上了！」」

她的老闆正在講電話，腳擱在桌子，指間轉著一捲透明膠帶。「那布萊澤呢？為什麼我們不再出版以斯拉·布萊澤的書？就算文學幫希利口交，希利也還是不懂文學。」

愛麗絲把一份文件扔到他門外的鐵絲文件盒，跪下來假裝綁鞋帶。

「沒有，沒有！我才沒有說那種話。希利滿嘴屁話。我是說，我們願意出一百萬買新書，外加兩百五十買庫存，雖然預付金多過於你在他媽的蒙托克的房子，你覺得這樣『精明』嗎？」

在今天的德國，「出名的」猶太人的這個概念還沒有被遺忘。雖然老兵和其他享有特權的群體不再被提及，但「名」猶太人的命運仍然讓所有其他人付出代價。有不少人，尤其是文化精英，仍然公開對德國讓愛因斯坦打包走人的事實表示遺憾，沒有意識到在街角殺死年幼的漢斯．科恩才是更大的罪行，縱使他不是天才。

未顯示號碼。

「喂。」

「妳好嗎，瑪莉－愛麗絲？」

「我很好，妳呢？」

「很好，我只是想看看妳好不好。」

「嗯嗯。」

「妳確定妳很好？妳聽起來有點心情不好。」
「我是有點心情不好，但沒什麼，不用擔心，你的書怎麼樣了？」
「噢，我不知道，誰知道有沒有用。這是很有趣的工作，編故事，描述事件，形容某個人剛走過的門，褐色，絞鍊嘎嘎響……誰在乎？就一扇門嘛。」
「『探索藝術需要諸多耐心。』」愛麗絲最後說。
她可以聽到青蛙的呱呱叫聲。
「記憶如鐵做的陷阱，鬆軟馬鈴薯。」

營地占地四十到五十英畝（六百公尺乘以四百公尺），劃分成兩大區、四小區。「上營區」──或者說第二營區──包括毒氣室，處理屍體的設施（最早是石灰岩坑，後來有了焚燒用的巨大鐵架，被稱為「烤肉」），以及猶太工作小組營房。兵營分男營和女營。男人抬屍體去焚燒；十二個女孩燒菜洗衣服。
「下營區」，又稱第一營地，分成三區，以帶刺鐵絲網嚴格分開，這些鐵絲網和外圍的鐵絲網一樣，穿插松枝做為偽裝。第一區包括卸貨坡道和廣場，第一次篩選在廣場進行；老人和病人送去假醫院，不用毒氣毒死，而是一槍打死；在脫衣營房，受害者脫光衣服，留下衣物；如果是婦女，還要剪掉頭髮，檢查體內有沒有藏著貴重物品；最後是「天堂之路」。它是一條從婦孺脫衣營房出口開始的路，十英呎寬，兩側有十英呎高的帶刺鐵絲網（同樣以厚厚的樹枝偽裝，經常換新，從裡面看不到外面，從外面也看不到裡面）。一絲不掛的囚犯，五個一排，必須跑上一百公尺的山坡到「澡堂」——毒氣室——毒氣釋放裝置老是故障，發生這種情況時，他們只好站著等待輪到自己，這一站就是好幾個小時。

她正準備寄出一封電子郵件，拒絕又一本以第二人稱寫的小說，螢幕突然變黑。在冷氣發出一陣劈劈啪啪的聲響後，朦朧並原始的寂靜降臨。

「媽的。」老闆在走廊那頭說。

一個小時後，在越來越潮濕的空氣中，她和同事仍舊埋頭於停滯不前的文件，他繃著臉走來告訴大家，如果回得了家，可以回家去。

走下二十一層的樓梯到大廳，消防隊員在封鎖的電梯間轉來轉去，抬眼盯著停止的刻度盤。在五十七街，車輛在沒有燈光的交叉路口想走出一條路，行人數量似乎是早上的四倍。在哥倫布圓環的北側，有個人自己跑來當交通指揮，戴著鏡面太陽眼鏡，袖子捲到二頭肌上。富豪雪糕的排隊隊伍有一個街區那麼長，想要使用老式電話亭的人排起更長的隊伍，為它們再度贏得一次延緩執行死刑的機會；民眾小心翼翼地靠近，甚至有些侷促不安，彷彿就在大街上要進入告解室。在六十八街和七十二街，拖著腳步的人擠上已經不堪重負的公車。在七十八街，堅果和冰淇淋世界店鋪正在分發甜筒。往北再一個街區，「都柏林之家」的霓虹燈豎琴似乎失去所有的色彩，在這種神秘的情況下，普通的溫度也開始感覺不同尋常：緩緩滲透、陰險、難以捉摸，像在小囚房漫開來的瓦斯。在費琳地下室季後百貨，兩名婦女帶著四個袋子、五個孩子，與一輛朝著上城區的豪華轎車的司機討價還價。在對面的轉角，那個遊民穿著他上百件的外套，顯得比以前任何時候還要駝背。他把手肘靠在街頭售報箱上，將這一切看在眼裡，打了個哈欠。

安娜家沒有人應門。進了自己的公寓，愛麗絲脫了鞋子、上衣、三百美元的裙子，倒了杯樂莎度給自己就睡了。醒來時，四周是一片深不可測的黑暗，手機發出哀怨的嗶嗶聲。就在她的大門外，通向屋頂——更確切地說，是通向一扇門——的第五層樓梯上。一個她兩年來從未聽過的警報器響起，她不予理會，向上穿過紫色的菱形天空，在一陣微風徐徐吹拂下，走過自己公寓的天花板，站在大樓的前端俯視街道。一輛駛出阿姆斯特丹大道的汽車加速向西行駛，前燈以一種嶄新珍貴的強度穿過黑暗。隔著兩棟樓的消防通道閃爍著燭光，在右側墨黑如緞帶的河流對岸，新澤西州的水岸像是讓野外的篝火給稀稀疏疏照亮了。「來買冰啤酒哦！」一個男人的聲音從百老匯大道傳來。「這裡還有冰啤酒，三美元。」

她的手機又響起可怕的鈴聲。少了地鐵的隆隆聲，少了在哈德遜河上飛馳的火車，少了空調、冰箱和一個街區就有三家的自助洗衣店的嗡嗡聲，彷彿一顆巨大的心臟停止跳動。愛麗絲坐下來，過了一會兒，抬頭凝神直視星星。少了平日來自下方的競爭，它們似乎更加明亮——更加明亮，更加得意洋洋，重申在宇宙至高無上的地位。從閃閃爍爍的消防通道的方向，傳來幾聲含糊不清的吉他弦聲，賣啤酒的不是放棄，就是賣完了。月亮也一樣，顯得比平日更清晰、更皎潔，所以驀地不再是塞利納的月亮、不再是海明威的月亮、也不再是惹內的月亮，而是愛麗絲的月亮。她發誓，有朝一日要描繪出真實的它——被接收的太陽光。一輛消防車向北駛去，一架直升機改變方向，像一隻蝗蟲被巨大的手指驅趕，切過天空。在她自己的手中，愛麗絲的手機發出最後三聲憤怒的鈴響後平息下來。

……由此可見，人類中存在著兩種差別特別明顯的類別——得救的和溺斃的。其他成雙的對立（好人與壞人、智者與愚人、懦夫和勇士、不幸的人和幸運的人）則是沒那麼明顯，似乎也不那麼重要，最重要的是，它們容許更多複雜的中間層次。

這種區分在日常生活中不那麼明顯；因為在那裡，一個人很少會迷失自己。一個人通常不是孤獨的，他的興衰與鄰人的命運息息相關；因此，任何人都不可能獲得無限的權力，或者因為一連串的失敗而徹底毀滅。此外，每個人通常都擁有這樣的精神、物質甚至經濟資源，在面對生活時，船隻失事、全面匱乏的可能相當小。而且做人必須考慮到法律和道德感——構成一種自我強加的法律——兩方面所起的緩衝作用；因為一個國家被認為越是文明，它的法律智慧和效率就越是能夠阻止軟弱的人太軟弱，或者強大的人太強大。

「二〇〇三年諾貝爾文學獎得主是，南非作家約翰．麥克斯韋爾．柯慈（John Maxwell Coetzee）。用委員會的話來說，他『以無數的假面描繪局外人意外受牽連。』」愛麗絲關掉收音機，回到床上。**未顯示號碼**。**未顯示號碼**。**未顯示號碼**。

「嘟嘟嘟——。」他掛上電話。

她的門口再度響起：叩——叩叩叩——叩——、叩——叩——

愛麗絲歎了口氣，拿了鑰匙和手機，跟著拖著腳步急切行走的老太太穿過走廊。被打開的吸塵器立在一間大餐廳裡，餐廳從地板到天花板都是古董珍品。還有壁爐，壁爐的精緻裝飾板條尚未被房東不分青紅皂白的粉刷遮蓋。在它們的後方，其他房間延伸出一座幽暗的迷宮，一間接著一間，一路延伸到臨街。空氣瀰漫著一種陳腐的鹹味——愛麗絲猜想，那是半個世紀以來，猶太薯餅和德國泡菜的味道。壁爐架上有一張租金單，咬著牙討取七百二十八美元又六十九美分。

「妳調了妳的鐘嗎，安娜？」

「什麼？」

「妳調了妳的——」

未顯示號碼。

這一行字在她手中像心跳復甦般閃過。「我馬上回來，安娜，好嗎？」

他的聲音聽起來有些迷糊，彷彿剛從漫長的午睡中醒來，她聽到背景傳來逐漸變弱的詠歎調。「妳在幹什麼，瑪莉-愛麗絲？」

「我在幫忙同一樓的老太太把她吸塵器的集塵袋裝回去。」

「多老？」

「很老，比你老，她的公寓比我們兩個的加起來還大。」

「也許妳應該和她上床。」

「也許吧。」

回到走廊，安娜正在試著用切肉叉把吸塵器的集塵袋從凹匣挖出。「我來吧。」愛麗絲說。

「什麼？」

「我說我來幫妳弄。」

「哦，謝謝，親愛的，這是我孫女給我的，我不知道幹什麼用的。」

「妳調了妳的鐘嗎？」愛麗絲站起來問。

「什麼？」

「我說，妳記不記得今天早上要把鐘撥慢？」

安娜的眼睛濕潤起來。「我的鐘嗎？」

「夏令時間。」愛麗絲大聲說。

挑選自以斯拉寄來的信：

一張交響樂劇場傳單上，他圈出他認為她應該觀看的黑澤明（Kurosawa）電影，尤其是《羅生門》（*Rashomon*），如果她能留下來看第二場的話，《椿三十郎》（*Sanjuro*）。

一張電影論壇戲院明信片上，他圈出他認為她會喜歡的查理．卓別林（Charlie Chaplin）電影：《大獨裁者》（*The Great Dictator*）、《城市之光》（*City Lights*）和《摩登時代》（*Modern Times*）。

一本現代藝術博物館電影資料館手冊裡，有一張某個女演員在《玫瑰圍牆》（*Rosenstrasse*）中拿小酒杯喝酒的照片。他建議，若是她決定剪短頭髮，可以試試她的髮型。

他的背又疼了，因此她獨自去了電影論壇戲院。

「當他用扳手轉女人乳頭的時候！」她繞著房間跑，用隱形扳手轉緊空氣。「還有他用古柯鹼給牢飯調味！」她瞪大眼睛，握緊拳頭。「還有他在百貨公司裡溜冰！……還有，他跑下電扶梯的時候！……還有他喝下整桶蘭姆酒醉到興奮無比！」愛麗絲手臂一甩，假想的襯衫袖口飛了起來，他坐在閱讀椅上，愛麗絲繞著他做了一個慢動作的太空滑步，並一邊哼唱著歌。「哎呀，瑪莉－愛麗絲。」他笑了起來，擦擦眼睛，把她旋轉到自己身邊，親吻她的手指。「我親愛的、古怪的、瘋狂的瑪莉－愛麗絲！我怕妳的生活會非常孤獨。」

由於書的稿件完成了，他可以處理幾項因為寫書而延後處理的醫療問題，包括大腸鏡檢查和前列腺篩檢，還有胸腔科醫師建議的幾項檢查，以便調查近日發生的呼吸急促狀況。他沒有癌症，吸入型類固醇不到一個下午，就讓他擺脫呼哧呼哧的喘氣聲。不過在一位新骨科醫師的敦促下，他決定用椎板切除術治療椎管狹窄症。手術在三月下旬進行，一開始安排私人看護輪班照顧兩週，後來延長為三週。一個週六，就在他開始動筆寫另一本小說、重新站起來不久，他、愛麗絲和日班看護嘉布瑞拉出門散步。

「四頁。」他宣布。

「已經四頁？」愛麗絲說。「哇。」

以斯拉聳聳肩。「我不知道有沒有用。」

他們在八十四街一處門階坐下來休息，看著一個腕上拴著學步孩子的安心繩的男人對著手機皺起眉頭。

「妳想生孩子嗎，珊曼莎？」來自羅馬尼亞的嘉布瑞拉問。

「我不知道，也許有一天，不是現在。」

「沒關係，妳有時間。」

愛麗絲點點頭。

「妳幾歲呢？」

「二十七。」

「哦，我不知道，妳看起來像十六。」

「常常有人這樣對她說。」以斯拉說。

「總之，妳還有時間。」

「謝謝。」

「……當妳三十五、三十六歲時，就需要擔心了。」

「嗯、嗯。」

「妳想什麼時候生孩子呢？」

「我說了，嘉布瑞拉，我不確定我是不是真的想要，不過如果讓我來決定，我會等到最後一刻，像是四十歲的時候。」

嘉布瑞拉皺起眉頭。「四十太老了，四十不好生，四十妳會很累。」

「妳認為我應該什麼時候生呢？」

「三十。」

「不可能。」

「三十二？」

愛麗絲搖了搖頭。

「三十七，妳不能拖到三十七以後。」

「我會考慮的。」

一個穿著彈性纖維褲的紅髮長腿女子小跑經過，以斯拉目送她到街角。

「有了。」嘉布瑞拉說：「我們來問問法蘭欣。」

「法蘭欣是誰？」

「夜班看護，她沒有孩子。」以斯拉說。

到了哥倫布圓環，他們又停下來，讓以斯拉和賣熱狗的小販聊天。「朋友，生意好嗎？」小販比出一個惱怒的手勢，指指街頭，又指指街尾，像是他的攤車停在一座鬼城中。「糟透了，沒有人想買熱狗，每個人都想要奶昔。」

「是嗎？」

小販憂鬱地點了點頭。以斯拉轉向愛麗絲。「要熱狗嗎？」

「好。」

「嘉布瑞拉？」

「我喜歡熱狗。」

「先生，兩根熱狗。」

「『清真』是什麼意思？」嘉布瑞拉問。

「穆斯林可以吃的！」小販自豪地喊道。

在嘉布瑞拉講電話時，愛麗絲和以斯拉坐在他們相遇的長椅上。他們靜靜地休息了一會兒，接著以斯拉說梧桐樹怎樣怎樣，愛麗絲沒聽進去，因為她在想事情——想她人生去過的地方，她要去的地方，以及她怎樣才能在沒有太大困難的情況下，從這裡到達那裡。東西一到手，她就不想要了，這時反而想要其他的——她這種把人逼瘋的習慣讓思慮變得複雜。一隻鴿子飛了下來，以斯拉舉起手杖驅趕，那麼輕輕的一彈——瀟灑的動作讓愛麗絲想起了佛雷・亞斯坦（Fred Astaire）。

「親愛的。」他看著她吃東西說：「今年夏天，妳不如請兩個星期的假來看我？妳會覺得無聊嗎？」

「完全不會，我喜歡。」

他點了點頭。愛麗絲舔了舔手掌上的芥末問：「亞當怎麼說你的書？」

「以斯拉，我──我不知道該說什麼，這是天才，一部傑作。我是說，哇，很棒，每一個字……他媽的每一個字……」

「都拼對了。」

以斯拉擤了擤鼻子，「都拼對了。」

「他什麼時候要送？」

「他要等到秋天，妳讀完了嗎？」

「我讀到第一百六十三頁。」

「結果呢？」

「我喜歡。」

「什麼。」

「什麼？」

「那是什麼語氣？」

「嗯……說話的是誰？誰在講這個故事？」

「妳這是什麼意思？敘事者在講這個故事。」

「我知道，但是……」

「先讀完，我們可以再談談觀點，還有其他的嗎？」

「貝果店的那個女孩，這年頭誰會這麼說話？那麼小心？那麼正式？」

「妳就會。」

「我知道，可是我——」

「什麼？特別？」

愛麗絲對他挑了挑眉毛，不過繼續咀嚼。

過了一會兒，他溫柔地說：「瑪莉－愛麗絲，我知道妳在忙什麼。」

「什麼？」

「我知道妳一個人的時候在做什麼。」

「什麼？」

「妳在寫作，對吧？」

愛麗絲聳聳肩。「一點點。」

「妳描寫這個嗎？我們的事？」

「沒有。」

「真的嗎？」

愛麗絲絕望地搖了搖頭。「不可能的。」

他點了點頭。「那妳寫些什麼？」

「其他人，比我有趣的人。」她輕輕笑著，朝著街道抬起下巴。「賣熱狗的穆斯林。」

以斯拉看起來有些懷疑。「妳寫妳爸爸嗎？」

「沒有。」

「妳該寫，這很好寫。」

「我知道，但寫我自己似乎還不夠重要。」

「相較於？」

「戰爭、獨裁統治、世界大事。」

「忘了世界大事吧，世界大事會自己解決。」

「它們做得不是很好。」

一個與以斯拉住同一棟樓的女人循著小徑走來，頭上戴著一頂高爾（Al Gore）在二〇〇〇年代表民主黨參選總統時的競選帽子。「你好。」以斯拉在她經過時說。「妳好，喬叟。」他又對著狗說。至於愛麗絲，她開始認真思考一個來自麻州的前唱詩班女孩，能不能召喚出一個穆斯林男人的意識。這時，以斯拉轉身對她說：「不要擔心重要與否，好好做這件事，它就會是重要的，只要記住契訶夫說過的話：『如果第一章裡有一把槍掛在牆上，那麼在後面的章節它一定會響起。』」

愛麗絲擦擦手，站起來去把餐巾扔了。「如果在第一章裡有一個去顫器掛在牆上，那麼在後面的章節它一定會放電嗎？」

當她回到他的身邊時，嘉布瑞拉拿著他的圍巾攙扶他站起來。太陽已經消失在哥倫布圓環的高樓後方，他們周圍的人都在驟然而至的陰影中加快腳步。頂著風，以斯拉把手杖插在燈芯絨褲子的胯下，使勁拉著夾克的拉鍊。嘉布瑞拉過去幫忙，他平靜地說：「不用，不用，我可以。」在梧桐樹的映襯下，他顯得比在他那公寓狹隘的避難所更矮小，更虛弱。有那麼一會兒，愛麗絲看到了她認為別人所看到的情景：一個健康年輕的女人浪費時間和一個老朽的男人在一起。還是，其他人比她所想像的更富想像力和同情心呢？他們會不會承認，和他在一起，一切會比不和他在一起更加有趣？也許甚至承認，她的勇敢和忠誠是這個世界需要更多、而非更少的素質呢？在他們的身後，天文館發出紫紅色的光，清真熱狗小販開始拉起攤車遮板。以斯拉調整手套時，嘉布瑞拉給了愛麗絲一個姐妹般的眨眼，走來站在她身邊，在冷風中蹦蹦跳跳。「珊曼莎！」她用故意讓旁人聽到的低語說：「法蘭欣冷凍了一顆卵子。」

在朗肯科瑪換車以後，火車開不到三個小時。旅途中，愛麗絲喝了一瓶含酒檸檬水，看著皇后區生銹的鐵絲網和迷幻塗鴉逐漸變成水仙花、狗屋、山茱萸和藤蔓。在亞普漢克，鐵軌上有幾朵零星的菊苣花，像小小的祝福者顫動著。她那節車廂另一頭坐著一個老婦人，雙手擱在腿上的皮包上，凝視窗外的風景掠過，一群十幾歲的孩子在她的周圍又喊又叫。他們打鬧嬉戲，不時湧到通道，或是撞上那婦人的座位，或是一瞬間把一頂棒球帽從她那件長春花外套的袖子掃過。即使列車長朝他們衝去，孩子們還是繼續丟香蕉、搶手機，直到車長站在他們面前，清了清嗓子說：「不好意思，這位女士打擾到你們嗎？」

孩子們像地鼠鑽回洞裡，坐回位子，在接下來的路途中都待在座位上，以僧侶般的低語交談著。

「嗨，珊曼莎。」

「嗨，克里特，你好嗎？」

「不錯，到鄉下玩的好天氣。」

「的確是。」

他們將車駛上車道時，以斯拉正好從他的工作室出來。「不好意思，小姐！」他隔著草坪喊。「妳訂的是明天。」他走近了一些。「瑪莉－愛麗絲，妳好嗎？」愛麗絲瞪大了眼。

「我是要說珊曼莎．瑪莉，珊曼莎．瑪莉－愛麗絲。瑪莉－愛麗絲是你的中名，對吧？可是妳比較喜歡別人喊妳珊曼莎，是不是，珊曼莎．瑪莉－愛麗絲？」

「沒錯。」愛麗絲說。

「好了。」克里特咧嘴笑了笑。「星期天見了，老闆。」

他們走向房子，以斯拉伸出一隻手臂摟住了她。「九十三頁。」

「太棒了。」

「我不知道有沒有用。」

他們吃午餐時，清潔女工在他們周圍工作。愛麗絲告訴他火車上那位老太太的事，但她一說到「長春花」，以斯拉就放下汽水，搖了搖頭。

「不要為她傷感。」

「你總是那樣說，不要為人傷感，好像我能選擇一樣。」

「感想可以，感傷不行。」

清潔女工眨了眨眼，「他真風趣。」

「誰？」

「你，布雷澤先生。」

「他確實很風趣。」愛麗絲說著站了起來。「嘿，今晚洋基對紅襪。」

「嘿，我要去睡一會兒，然後我會在工作室，還有幾個箱子要檢查。」

「什麼箱子。」

「給我的傳記作者。」

「什麼傳記作者？」

「我最後的傳記作者。」客廳裡傳來砰的一聲。「珍妮絲。」以斯拉回頭喊道：「都還好嗎？」

「我剛剛殺死了頭號大黃蜂。」

「我以為喬治．普林普頓（George Plimpton）才是頭號大黃蜂。」

「我要去游泳。」愛麗絲說。

「等一等，親愛的，妳的火車是幾點？」愛麗絲看著他。

「我是說——」他搖著頭說：「棒球是幾點？」

以六月來說，天氣算是涼爽。蒸氣從水面升騰，好像在下方只有一英呎深的地方有一條岩漿河流淌著。沙沙作響的樹木往泳池投下顫悠悠的影子，多年下來，泳池已經一層一層剝落，留下一圈又一圈古老的灰、綠和海藍，宛如一幅古老的航海地圖。在水面下，愛麗絲的雙手仍然不停合攏又旋開，開始看起來不像是使她推進往前的裝置，反而像是混亂的磁鐵，或是想從黑暗房間裡伸出來的手。儘管如此，她仍繼續游著，一直游到風呼嘯吹過，太陽在紫荊後方下沉，變成了粉紅色。她游得嘴唇發青，乳頭突起，她游啊游，游到屋裡亮起了一盞盞的燈，從廚房門可以看見以斯拉的剪影，他用一種起伏的語調呼喚她，就像憂心的農場主人呼喚狗兒一樣。

身子還在滴水，她在床上發現了：一本《生活》（*Life*）雜誌紀念特刊，紀念羅斯福總統六十大壽。

一本一九七八年的色情雜誌，整本雜誌描述一個名叫喬迪的裁縫的故事，地方上的人相信他是同性戀，所以他獲得大家信賴，認為他可以陪同年輕女性進入試衣間。（「在性方面最保守的女人會毫不猶豫為她的醫師——或裁縫——脫下衣服，對年齡較大或不太有魅力的顧客而言，喬迪是一個沒有生命的固定裝置，在她們赤裸或非常赤裸的身體上調整要賣給她們的衣物，好像一架沒有感情的自動機械裝置……」）第三十三屆阿勒格尼郡年度遊樂會紀念節目手冊，邀請塗鴉鎮吹笛人、亞瑟．戈弗雷（Arthur Godfrey）暨他著名的馬「小金」、香蕉船樂團。他用黑色馬克筆和那獨特迷人的傾斜筆跡在背面寫著：嘿，塗鴉，我真的愛你，你懂的。

在淺水區，她冷不防出現在他的身邊。他說：「妳好像一艘小船。」

愛麗絲甩了甩一側耳朵的水，又往外游了一圈。當她游回到他身邊時，他說：「還記得內菈嗎？」

「那個巴勒斯坦人？」

「對，上星期她來採訪我。瑪莉－愛麗絲，我告訴妳，她的皮膚會是妳見過最美麗的，就像……」他一隻手輕輕往下撫摸臉頰。「巧克力牛奶。」

「巧克力豆奶。」

「沒錯。」

「所以說，採訪很順利。」愛麗絲仰漂著。

「我邀請她在我回城裡時和我一起吃午餐，她說她會打電話。親愛的，我不在意，完全不在意，但是妳的胸部是不是變小了？」

愛麗絲彎腰沉入水裡查看。「我想是真的，我鼻竇有問題，醫師開了一種噴鼻孔的類固醇，有效，但我想那也讓我的胸部縮水了。」

以斯拉理解地點了點頭。「妳今晚想做什麼？」

「有選擇嗎？」

「打金拉米紙牌遊戲，不然帕爾曼學校有一場音樂會。」

「帕爾曼學校。」

「妳不想知道他們要表演什麼嗎？」

「無所謂。」說著，愛麗絲又潛到水裡去了。

他們開車經過鄉村俱樂部，高爾夫球手邁著大步，跟隨著滾入長影中的球。在日落海灘上，以斯拉放慢了速度，讓幾個端著黛綺麗雞尾酒的女孩過馬路。愛麗絲搖下車窗，用手感受風。從這裡，隔著水，可以一路看到北叉半島。

在那島上，從城市駛來的火車緩緩地、無情地停了下來——軌道嘎然抵達盡頭，三面雜草叢生，彷彿一個半世紀以前鋪軌道的男人有天抬頭一看，發現不能再鋪下去了：有座海灣擋了路。這讓後方的大地更添一種荒蕪之感，地圖無法繪製，大都市的鋼鐵血管同樣無法延伸至此。近來，大都市的極度冷酷與愛麗絲夢想中更多沉思空間的生活，似乎越來越分歧，她夢想一種觀察的生活——實實在在觀察這個世界——一種對風景提出新見解的生活。

另一方面，地球上所有的鄉村寧靜能不能治癒自我懷疑的焦慮呢？她究竟能不能獨自待上那麼久？這會讓她的生活比現在更不重要嗎？更何況，他不是已經道出了她想要說的一切嗎？

以斯拉將車子停在一塊對著水面的空地，他們背著夕陽，朝一座大帳篷走去，扇貝形的帳緣在微風中劈啪作響。「瑪莉－愛麗絲。」他們跨著大步，走過茂盛的青草。「我有個建議。」

「哦。」

「我想幫妳還清大學貸款。」

「哦，我的天，為什麼？」

「因為妳是一個聰明的女孩，一個十分出色的女孩，我認為是時候去做妳人生想做的事。如果沒有那麼多債務壓在頭上，不是更輕鬆嗎？」

「是，但沒有那麼多，我已經還清了大部份。」

「那樣更好，剩多少？」

「我想大約六千美元吧。」

「好，我給妳六千，妳可以立刻把剩下的都處理掉。也許這樣妳能夠把人生道路稍微看得更清楚，更多的自由，妳說呢？」

「我可以考慮一下嗎？」

「妳當然應該考慮一下，願意的話，一直考慮下去也沒關係。不管妳決定了什麼，我們都不必再提這件事，我給妳錢也好，不給也好，就這樣吧，好嗎？」

「好，謝謝你，以斯拉。」

「不客『趣』。」他們同時說。

音樂會是一位年輕日本女子擔任特別嘉賓的鋼琴表演，她在倫敦、巴黎、維也納和米蘭的禮堂演出過——不過從他們現在坐的地方看，她就像一個九歲的孩子，走向一個大得可以當長頸鹿寶寶棺木的樂器。頭三個音聽起來像黎明、白晝或時間本身；接著，音樂爆發，成了狂風暴雨，女孩的手指以難以置信的速度狂奔彈跳，奏出顫音，臉龐卻保持面具般的平靜，不帶感情。

接著，是兩首簡短的史托克豪森（Stockhausen）作品，愛麗絲覺得相較之下，好像一隻在鍵盤上走來走去的貓咪。兩首曲子之間，在大家都知道不要鼓掌的肅穆寂靜中，一陣咳嗽聲在聽眾席上迴盪，彷彿仍然懸在空氣中的不和諧音調，不是餘音，而是一種惹人惱火的氣體。

中場休息時，一個朋友過來向以斯拉打招呼，這個男人有一頭獅子般的白髮，泡泡紗口袋冒出一條綠松石色的手帕。「親愛的以斯拉，你覺得怎麼樣？」

「她很棒，雖然可能有點冷。」

「史托克豪森才冷，你的書怎麼樣了？」

愛麗絲留在後面，抿著白酒，平靜凝視著海灣。在她的身後，兩名女學生在討論三和弦和拉長音，接著以更加含糊其詞的口吻，討論誰可能被遴選為下個月慈善音樂會的獨奏。愛麗絲喝完了酒，正準備一走了之時，以斯拉碰了碰她的手肘說：「卡爾，這位是瑪莉－愛麗絲。」

「噢。」愛麗絲說：「嗨。」

「哈囉。」

「我剛才告訴卡爾，一百年前，我在羅浮宮聽過毛利齊奧．波里尼（Maurizio Pollini）演奏《暴風雨》（*The Tempest*），他的尾音拖得像一列貨運火車那麼長。親愛的，有一天妳一定要聽聽波里尼。」

「你喜歡音樂？」卡爾問。

「喜歡。」愛麗絲說。

「瑪莉－愛麗絲是一個編輯。」以斯拉說。

「欸。」愛麗絲說：「助理編輯。」

「那樣可好。」卡爾說：「哪家出版社？」

「不好意思。」以斯拉說：「我去拿杯健怡可樂。」

「獅鷲。」

「那麼，妳一定很聰明，羅傑不用笨蛋。」

「你認識羅傑？」

「當然，傑出的男人，傑出的編輯，這是妳想做的工作？編輯？」

一個抱著孩子的女人說了聲「不好意思」，擠到他們中間。卡爾認出她來，靠過去親了一下。「費莉希蒂！這位是瑪莉－愛麗絲，以斯拉的朋友。這位是——？」

「賈斯汀。」

「賈斯汀……」

愛麗絲發現以斯拉在外面，坐在楓樹樹冠下的長椅，剛刮過鬍鬚的臉龐在逐漸黯然的光下顯得蒼白憔悴。「對不起，寶貝，我突然覺得有點暈。」

「想回家嗎？」

「不用，我沒事，我希望我們可以在外面一起度過一個愉快的夜晚。我們可以留下。」

愛麗絲坐在他旁邊說：「卡爾認識羅傑，我老闆。」

「糟糕，那就這樣吧。」愛麗絲點點頭。「那就這樣吧。」幾碼之外，一對穿著考究的夫婦把一根香菸遞來遞去。女人用法語說了幾句，吸引了以斯拉的目光，那個男人在她的笑聲中抽著菸。

「你在想什麼？」愛麗絲問。以斯拉驚訝地轉向她。「在想我的書，有一幕戲我還沒寫好，不過呢，也不是說有辦法寫好，要寫還不如去寫寫胡圖族的事，這樣還能對他們有所瞭解。」

他們把塑膠杯扔到一邊，禮貌地從其他人身邊擠回自己的座位上。鋼琴家回到琴凳，以超人般的專注力盯著倒映在高級烏木光澤中的鋼琴鍵。接著，她的手腕猛然往上一抬，鼻孔放大，鋼琴奏鳴曲就從籠子中跳了出來；隆隆巨響，一陣嚴厲的敲擊，一點也不冷，正好相反。那名女子的肩膀前後搖晃，腳用力踩踏拉長音的踏板，甚至連腳跟都不落地，頭也抽搐似地猛然向上或向旁晃動，好像有火花從鍵盤飛濺出來，威脅要射入她的眼睛——這給了愛麗絲絢麗又洩氣的印象，音樂在她胸骨中迴盪，使她比以往任何時候都更渴望去做、去發明、去創造——把全部精力投入到做出一些她自己獨有的美麗事物上——但同時也令她產生了愛的欲望。

對一個人的愛低首下心，絕非是在浪費自己的生命，因為還有什麼比將生命奉獻給另一個人的幸福和成就更高尚的事呢？有一段時間，鋼琴家稍微向後靠，兩隻手分別在鍵盤兩端彈奏，好像一隻手不能猛然抬起，另一隻手則要按住。這時，愛麗絲轉過頭看著以斯拉，以斯拉正張著嘴看著。在他身後，宛若少女們的拉長音凍結在驚奇和謙卑的姿勢中；無論她們有什麼能耐，她們的能耐不是這個，永遠不會是這個，沒有為了抱負，犧牲了更多時間，這是不可能的。此外，她們的沙漏也正在逐漸消失殆盡。每個人的沙漏都在逐漸消失殆盡，每個人，貝多芬除外。一旦出生，沙子就開始滴落，只有要求別人記住自己，你才有機會一次又一次把它倒過來。愛麗絲牽起以斯拉冰涼的長手指握住，這一次，在樂章之間，沒有人咳嗽。

第二天下午，他親自開車送她去渡口。他們來得很早，當他們坐在車裡看著平底船笨重地駛進停泊處時，他也不看她一眼就說：「這段關係是不是有點悲傷？」

港口的強光刺痛她的眼睛。「我不覺得，也許有一點。」一群人從輪渡坡道上方湧現，笑著，揮著手，把行李袋扛上肩，遮擋陽光不讓眼睛照到。一對年輕男情侶手牽著手，較高的另一隻胳膊抱著一株飾有絲帶的室內盆栽植物。

「你曾經擔心過後果嗎？」

「什麼後果？」現在他嚴厲地看著她。

「你擔心嗎？」愛麗絲問。

「不會，但那是因為我已到人生盡頭，而妳……」——他輕聲笑了，為了這句話的工整對仗——「妳才在人生起點。」

叩——叩叩叩——叩——、叩——叩——

「啊，妳好，親愛的，妳有衛生紙嗎？」

「可是，安娜，妳手上就拿著一捲！」老太太愣住了，轉身向走廊走去。

「怎麼了，安娜？」

老太太又急切地轉過身來：「沒事，親愛的，沒事，怎麼這麼問？」

「妳需要什麼嗎？」

「我想不需要。告訴我，親愛的，妳有男朋友嗎？」

叩——叩叩叩——叩——、叩——叩——

「親愛的……妳叫——？」

「愛麗絲。」

「愛麗絲，妳能告訴我現在幾點嗎？」

「快四點。」

「四點幾分？」

「就是四點，快要四點，三點五十五分。安娜，妳為什麼拿著那捲衛生紙到處走？」

叩──叩叩叩──

從她們上次談話還沒經過十分鐘，但愛麗絲又打開門時，安娜揪住胸口往後退，好像沒有料到家裡會有人一樣。「哦！親愛的，妳好。不知道……妳能不能幫我……換……」

「……燈泡？」

那燈泡是在愛麗絲還沒去過的廚房。偌大的廚房放著一張鏽跡斑斑的大桌子，以及六把膠面軟墊椅。稀疏朦朧的午後光線從髒兮兮的玻璃窗透進來，較低的窗玻璃糊著發黃的《紐約時報》，標題是：**「雷根懷念共和黨參議院」**、**「麗芙卡．羅森溫與貝瑞．利希滕貝格結婚」**、**「伊姆加德．席芙瑞德逝世，享年六十九歲」**。那顆壞掉的燈泡像蜘蛛懸在爐子上方的電線，爐口有些地方莫名其妙地用一片片的鋁箔蓋住。愛麗絲從桌下拉出一把椅子站上去，把壞了的燈泡轉下來。在準備走下來換新的時，她一隻手扶著爐面想保持平穩，但立刻又把手收回。

「哎呀！安娜，妳的爐子好燙！」

「是嗎？」

「是啊！妳在煮東西嗎？」

「沒有，親愛的。」

「但是妳剛剛用過爐子嗎？妳今天煮過東西嗎？」

「我不知道，親愛的，我不知道。」

回到自己的公寓後，愛麗絲撥打房租單上的號碼，不耐煩地踱著步，等待錄音選單結束。她按下〇，然後又按了一次〇。「……聽到提示音後，請說出您的姓名和公寓號碼。嘟。」

「瑪莉－愛麗絲．道奇，西八十五街二〇九號五C。」

「……喂？」

「喂，我是愛麗絲，住在二〇九號五C。我打這通電話是因為走廊對面的安娜不停地來敲我的門，她這麼做有一陣子了。我實在不介意偶爾幫幫她，陪伴她也沒關係，因為她很客氣。有時，我覺得她敲門只是因為很孤單，可是今天她敲了三次，我想也許她根本每一次都忘了前一次的事。第一次跟衛生紙有關，接著她想知道幾點了，接著她說她需要幫忙換燈泡，我幫忙換了。我在那裡的時候，注意到她的爐子非常燙。順便說一下，看起來真的很老舊，我也不知道它是不是應該是那樣的。但就算沒有開著，我還是覺得好像太燙了。聽著，我剛才說了，我不是不願意偶爾幫幫她，就算以一種非正式的立場留意她也沒關係，但我能做的也就這麼多了。如果她開始健忘了，或者她的爐子出了什麼問題，她自己卻不知道，或者她忘了關爐子，出門一會兒，還是說睡著了——」

「好，請妳稍候，好嗎？」她至少等了兩分鐘。

「瑪莉－愛麗絲？」他的聲音變了——音調提高，客氣的語氣幾乎帶有音樂性。「安娜的孫女瑞秋在線上，妳想把剛才對我說的話告訴她嗎？」

「非常抱歉，瑪莉－愛麗絲。」瑞秋急忙插話。「非常抱歉給妳添麻煩，十分謝謝妳的幫忙。」

二〇〇四年的諾貝爾文學獎頒給艾芙烈．葉利尼克（Elfriede Jelinek），因為她在小說和戲劇中，以非凡的語言熱情展現出音樂般的流暢，揭露了社會的陳詞濫調和其征服力量的荒謬。

「我要鮭魚。」

「我要義大利香腸螺旋麵，不要香腸。」

「十二頁。」服務生走開時，他嚴肅地說。

「哦。」愛麗絲說：「我以為——」

他搖了搖頭。「一點也不好。」

愛麗絲點點頭。「你的背怎麼樣？」

「我的背不好，親愛的，那玩意不管用。」

「什麼玩意？」

「我上星期做的神經阻斷術。」

「哦，我不……什麼是神經阻斷術？」

他點點頭。「神經阻斷術利用無線電頻率破壞神經，讓神經不再向大腦發送疼痛訊息。我以前做過，有用，但不知道為什麼這次沒用。」他們的飲料送來了。「好消息是——」他從吸管拿下包裝紙的尾端，補充說：「我現在不用打開收音機也能收聽喬納森．施瓦茨。」

回公寓的路上，一個穿著軍用雨衣的年輕人攔住他們，親切地拐到他們的前方。「布雷澤！你被偷了！」書迷激動得像發狂，甚至膽敢伸出手。以斯拉小心翼翼地從口袋抽出自己的手接受。握手時，年輕人恭敬地微微鞠了一躬，就在這個時候，風把猶太圓頂小帽從他頭上吹起，它從半空傾斜落下，落在阿姆斯特丹大道的中央。那人把手放在後腦勺上笑了，好像是以斯拉召喚出風來，指著以斯拉說：「明年，大哥！明年！」

他們默默走完這段路。在電梯裡，以斯拉從愛麗絲的髮絲裡抽出一片葉子，任它飄落在地板上。「紅襪隊怎樣了？」

「安那翰已經領先兩局。」

「太好了，寶貝。」

「你那個巴勒斯坦人怎樣了？」

他的頭突然往後一仰，露出難以置信的陌生表情。「內菈？她還沒打電話來。」他低頭凝視著愛麗絲，目光變得嚴厲起來，好像愛麗絲可能以某種方式也參與了這個冒犯。電梯「砰」一聲打開，愛麗絲走出去，以斯拉留在原地不動。「我的意思是——」他舉起一隻手說：「我們該怎麼和這些人相處呢？」

波士頓以三比零贏了安那翰。隔天晚上，洋基隊以三比一贏了對雙城隊的系列賽。愛麗絲滿懷希望地等著，但當他打電話給她時，卻是說：「十六頁。」

「哇，你的背怎麼樣了？」

「痛。」

「你有沒有吃藥啊？」

「有，當然有。問題是，我只能兩天吃一次，否則會成癮，要戒很痛苦。」

她在她的酒吧觀看第一場美國聯盟冠軍賽，紅襪在第九局搞砸了，洋基將分數從一分領先拉開到三分領先後，李維拉救援成功。

未顯示號碼。

「我擔心妳奶奶。」

「我也是，她從七月就一直穿著她的幸運袍。」

「我想妳明晚想在這裡看比賽。」

「我想我會過去。」

波士頓又輸了。三天後，當他們再一次以十九比八輸掉比賽時，他關了電視，把電話扔給她。「妳最好打個電話給她。」

「嗨，奶奶，是我，愛麗絲……我知道……我知道……很糟……我好難過……沒有，我其實是在一個朋友的家裡看……不是妳認識的人……嗯-嗯……啊，真的？……好奇怪……多琳和他在一起？……欸，他也是聖地兄弟會的……好……我要掛了……奶奶，我現在要掛了……我也愛妳……好……晚安……晚安。」

「她說什麼？」

「說弗蘭克納（Terry Jon Francona）昏迷了。」

「很好，還有呢？」

「她在超市碰見我爸爸的弟弟，他說我在我爺爺的葬禮上發表的三部曲很不錯，我想他是說悼詞。」

第二天下午，他在她的語音信箱裡留言，問她來的路上能不能順便到杜安里德藥妝超市，買一罐葉酸、一罐含鈣櫻桃口味胃爾達錠、十瓶兩盎司的普瑞來乾洗手凝露。她到的時候，他穿著襪子，雙手放在背上來回踱步，一臉痛苦。愛麗絲把袋子遞給他。他瞧著袋內，嗯了一聲。

「怎麼了？」

「沒什麼，親愛的，不是妳的錯。沒關係。」

午夜，在九局下半，洋基隊領先一分，波士頓球迷站在看臺祈禱。有人無力舉著一個牌子，上頭寫著再比四場。以斯拉站起來開始做他的一百件事時，愛麗絲從指縫間看著。

「聚會終了……」

米勒保送一壘，紅襪隊派出羅伯茲代跑，羅伯茲又盜上二壘。接著，比爾．穆勒（Bill Mueller）打出穿越內野防區的一壘安打，羅伯茲繞過三壘，滑回本壘。

「讚！」以斯拉拿著牙刷從浴室裡走出來坐下。其後兩局，比數保持不變。愛麗絲在地板上看著，牙齒咬著指關節。接著，老爹擊出二分打點全壘打，她立刻站了起來，跑著往床上一跳。「我們辦到了！我們贏了！紅襪隊贏了！我們贏了、我們贏了、我們贏了、我們贏了、我們贏了！」

「你們贏了，親愛的，光明正大。」

「現在聚會終了！」

為了第五場比賽，她穿著一條在賽爾百貨買的裙子，戴著一頂上頭有著B的帽子來了。以斯拉在公共走廊攔截她朝著兩邊看了看，然後用手臂把她拉出了電梯。「妳瘋了嗎？在這個市區？」電視已經開著，勤奮地清理辦公桌工作似乎也正在進行。他把飲料和「豬天堂」外送菜單遞給她後，繼續黏信封、撕傳真、把舊雜誌扔進廢紙簍，跨過堆在地板上那些外國版的迷你金字形神塔，在走過去時邊吹著口哨。

「嘿，鬆軟。」他從一份銀行對帳單抬起頭說：「我跟妳說過我那個螢火蟲故事嗎？」

愛麗絲在豬肉鬆旁邊打勾。「沒。」

「一九五〇年代，有一首名為〈螢火蟲〉（*Glow Worm*）的流行歌曲，是米爾斯兄弟錄製的，六〇年代初，我在阿爾圖納教創意寫作——」他搖了搖頭。「——我有一個學生，他的小說需要更多細節。我解釋說，帶給小說生命的正是細節。他寫了一篇短篇小說，開頭第一句是：『丹尼吹著口哨走進房間。』然後我們就談了一下，他回家改寫，第二個星期回來時，第一句話是：『丹尼吹著〈螢火蟲〉走進房間。』那是整篇故事唯一新添加的東西。」愛麗絲咯咯笑了。

「瑪莉－愛麗絲，史上最容易笑的白人姑娘。」

「他怎麼了？」

「誰。」

「你的學生！」

「他得了諾貝爾獎。」

「少來了。」

「其實他在華盛頓參議員隊打過一陣子球，那時一個聯盟只有八支球隊。」

「一個聯盟只有八支球隊？」

「嗯，瑪莉－愛麗絲，實在不行！從中生代一直到一九六一年，一個聯盟只有八支球隊，當他們開始擴編球隊，那球隊裡都是別的球隊不要的球員，比如霍比・蘭德里斯（Hobie Landrith）和嘟-嘟・科爾曼（Choo-Choo Coleman）——嘟-嘟・科爾曼！妳覺得名字取那樣行嗎？大都會隊非常糟糕，所以凱西・史丹格爾（Casey Stengel）——以前洋基隊的經理——都退休了，還被拉出來管理他們。有一天，他走進選手休息處說：『難道這裡就沒有人能打這場比賽嗎？』」

第九局下半局，仍是四比四，他把威爾鋼廣告轉成靜音，愉快地轉過身來看著她。

「親愛的，街角那家熟食店裡面的冰箱有哈根達斯雪糕，妳想吃一個嗎？」

「現在？」

「當然，妳一下就會回來了。但聽好了，我要裡面是香草、外層是巧克力加堅果。如果他們沒賣那個，我要裡面是巧克力、外層是巧克力的，不要堅果。如果他們沒賣，我要裡面是香草，外層是巧克力的，不要堅果。還有，買你要的，親愛的。我的皮夾就在那邊的桌子上，去吧！」

熟食店只賣覆盆子口味。在一個街區外的便利商店，他們只賣裡面是巧克力、外層是巧克力加堅果。愛麗絲拿了一個，盯了片刻，有點痛苦——甚至不是正確的品牌——然後放了回去，跑過長長的街區，走到阿姆斯特丹大道。在焦糖奶油糖果旁邊擺著色情書刊的狹窄雜貨店的後頭，她找到一個冰櫃，幾乎都是裡面是香草、外層是巧克力加堅果的。

「好耶！」收銀員一邊吃外賣，一邊看著藏在櫃檯下方的電視大叫。「怎麼了？」愛麗絲問。

「大衛・歐提茲（David Ortiz）三振。」他高高地舉著叉子，又看了一會兒，然後抬起另一隻手收下以斯拉的錢。最後，他抬眼見到愛麗絲帽子上的B，猛然倒抽了一口氣，用西班牙語說：「啊，敵人。」

「妳去哪裡了？」她回去後，以斯拉問她。第十二局，歐提茲想盜上二壘，但是折返回去，因為基特打開雙腿，直直躍起，接住波沙達投來的高飛球。他一下子就接住了，還似乎在空中停留了長得令人難以置信的時間，才回到地面。

「天啊。」以斯拉一面說，一面用雪糕冰棍指著螢幕。「有那麼一會兒，我還以為自己在看尼金斯基（Vatslav Nijinsky）呢。」

「哎，我受不了他，看看他那副自鳴得意的樣子。」

「瑪莉－愛麗絲，還記得我們以前會做愛的時候嗎？」

「他安全上壘了！」

「沒有，親愛的，他沒有。」

「有，安全上壘了！」

在第十三局，瓦瑞泰克漏接了三球指關節球，使得洋基二、三壘都有人。愛麗絲發出嘆息，看臺又出現一個牌子：相信。

「信什麼？」以斯拉說：「牙仙子？」

十四局下半，兩出局，歐提茲打出右外野界外球，接著左外野界外球，接著又來兩記飛過了擋球網的界外球。然後，他擊出一個落在中場的好球，送強尼．戴蒙（Johnny Damon）回本壘得分。

「萬——歲——！」

「好了，啾，就這樣了，睡覺時間到了。」

「嗯，瑪莉－愛麗絲。」第二天早上，她離開後不到一個小時，他就在她的語音信箱留言：「不好意思請求妳這件事，但妳今天晚上過來這裡之前——我假定你今天晚上要過來——能不能先去札巴超市拿一些蘋果醬？有大塊果肉那種？錢我再給妳。」他的聲音聽起來冷淡急躁，少了前一天晚上的絮叨。

開完了持續一整個下午的緊急電子書會議後，愛麗絲到了那裡，他托著腳背，又是走來走去，一臉痛苦的表情。電視轉為靜音，一張電熱敷墊溫暖著他的空椅子。愛麗絲盡可能安靜地把蘋果醬放進冰箱，從碗櫃拿了一個大玻璃杯，剝開一瓶新的留名溪的蠟封。一張便利貼貼在流理檯上，寫著「打電話給梅爾，關於：要不要」。旁邊的第二張字條寫著「棉花棒！」就連他那無可辯駁的筆跡所寫的字條，也要她覺得自己是個傻瓜，以為自己會寫字（她再次抬起頭時，他坐在椅子上，堅忍地直挺著脖子，要不是那微小的跳動，他的後腦勺就像一個蠟作複製品。）

她把酒端到床上，躺了上去。在一閃一閃的寂靜中，他們聚精會神地看著賽前的統計圖表，好像自己的預期壽命隨時會被公布在上面。第三場：季後賽歷史上九局比賽費時最多的比賽（四小時二十分鐘）。第五場：季後賽歷史上最長的比賽（五小時四十九分鐘）。前五場比賽總計時間為二十一個小時四十六分鐘。一千八百六十四次投球。愛麗絲記下擊球順序，想像在多明尼加共和國的生活，好奇晚餐會吃什麼。她的本能——即使不是天生的，那麼就是受到昔日兒時恐懼的影響——是盡量保持安靜不動，以便安然熬過這樣的情緒，甚至減輕情緒。但是波旁威士忌的看法不太相同。

「我喜歡那個顏色。」她說。螢幕切換到洋基體育場的一個大鏡頭，草坪修剪成條紋，居然呈現兩種稍微不同的綠寶石色調。

幾秒鐘後，以斯拉平靜地低聲回答：「欸，晚間比賽的綠。」

喬恩．利柏（Jon Lieber）投球時，愛麗絲又站起來給自己倒酒。「我們現在可以把聲音打開嗎？」

聲音實在太大了，彷彿先前夜裡他們與十幾個朋友一起看比賽，同時放聲大笑的程度。其中一個播報員帶著一點南方口音，沉著的語調聽起來簡直像是吸食了毒品，飄飄然的。另一個是讓人安心的渾厚男中音，跟威爾鋼廣告裡的男中音差不多。他們唧唧喳喳聊著牛棚、柯特．席林（Curt Schilling）的肌腱和天氣造成的「困境」，小房間內都是他們的聲音，好像晚餐客人的遊魂試圖忽視東道主之間逐步高漲的緊張。天氣預報：微雨。風速：每小時十四英哩，右外野吹向左內野。在他那盞黃色閱讀燈的映照下，她和以斯拉的影子以朦朧的天際線為背景，呈現出一種玩具屋拘留者受困萎靡的模樣。孤獨在一起，在一起孤獨……只是，他們當然並不孤獨，以斯拉的疼痛與他們同在——以斯拉、以斯拉的疼痛，和愛麗絲，她這位來自令人惱怒的健康世界難以容忍的代表。

「紅襪隊四比零領先，由於技術問題，今晚的比賽將由美軍廣播電臺AFN為您播送。我們AFN的朋友替在一百七十六個國家和美國領土服役的美國武裝部隊提供新聞報導，當然，還有海上的海軍艦艇弟兄們。我們要向男女軍人說聲歡迎，你們在大海的另一頭服役，感謝你們所做的一切。」

在看臺上，三個男人拉起帽兜擋雨，手忙腳亂拿著啤酒塑膠杯和手繪標牌：從伊拉克休假回家，喂，三十一屆冷泉港球隊：洋基加油！

「在這個國家，這個城市──」南方之聲沉吟：「──最能讓我想起我們因為國軍所享有的犧牲和自由……」傑森・瓦瑞泰克（Jason Varitek）調整護胸。「……太──這傢伙太棒了，哇，好厲害的第一棒。他打中了那顆飛球……看看這個，看看這個傢伙，如果你想到他所有的接球局數，他所做的一切……現在看看發生了什麼：他繼續拚，進入休息區穿上裝備，然後回來，盡量接住柯特・席林的球，讓他舒服地打到第六局最後……」

「靠著疲累的一雙腿……」

「只是讓你覺得他可能會成為一個很優秀的士兵……」以斯拉按下靜音鍵。愛麗絲盯著螢幕又看了一會兒，然後喝完杯子裡剩下的東西。「餓了嗎？想點東西嗎？」

「不用，親愛的。」

「如果你願意，我明天給你帶些棉花棒來。」

他俯身在地板上尋找什麼東西。「謝謝妳，親愛的。」

「我希望他們不要播那個了。」

「什麼。」

「他的襪子，讓我覺得噁心。」

以斯拉吃了一顆藥。

「我認為你不應該天天吃。」

「謝謝妳，小象腦小姐。」

「哇！你看到了嗎？」

「什麼？」

「A-Rod（Alex Rodríguez）擊中了！」

他們看著球越過界線，基特全速奔回本壘。「他跑向一壘，阿洛尤（Bronson Arroyo）準備觸殺，結果A-Rod把他手套裡的棒球用力拍掉！」

弗蘭克納出來抱怨。裁判圍成一團討論，當他們改變判罰時，紐約球迷發出噓聲，紛紛往草坪扔垃圾。

「我不敢相信。」愛麗絲說：「那太幼稚了。」她看著以斯拉，但以斯拉看著螢幕。

「如果我是洋基隊的，為了贏球那樣做，我會覺得慚愧。」

「妳如果是洋基隊的，他們就進不了季後賽。」以斯拉平靜地說。

愛麗絲笑了。「我們現在可以轉開聲音嗎？」

他慢慢地轉過身來面對著她。「瑪莉—愛麗絲……」

「什麼事？」

「我很痛。」

「我知道你很痛，可我該——」

以斯拉往後縮。「可妳該怎麼辦？」愛麗絲沒有把握，點了點頭。

「等等。」她說：「我其實做了很多，我為你去札巴超市，去杜安里德藥妝超市，在延長賽時去熟食店找你的哈根達斯——」

「親愛的，是妳表示願意做那些事，記得嗎？妳表示願意在我不舒服的時候幫我。妳說：『不管你需要什麼，我立刻就到。』否則我不會要求妳。」

「我知道，但是——」

「妳以為我喜歡這樣嗎？妳以為我喜歡老了，被痛苦折磨，依賴別人嗎？」他的頭現在跳動得更加明顯，好像要爆炸似的。

「去你的。」愛麗絲說。有一段時間，唯一的聲音是電視螢幕上忽明忽暗的雜訊雪花變化頻率。愛麗絲雙手捂住臉，讓它們留在那裡大半天，好像要被運走——又好像她正在數數，給他們其中一方或雙方一個機會躲起來——但最後她把手拿開時，以斯拉還在那裡，跟之前一模一樣；等著，兩腿交叉，眼神憂鬱苦惱。在她的淚眼矇矓中，他的臉變得模糊。

「我該拿妳怎麼辦，瑪莉－愛麗絲？妳要我怎麼做？如果妳是我，妳會怎麼做？」愛麗絲又掩住了臉。「對我很壞很壞。」她對著自己的手說。

她回到家時，信箱裡有一封來自哈佛大學學貸辦公室的信，感謝她一次付清了聯邦政府帕金斯助學貸款。

紅襪隊贏了。

不經要求，酒保就把瓶裡剩餘的都倒進愛麗絲的玻璃杯。愛麗絲把杯子往旁移了一英吋，將手放在膝蓋上。

「妳下棋嗎？」鄰座用英國口音問。愛麗絲轉向他。「我有棋盤。」

「妳會說法語嗎？」

「不會，為什麼這麼問？」

「下棋有一種說法，解釋棋子只是在原地調整，還沒有移動到另一格。」

「哦，真的？怎麼說？」

「J'adoube。」愛麗絲點點頭，抬起頭看著電視，又舉起杯子，這一次喝了。

「嗨。」她敲著老闆的門說：「這是——」

他砰一聲掛斷電話。

「對不起。」愛麗絲說：「我不……」

「該死的布雷澤要繼續跟希利。」他的手指狂暴地搓揉額頭，愛麗絲把文件放在他的桌上就走了。

「問題是——」她對一個名叫朱利安的英國人說：「他們從一九八六年之後就沒打過世界大賽。一九一八年之後，就沒有贏過世界大賽。有人把這歸咎於『貝比魯斯魔咒』：他們認為紅襪隊把貝比魯斯賣給了紐約，所以受到了懲罰。」

「賣給洋基隊。」

「沒錯，雖然現在還有大都會隊，不過他們是六〇年代才成立的。」愛麗絲抿了一小口。「在那之前，一個聯盟只有八支球隊。」

普荷斯靠著內角壞球站上二壘。倫特利亞把球打回給福爾克斯，福爾克斯先盜壘讓他他出局。接著休息區的球員通通跑上場，擠成一團慶祝，跳到彼此的背上和懷裡，在空中揮舞著拳頭，感激地指著天空。看臺上，照相機的閃光燈像炮口的火光劈啪作響，在一張簡略的衛星圖像上，巴格達的士兵風塵僕僕慶祝。接著畫面切換回到「美國銀行賽後節目」，巴德．賽里格（Bud Selig）把MVP獎盃頒給曼尼．拉米瑞茲（Manny Ramirez），一個記者問他有什麼感覺。

「首先，你是知道的，有很多負面的消息，我會被交易。但是，你是知道的，我保持信心，我相信自己，結果我做到了。你是知道的，我得到祝福，而且，你是知道的，我證明很多人錯了。你是知道的，我知道我能做到，感謝神，我做到了。」

「先生，你相信魔咒嗎？」

「我不相信魔咒，我認為你定了自己的目標，而我們做到了。你是知道的，我們彼此信任。我們上場，我們放鬆地打，我們堅持，我們贏了。」愛麗絲看了看手機，酒保請他們喝了一杯。「每個人都有自己的目標。」愛麗絲苦笑著說，把手機放回皮包。

「她是對的。」說著，朱利安把她拉過去吻了一下。

叩——叩叩叩——叩——、叩——叩——

她站在愛麗絲的門口，手中拿著沾滿灰塵的酒瓶，除了一大串密密麻麻的希伯來字母以外，沒有其他名稱。老婦人的頭微微晃著，彷彿彈簧固定在身體的其他部位上。「親愛的，能幫我打開這個嗎？」

拔出來的軟木塞是黑色的。「好了。」愛麗絲說。

「妳想來點嗎？」

愛麗絲回到流理檯，往兩個果醬瓶倒了半杯，端回到安娜面前，她仍舊站在門裡邊微顫。她的長袍有著褪色的雛菊，翻領有一塊佛羅里達州形狀的褐色汙漬。安娜小心翼翼地用雙手接過酒杯，顯示她已經有一段時間沒有站著喝東西了。

「我侄兒今天自殺了。」

愛麗絲放下杯子。

「……所以我需要喝點酒。」

「我不怪妳。」愛麗絲輕聲說：「他多大了？」

「什麼？」

「多大——」

「五十。」

「是生病嗎？」

「不是。」

「他有孩子嗎？」

「什麼？」

「他有——」

「沒有。」

她們兩個都沒喝一口，但即便如此，安娜還是低頭看著她的酒，好像在想它什麼時候會起作用。「妳今天投票了嗎？」愛麗絲問。

「什麼？」

「妳投票了嗎？總統？」

「我投標了？」

愛麗絲搖搖頭。

「告訴我……」安娜開始說。

「愛麗絲。」

「我知道，妳一個人住這裡嗎？」愛麗絲點點頭。

「你不會寂寞？」

愛麗絲聳聳肩。「有時。」安娜的目光從她身邊掠過，穿過走廊，看到愛麗絲的閱讀燈還亮著，《巴格達淪陷錄》（*The Fall of Baghdad*）翻開朝下擱在床上。梳妝檯上的收音機輕輕喊著「凱瑞拿下紐約州，布希拿下內布拉斯加州」。

「但是妳有男朋友，不是嗎，親愛的？生命中特別的人？」安娜像牧師拿著聖餐杯一樣，繼續用雙手捧著果醬瓶裡的酒，瓶子又往地板上傾斜了一點。

愛麗絲笑了，帶有一絲悲傷。「也許吧。」

未顯示號碼。

五月。二十一日。週六。

六月。十八日。週六。

七月。二日。週六。

車門砰一聲關上。

「不好意思，各位！」他從廚房窗口喊道。「你訂的是明天！」孩子沒有理睬他，興高采烈跳上石板路。男孩拿著玩具警用艇在空中迂迴行進，女孩的背後有仙女翅膀，翅膀在夏日驕陽下閃閃發光。以斯拉為他們打開紗門，好像精靈的管家。「奧莉維亞！你長出翅膀了！」凱爾一路蹦蹦跳跳，上了臺階，來到客廳，一頭栽在以斯拉的腳凳上，頭髮掃過地板。他宣布：「奧莉維亞有一顆牙齒在搖！」

「是嗎，奧莉維亞？」奧莉維亞點了點頭，她坐在沙發墊邊緣，以免壓壞了翅膀。

「多搖？」

「『灰常』搖！」凱爾說。

奧莉維亞偷瞄了以斯拉一眼，一張臉紅了。

午餐時間：

「以斯拉？」

「嗯，寶貝。」

「你怎麼變得這麼高雅有品味？」

以斯拉放下醃黃瓜。「怎麼說我高雅有品味呢？」

奧莉維亞聳了聳肩膀。「你穿的襯衫很漂亮，而且你認識總統。」

一顆葡萄從凱爾的盤子朝桌緣滾去。「糟糕！」愛麗絲說著撲過去接住。「逃跑的葡萄。」

「『島』跑的『補』萄！」

「我沒有那麼高雅。」以斯拉最後說。

「以斯拉非常努力工作。」說著，艾德溫從女兒的頭髮裡拉出一小片洋芋片。「如果妳努力工作，在學校表現優異，也許有一天妳也能夠穿得起漂亮的襯衫。」

「然後見到總統？」

「然後當上總統。」愛琳說。

「沒錯。」以斯拉說。「吳總統，吳女總統，妳會比我們現在的這一位更棒。」奧莉維亞拿起湯匙，把薄荷巧克力碎片冰淇淋送到嘴裡，一面沉思，一面慢慢地動了動下巴，彷彿它裝著一樣異物。坐在愛麗絲大腿上的凱爾放了屁。

「糟糕。」愛麗絲說。

「糟糕。」凱爾對著湯匙咯咯笑著說。

在泳池裡，他穿著有龍蝦圖案的泳褲，姐姐穿著一件過大的連身泳衣，泳衣垂下，她蒼白扁平的乳頭露出來。奧莉維亞的母親使勁替她的手臂塗抹防曬霜，奧莉維亞發出命令：「看。」在四顆布滿巧克力的臼齒的護衛下，那顆鬆動的牙齒在她的手指下，像醉漢一樣搖搖欲墜。

「哇，真的很搖。」愛麗絲說。

這是一個暖和的日子，多雲但悶熱。以斯拉坐在躺椅上，卻穿著褲子、長袖扣領襯衫，繫帶牛津鞋打了一個雙蝴蝶結。他腿上放著夾著書籤的《縱情永歡》（*The Perpetual Orgy*），他那頂賓州州立大學阿爾圖納分校帽子輕輕頂在頭上，上頭的字母有一點凹陷。

「嘿，記住，孩子們，我在池子裡加了一種化學物質，會讓小便變成紅色！鮮紅色！只要有人在池裡尿尿，它會馬上變成鮮紅色哦！」凱爾皺起眉頭，鬼鬼祟祟地往他的身後掃了一眼。

「馬可。」愛麗絲說。

「波羅！」小孩子大喊。

「馬可。」

「波羅！」

「馬可。」

「波羅！」

「馬可。」

「波羅——！」

以斯拉舉起一隻手。「請問，這裡有人知道馬可．波羅（Marco Polo）是誰嗎？」

凱爾和奧莉維亞停了下來，在原地上下浮動，從嘴鼻噴水。接著，奧莉維亞轉向愛麗絲，甜甜地問：「妳願意帶我到深水區嗎？」

愛麗絲蹲低身子，小女孩在她的臀上半爬半浮；她涉水走到再也碰不到池底的地方，接著只能兩手交替扶著鋪著石板的長側池緣。她越走越深，奧莉維亞越纏越緊，從她的肩上望出去，渾身發抖，好像看見下方一艘可怕的沉船。凱爾的遙控警用艇追上她們，撞向愛麗絲的胸部，愛麗絲笑著喊：「呼叫救援，呼叫救援！」

「奧莉維亞，不要放手。」她的母親喊著。

她們到達另一頭的角落，小女孩的手腳像老虎鉗一樣緊緊鉗住愛麗絲。「好不好玩？」愛麗絲問。

「好玩。」奧莉維亞一面嘟噥，一面牙齒打顫。

以斯拉抖著腳，看起來有點無聊，問有沒有人知道什麼笑話。

艾德溫放下他的藍莓機。「在雙胞胎出生前，你管他們叫什麼？」

「室友！」奧莉維亞對著愛麗絲的耳朵尖叫。

「很好，還有別的嗎？」以斯拉說。

凱爾正在設法站在踢水板上。「想想你會得到什麼，如果你遇上雷克斯暴龍和……和……呃……」

「和什麼？」

踢水板彈起來。「我忘記了。」

以斯拉搖了搖頭。「還需再加把勁。」

「餅乾為什麼要去醫院？」奧莉維亞說。

「為什麼？」

「因為他覺得快崩潰了！」

凱爾咯咯地笑了；以斯拉嘆了一聲。奧莉維亞仍舊死巴著愛麗絲不放，轉頭看著她，皺起了鼻子。「還需要加把勁？」

「我想到一個。」以斯拉說：「有一個坐飛機到檀香山的人，轉身對坐在隔壁的傢伙說：『嘿，這怎麼唸？夏威『夷』還是夏威『魚』？』另一個人說：『夏威魚。』第一個人說：『謝謝。』另一個人說：『不客趣。』」

小傢伙們盯著他。

「我聽不懂。」凱爾說。

「他發音好好笑，對不對？」奧莉維亞說。

「對啊。」

「但這有什麼好笑的？」凱爾說。

「不好笑，不要記在心上。」以斯拉說。

「還『西』再加把勁。」愛琳說。

風颳起來，吹亂了樹葉。孩子不受影響，教愛麗絲玩「鯊魚和小魚」，接著是「猴子搶球」，然後是一個自創的遊戲，兩個人前後爬上她的背，用海綿浮條假裝抽打她的屁股。

「妳想要孩子嗎，瑪莉－愛麗絲？」愛琳問。

凱爾像揮動套索一樣在頭上揮著浮條，水濺到了她的眼睛。「也許吧，等我四十歲。」愛麗絲說。

愛琳拿起太陽鏡，搖了搖頭。「四十太老了。」

「我也是這麼聽說，但我不敢提前，我擔心它會……吃掉我。」

「瑪莉－愛麗絲非常溫柔慈愛。」以斯拉解釋道。愛琳點點頭，眯起眼睛望著天空。

「我收回我的話，四十歲生孩子不算太老，五十歲養一個十歲的孩子就太老了。」

一陣細雨開始在石板上畫起圓點畫，以斯拉站起來拍拍手。「誰想吃果醬甜甜圈？」愛麗絲和愛琳幫忙孩子穿上應該能夠阻止蝨子靠近的襪子，孩子瑟瑟發抖，又是嘀嘀咕咕，又是哭哭啼啼，甚至是甜言誘哄，最後轉頭對身後的水投下悲傷的一瞥。依舊盪漾著的水，如今布滿了密密麻麻的雨點。遙控警用艇撞上鋁梯，浮條浮在水面，像是從罐子裡蹦出來的蛇。所有剩下的毛巾、手提袋、銅色牌防曬霜和小型護目鏡都收拾妥當。愛麗絲跟在其他人的後面，像疲憊的水手拖著沉重腳步朝草坪走去。以斯拉邁開大步，孤獨走過不再盛開的紫荊；艾德溫和凱爾指著海港，像在研究科學；奧莉維亞和愛琳有著同樣比例的雙腿和膝蓋，「看到那些樹了嗎？」當雨水在他們四周像油炸似地吵得天翻地覆之際時，愛琳對她的女兒說：「媽咪還是小女孩的時候，幫忙以斯拉種了那些樹……」

晚餐後，他們玩拼字遊戲。

奧莉維亞跪在椅子上，身上是一件小美人魚圖案的睡衣。她一面擔心著牙齒，一面思考選擇，想了很久，最後終於把手伸過桌子，提心吊膽地擺出BURD。

「不對，寶貝。」艾德溫說：「是B-I-R-D。」

「噢。」奧莉維亞洩氣地說：「我忘了。」

「沒關係，小甜心。」以斯拉說：「妳只是一時沒想起來。」

艾德溫放下FRISBEE。「十六分。」

「專有名稱不行。」愛琳說。

艾德溫拿回FRISBEE，放下RISIBLE。

「漂亮。」愛麗絲說：「十三分。」

「這個字怎麼讀？」凱爾問。

「讀作『risible』。」愛琳說。

「什麼是『risible』？」奧莉維亞問。

「有趣的事物。」愛麗絲說：「會讓你發笑的蠢事或可笑的事。」她放下PEONY。

「十二分。」

以斯拉放下CLIT。愛麗絲用記分板掩住嘴，愛琳拿著葡萄酒杯瞪大了眼。

以斯拉嘴角往旁一撇，又看了看他的字母，悲傷地搖了搖頭，「我就只有這些。」艾德溫從黑莓機抬起頭，張開嘴笑了。

「什麼？」凱爾說：「這是什麼字？」

「Clit。」愛琳說得很清楚。

「那不是一個字。」奧莉維亞說。

「是一個字！」凱爾說：「CLIFT是一個字。」

「沒錯。」以斯拉說，看起來鬆了一口氣。「CLIFT的確是一個字。」

「是什麼意思？」愛麗絲問。

「等於CLIFF。」

「還有蒙哥馬利．克利夫特（Montgomery Clift），他的姓是CLIFT。」艾德溫說。

「專有名稱不行。」愛琳重複說：「總之，那個字不是這個意思。」

「沒關係。」愛麗絲笑著說：「以斯拉十二分。」

奧莉維亞把手指從嘴裡拿出來，轉身盯著她。

「妳為什麼什麼事都要笑？」

「誰？」愛麗絲說：「我嗎？」

奧莉維亞點點頭。「妳什麼事都要笑。」

「噢。」愛麗絲說：「我不知道我會這樣，我也不知道為什麼。」

「我倒是有一個猜測。」以斯拉一面說，一面重新排放字母牌。

「真的？」

「我認為妳笑是為了讓事情變得輕鬆，拔除形勢的毒牙。」

「什麼是拔毒牙？」奧莉維亞問。

「這事很快就會發生在妳身上囉。」艾德溫一面說，一面撓她的肋骨。

隔天上午，回到泳池旁，愛琳說：「這是他的主意。他從小信奉天主教，認為每個人都應該接受某種宗教教育，可是到了該向他們講解瑪麗亞怎麼懷上耶穌時，我幾乎無法忍住不笑。」

「媽！媽，看！」

「奧莉維亞，襪子！」仍然穿著睡衣的奧莉維亞繞過泵房，像一艘滿帆的船，上氣不接下氣地走到石板露臺，手中揮著一張鈔票。「看！看牙仙子給了我什麼！」

「哇！」以斯拉說：「五十美元。」

「好大方。」愛琳說。

「我能留著嗎？」

「請把它交給爸爸。還有，穿上襪子。」當她走後，愛琳尖銳地看著以斯拉。「五十美元？」

「怎麼？跟我給那個賣熱狗的一比，簡直是九牛一毛。」

愛麗絲從書上抬起頭。「你給賣熱狗的錢？」

「對。」

「多少？」

他揮手趕走一隻蒼蠅。「七百。」

「七百美元！」

「你根本也不喜歡熱狗。」愛琳說。

以斯拉聳聳肩。「我想幫他一把，我想幫一個朋友。他跟我說他最近日子很不好過，營業執照費調漲，他的房東也不停提高公寓租金，他還有妻子和三個孩子要養。他告訴我，他不想辦法多弄一點錢，下個月就付不起帳單。所以第二天我又去找他，我說：『你叫什麼名字？』他告訴了我他的名字，我掏出支票簿，結果他說：『等一等！那不是我的真名。』」愛麗絲嘆了一口氣。

「所以，你看，這已經超出我的能力範圍了，但管他呢，我開了一張七百五十美元的支票給他。」

「你不是說七百。」愛琳說。

「親愛的，不是，是七百五十。」

「你說七百。」愛麗絲說。

以斯拉搖了搖頭。「我開始有點健忘了。」

「隨便。」愛麗絲說。

以斯拉舉起雙手。「從那以後，我就再也沒見過他。」

「我可以問問這個賣熱狗的出身來歷嗎？」愛琳問。

「我想他是葉門人。」他們看著凱爾大搖大擺走過草坪，拿著一雙蛙鞋和小艇遙控器。以斯拉一臉憂心：「說不定我給了基地組織七百五十美元。」

「預備姿勢！」說著，凱爾丟下蛙鞋，把遙控器天線朝著蛙鞋甩出一個弧形。以斯拉冷不防往後一翻，朝著草坪、塑膠躺椅等東西倒下，腦袋險些撞上一棵老雲杉的樹根。凱爾大喜，把遙控器丟到地上，笨手笨腳，一屁股跌到地上，和他一起倒在草地。

「我不是在鬧著玩。」以斯拉仍然仰面躺著說：「我的心臟除顫器剛剛放電了。」

「哦，我的天。」愛琳說。

「你還好嗎？」愛麗絲問。

「還好，我還好，我想，我還好，只是……只是……有點……受到電擊的感覺。」他一面顫抖，一面笑了。「簡直就是電擊。」

愛琳抓著天線撿起遙控器，把它像死去的動物一樣扔進樹林。「但是我們應該叫醫師吧，你說呢？以防萬一？」

維吉爾來了，奧莉維亞跑到車道迎接他，仙女翅膀跳啊跳。「哇！」她說：「你幾歲了？」

愛麗絲回到家時，信箱裡有：陪審團傳票。

第三屆年度火島黑海灘週末派對邀請函，寄給在她搬進這棟公寓之前住在這兒的男人。

紐約市建築局通知單，大廳門上也貼了一份副本：「施工許可：管道工程——第一類變更申請，要求將五樓現有六個鐵路公寓式房間隔成兩個獨立的一間臥室公寓。一般建築、管道、燃氣和室內裝修。現有公寓門保留。公寓至走廊空間不做更動。」

在陪審團會議室，她坐在一個男人旁邊，他穿著一件T恤，上頭印著：我不是反社會，我只是不喜歡你。在她的前方，另一個男人吃著藍莓司康，向鄰座的女人解釋，為什麼有些穆斯林盡量避免大多數的音樂流派。他前一天去了現代藝術博物館，無意中聽到一個解說員對一群學童說明康丁斯基作品的「音樂性」，讓他突然想到一個特別有趣的比較點：「因為你以為喜歡康丁斯基勝過肖像畫家的穆斯林，他們幾乎毫無疑問就是懷疑音樂的人，他們相信音樂的淫蕩和無目的會鼓勵人類的卑劣傾向。」

「什麼傾向？」他旁邊的女人問。

「濫交。」那人一面咀嚼，一面說：「淫欲、粗魯、暴力。比方說，對我非常保守的叔叔來說──」他把一些碎屑從腿上撣到地板上。「布蘭妮．史皮爾斯（Britney Spears）和貝多芬是一樣的，音樂令人反感，因為它訴諸我們比較肉欲的強烈情感，不利於我們更理性的追求。」

「所以，如果你的叔叔去一家餐館，餐館內開始播放古典音樂，他會捂住耳朵嗎？他會起身離開嗎？」

「不會，但他也許覺得放任何音樂都是十分愚蠢。」

愛麗絲想，學得越多，就越意識到自己知道的太少。

九點二十分，一個又禿又矮的男人踏上房間前方的箱子上，介紹自己是威洛比書記員。「我的美國同胞，早安。各位，請看一下傳票，我們要確定大家是在正確的日期到正確的地方。你的傳票上應該是寫著七月十四日，中央大街六十號。如果有人手中的傳票寫著不一樣的內容，請帶著你的東西到走廊另一邊的行政辦公室，他們會處理。」愛麗絲身後有一個女人大聲歎了口氣，開始收拾東西。

「好，要成為這個法庭的陪審員，你必須是美國公民、年滿十八歲、懂英語，你必須住在曼哈頓、羅斯福島或或大理石山，也不能是被定罪的重犯。如果有人不符合這些要求，你也應該拿起自己的東西到行政辦公室。」穿著反社會T恤的男人站起來走出去。

「陪審團工作時間是從上午九點到下午五點，午餐休息時間為下午一點到兩點。沒有參與審判、四點半時還在這間會議室的陪審員，很可能四點半就會獲准離開。但是，如果法官需要你，那麼這就不是我能夠決定的事，你必須留到法官讓你離開的時間為止。一場審判平均時程是七天，有的長，有的短。現在，我們要為你們播放一段簡短的介紹影片，請各位摘下耳機，闔上書本和報紙，非常感謝大家注意聆聽。」電影以一個湖景的淡入鏡頭開始。在一個魁梧的守衛帶領下，一群中世紀村民成群結隊走到水邊。影片的旁白說：「古時候，在歐洲，你如果被指控犯了罪或行為不端，必須接受所謂的『考驗審判』，這種概念最早出現在三千多年前的漢摩經師時期。」這群村民分開，讓路給一個手腕被繩子緊緊綁著的人，兩個守衛把他推向湖水。

「其中一個考驗是要你把手伸進沸水，三天以後，如果手癒合了，你會被宣告無罪。

另一個嚴峻的考驗甚至更極端，把你被緊緊綁住，扔進水中。如果你浮起來，就是有罪；如果沉下去，就是清白的。」這時，守衛開始捆住犯人的腳，兩個大官站在一旁木然看著。村民通通安靜下來，憂心忡忡。守衛把犯人扔進水裡，犯人沉下去後，水面浮起一個個的水泡。大官看了一會兒後，示意守衛把他拉起來。村民發出歡呼。

「這是公平公正的正義嗎？」他們是這麼認為的……

儘管處於月經前的焦躁情緒，愛麗絲還是喜歡這部電影，這讓她想起了自己的社會研究，況且最後也沒有真正要求她做什麼——只是叫她不該把公民自由視為理所當然，而她什麼時候做過這種事？演職人員全體名單在他的身後轉著，威洛比再次登上他的木箱，像魔術師要展示他的道具是光明磊落般，舉起一張傳票樣本，指示每個人要撕下交回的部份。「不是這張。」他至少說了兩遍，在會議室的兩頭各說一次：「這張。」但每一次不是他的指關節，就是他指示的那隻手，擋住了愛麗絲的視線。所以輪到她把自己那一張交給收單子的職員時，她發出尖厲的嘖嘖聲，把紙還給了愛麗絲，說道：「交錯張了。」

「噢，對不起，我該怎麼做？」

她又拿起傳票，從桌上的膠帶臺撕下一截膠帶，把紙黏在一起後，塞回給愛麗絲。

「坐下。」然後，她搖了搖頭，向排隊的下一個人做了個手勢，還加了一句：「真不行。」

十點三十五分，威洛比書記開始念名字：「派翠克・懷爾（Patrick Dwyer）、荷西・卡多佐（José Cardozo）、邦妮・施勞尼克（Bonnie Slotnick）、赫曼・瓦爾茲（Hermann Walz）、拉斐爾・摩瑞諾（Rafael Moreno）、海倫・品克斯（Helen Pincus）、羅倫・昂格爾（Lauren Unger）、馬賽爾・雷文斯基（Marcel Lewinski）、莎拉・史密斯（Sarah Smith）」。

在愛麗絲的前頭，那個穆斯林叔叔由於不喜歡充滿獸性激情的音樂而正在閱讀《經濟學人》（*The Economist*），愛麗絲拿出了隨身聽，解開線，按下播放鍵。

「布魯斯・貝克（Bruce Beck）、亞吉蒂娜・卡瑞拉（Argentina Cabrera）、唐娜・克勞斯（Donna Krauss）、瑪莉-安・特拉瓦來翁（Mary-Ann Travaglione）、蘿拉・巴爾斯（Laura Barth）、卡洛琳・顧（Caroline Koo）、威廉・畢亞羅斯基（William Bialosky）、克雷格・凱斯特勒（Craig Koestler）、克拉拉・皮爾斯（Clara Pierce）。」書記繼續唸著名字。

這是一張楊納傑克（Janáček）的CD，第一首她聽了三遍，每聽一遍，就覺得自己更不能——而非更能——瞭解曲子的複雜。但是暴力？欲望？一個低劣無目的的欲望似乎是她的預設狀態，也許音樂像酒精一樣，可以給它一個恣意橫行的動力……

「阿爾瑪・卡斯托（Alma Castro）、雪莉・布魯姆伯格（Sheri Bloomberg）、喬登・賴維（Jordan Levi）、莎賓娜・張（Sabrina Truong）、提摩西・歐哈羅蘭（Timothy O'Halloran）、派翠克・菲爾波特（Patrick Philpott）、萊恩・麥吉利卡迪（Ryan McGillicuddy）、亞德里安・桑切斯（Adrian Sanchez）、安琪拉・黃（Angela Ng）。」剛過四點，名字差不多都被喊到了，沒被喊到的人可以走了，被要求隔天上午再來。

愛麗絲又去了她度過午餐時間的酒吧，點了杯酒，又多加點一杯，然後把錢放在一篇報紙報導旁，上頭標題是：巴格達爆炸，二十七人死亡，大多數是兒童。到了第一個地鐵站，她搖搖晃晃地走到地下樓層，正值交通顛峰時間。她沒有在時代廣場那站漫長又不通風的蜂擁人潮中換車，而是在五十七街下車並決定步行。她覺得眼睛曝光過度，走在街道上的腳步有些東倒西歪，好像不習慣三度空間。人行道上的格柵摩擦傳出隆隆的爆炸聲，似乎顯示著她的逃脫激怒了地下世界。頭頂上方，在天空的映襯下，玻璃鋼鐵構成的森林搖搖擺擺，令人頭暈目眩。一個男人緊跟著她，吹著不成調的口哨，哨音空洞。龐然停滯的城市喧囂就像兩個巨大的殼抵住耳朵，把哨音從他們身邊奪走；起伏的風聲、黃燈時加速的車輪、計程車的喇叭、公車的呻吟嘆息、噴灑人行道的水管、成落堆疊的條板箱、慢慢拉上的小貨車車門、木頭鞋跟、排笛、請願者虛情假意的敬禮。攝氏二十八點三度，但許多店家敞開大門——幾乎看得見昂貴的空氣一陣陣吹出，在街上逐漸消失——門內，截頭去尾的旋律如收音機般大聲播放著：巴赫（Muzak Bach）的背景音樂、披頭四（Muzak Beatles）的背景音樂、〈伊帕內瑪〉（*Ipanema*）、比利．喬（Billy Joel），瓊妮．密契爾（Joni Mitchell）、〈多麼美好的世界〉（*What a Wonderful World*）。就連一／九號線的入口，似乎也有一支搖擺樂隊低沉的咆勃爵士樂傳出……。但愛麗絲經過通往地下的樓梯，音樂還是越來越響亮，越來越清楚，漸漸構成一種高度，一種飄浮的感覺，空中盪著銅管樂器和鼓的獨特回響。接著，她看到了舞者。

彷彿一齣現代的《弄臣》（*Rigoletto*，義大利作曲家朱塞佩．威爾第〔Giuseppe Verdi〕創作的歌劇）從歌劇院舞臺被擠到了廣場上，在廣闊的白色天空下，搖動的手臂和擺動的臀部如大海隨著節奏起伏。不時有一隻手臂熱情地甩出去，看起來很像是甩離了身子。有幾個身體動作緩慢，有著專注、諷刺或老邁的意味，但是，不惜一切代價繼續前進的堅定決心似乎是一致的。

高個男人和矮個女人跳舞、高個女人和矮個男人跳舞、老年男人和年輕女人跳舞、老年女人和老年女人跳舞；在行李寄放處附近，三個孩子繞著他們的五朔節花柱——一個穿著閃紅光的高跟鞋的母親——跳來跳去。有些舞者單獨跳舞，或者與看不見的舞伴一起跳舞。又或者，在少數失常的情況下，在一個封閉的前衛表現區裡跳舞。十幾歲的女孩流利地從自己手臂搭成的橋下滾過去，柔軟度較差的身體卡在一半，以一個鬆垮的查爾斯頓舞步放開手。還有一些人完全忽略節奏，包括一對老夫婦，他們跳得極為緩慢，就好像在自家客廳裡。

一個炎熱的夏夜，〈在薩沃伊酒店跳踏舞〉（*Stompin' at the Savoy*），五千個民眾和平聚集，在好心抵擋住雨的雲層下互相依靠。看來毫不在意的雙雙對對是這一切的關鍵，有了理智，才能有眼神狂喜的精神錯亂。唯一打斷他們遐想的，是一個跳著吉特巴舞經過的人。他絆了一跤，輕輕撞上一個老太太的後背，而她的反應不過是往下和往身後瞟了一眼，像是為了避免踩到一條狗。

當〈盡情歡唱〉開始時，愛麗絲拐了個彎，朝上城方向走過剩下的二十個街口，來到住宅區。到了以斯拉的住處，她自行進去上了床，以斯拉睜開眼睛。「親愛的，怎麼了？」

愛麗絲搖了搖頭。以斯拉關心地觀察了她一會兒，把手放到她的臉頰上。「妳不舒服嗎？」愛麗絲又搖了搖頭，坐著盯著他身旁羽絨被上攤開的書評好幾秒鐘，回望她的是一幅描繪他的拙劣諷刺畫。在畫中，他的兩隻眼睛靠得太近，下巴如同火雞的垂肉。她推開那張紙，解開涼鞋，把腿縮起來，盡可能靠近他躺著。她一隻手臂摟著他的胸膛，把臉藏在他的肋骨裡。一如往常，他身上散發著氯、肯夢和汰漬的味道。

天空流出了粉色，然後瀉下了紫色。以斯拉伸手去開燈。「瑪莉－愛麗絲。」他盡量保持著最溫和的耐心說：「妳的沉默非常有效，妳知道嗎？」

愛麗絲翻回去躺著，眼眶盈淚。

「我在這裡度過了很多的時間。」她最後說。

「是的。」他過了好一會兒才回答。「我期盼這個房間永遠烙印在妳的腦海裡。」愛麗絲閉上了眼。

「阿雷漢卓．華雷斯（Alejandro Juarez）、克莉斯汀．克勞利（Kristine Crowley）、奈傑爾．皮尤（Nigel Pugh）、阿傑伊．昆德拉（Ajay Kundra）、羅伯特．提爾威（Robert Thirwell）、艾琳．萊斯特（Arlene Lester）、凱瑟琳．弗萊厄蒂（Catherine Flaherty）、布蘭達．卡恩（Brenda Kahn）。」名字繼續被喊著。不只愛麗絲一個人去找前一天坐過的位置，彷彿他們如果在另一個地方重新開始，昨日漫長的等待就不算數了。那個與穆斯林叔叔在一起的男人把《經濟學人》（*Economist*）換成筆記型電腦，電腦螢幕保護程式是他自己與一個膚色相同的人的照片；他們還有同樣的眉毛、同樣的下巴輪廓、同樣的風衣品牌。他們的胳膊環抱著對方，背景是醒目的大理石般天空。在他們的身後，褐色山脈綿延到達遠方，山頂的三角形山峰布滿了紋路錯綜複雜的積雪。然後，一個Excel檔從螢幕底部湧出，一堆叫人眼花繚亂的儲存格取代了大自然。

「戴文・弗勞爾斯（Devon Flowers）、伊麗莎白・哈默斯利（Elizabeth Hamersley）、坎香・肯漢達尼（Kanchan Khemhandani）、辛西亞・伍爾夫（Cynthia Wolf）、歐蘭達・歐爾森（Orlanda Olsen）、娜塔夏・史托（Natasha Stowe）、安希麗・布朗斯坦（Ashley Brownstein）、漢娜・菲爾金斯（Hannah Filkins）、柴克・強普（Zachary Jump）。」有時必須重複名字，才會發現原來當事人去了男廁，或在中庭伸伸腿，或睡著了。只有一次，有一個人根本沒有出現，使整個房間陷入一種集體恐慌。這個擅離職守的阿馬爾・賈法里（Amar Jamali）是誰？他有什麼理由讓美國司法空等？然而，愛麗絲還是有點羨慕阿馬爾，她也渴望身在他處，身為他人。

「伊曼紐爾・蓋特（Emanuel Gat）、康諾・弗萊明（Conor Fleming）、皮拉爾・布朗（Pilar Brown）、麥克・費爾施通（Michael Firestone）、基裡爾・多布羅沃爾斯基（Kiril Dobrovolsky）、艾比蓋兒・科恩（Abigail Cohen）、珍妮佛・范德霍分（Jennifer Vanderhoven）、洛蒂・西姆斯（Lottie Simms）、珊曼莎・巴吉曼（Samantha Bargeman）。」

愛麗絲抬起頭，旁邊的女人打了個哈欠。

「珊曼莎・巴吉曼？」幾個人抬起頭四處張望，愛麗絲在腿上把傳票翻過來，皺起眉頭。「珊曼莎．巴吉曼……」在她面前的男人——不久前又出現了——用掌根揉了揉眼睛。威洛比用令人不自在的眼光掃視了一下房間，搖了搖頭，寫了些什麼。

「……普娃．辛（Purva Singh）、巴瑞．費德曼（Barry Featherman）、費莉西雅．波格斯（Felicia Porges）、雷納德．葉慈（Leonard Yates）、肯德拉．菲茨帕特里克（Kendra Fitzpatrick）、瑪莉－愛麗絲．道奇（Mary-Alice Dodge）。」

還在發楞的愛麗絲站起來，跟著其他人走過一條無窗走道，進入一個房間。問卷發下，近乎寂靜，只有運動鞋的吱吱聲、鼻音、清嗓子和咳嗽的切分音。一個職員揉著下巴，查看每一個人的答案。然後，幾名不合適的被打發走，剩下的被帶到隔壁的房間，讓律師單獨詢問。

「妳曾經被人控告過嗎？」

「沒有。」

「妳曾經控告過人嗎？」

「沒有。」

「妳曾經是犯罪受害者嗎？」

「我想沒有。」

「妳不知道。」

「我不確定。」
「醫療事故？」
「沒有。」
「強姦？」
「沒有。」
「偷竊？」
「嗯，或許有吧，但是沒有丟掉什麼重要的。」
「上頭說妳是編輯。」
「對。」
「哪種編輯？」
「小說為主，不過我打算下星期辭職。」
律師看了看錶。「這是一起毒品案，妳吸毒嗎？」
「沒有。」
「妳認識的人之中，有人吸毒嗎？」
「沒有。」
「一個也沒有？」

愛麗絲在座位上動了動。「我繼父在我小時候吸食古柯鹼。」

律師抬起頭。「他？」愛麗絲點點頭。

「在家嗎？」她又點了點頭。

「他有沒有對妳動粗過？」

「沒有，對我沒有。」

「可是對別人呢？」愛麗絲對律師眨了眨眼睛，然後回答說：「他不是壞人，他生活不順遂。」

「那妳的父親呢？」

「我的父親？」

「他吸毒嗎？」

「我不知道，我想沒有，我們並沒有和他住在一起。」她的聲音在顫抖。「我不知道。」

「抱歉，我——」

「沒事。」

「我不是故意的——」

「你沒有。」

「我不——」
「我知道，你沒有。不是——不是那麼一回事，我只是……累了，日子有點煎熬。」
「啾？」
「嗯？」
「妳在哪裡？」
「在家。」
「妳在做什麼？」
「我在睡覺，你還好嗎？」
「我胸痛。」
「哎呀，你打電話給普朗斯基了嗎？」
「他在聖露西亞，他的秘書說我應該去長老會醫院。」
「她說得對。」
「親愛的，妳不是認真的吧。」
「我當然是認真的！」

「妳要我星期六晚間八點到華盛頓高地的急診室？」

計程車的車窗外，上西區變成哈林區和一個她不知道名字的社區，一條寬闊大道，一片荒漠。到處是熟食店、美容院、一元商店、非洲髮辮、西裔教堂，還有一大片條紋柔和、幾乎是美國中西部風格的天空。在一百五十三街，司機猛然剎車，閃避一個在三一墓園和詹金斯殯儀館的路上中打旋的塑膠袋。他們從驚嚇中恢復過來後，以斯拉禮貌地向前傾身，愛麗絲扶著他的手杖。「不好意思，先生！請開慢一點好嗎？我想到醫院後再死。」

他們在大廳坐了一個多小時，看著兩個女孩在地板上給蝴蝶著色，還有一個動也不動、倒在一名即將臨盆的孕婦的手臂上。然後，一個穿著綠色木屐和紫紅色醫護服的年輕韓裔女人叫以斯拉去做心電圖，接著安排他到一個長長的房間裡等待。裡面的隔間對於幾十個躺在輪床上，或坐在輪椅上的男女來說太少了，其中大部份是非裔或西裔老人，身上還是從家裡穿來的睡衣或長袍，腳上趿著拖鞋。有的人睡著了，那種睡姿似乎思考著在這個亮著熒光、響著電子信號的地獄邊緣再待一個小時，是不是不如死了算了。其他人看著年輕護理人員來來去去，帶著一種茫然甚至是奇妙的表情，暗示這並非他們經歷過最糟糕的星期六晚上。點滴管繫住以斯拉，將糖水注入他的手臂。幾英呎之外，一個穿著髒褲、眼睛充血的男人在過道上友善地走來走去。「克拉倫斯，坐下。」一個護理師走過時對他說。

「我就知道會發生這種事。」以斯拉說。

十點剛過，他們的護理師回來說與普朗斯基的辦公室聯絡了，他的心電圖沒有顯示異常。不過為了安全起見，還是要留他過夜。她原先態度敷衍，此時變得少女一般，甚至輕佻起來。她將寫字夾板抱在胸口，眨著睫毛說：「對了，我媽媽非常喜歡你。如果我不告訴你《老梗》（*The Running Gag*）是她最愛的書，她非殺了我不可。」

「很好。」

「你現在感覺怎麼樣？任何疼痛？」

「有。」

「同樣？還是更厲害？」

「同樣。」

「什麼感覺？」

以斯拉讓一隻手飄浮起來。

「像輻射嗎？」愛麗絲說。

「沒錯，像輻射，射入我的脖子。」護理師皺起了眉頭。「好，我去看看能不能給你拿點什麼來解決，還有別的事嗎？」

「我可以有自己的房間嗎？」

「必須自費。」

「可以。」

在他們對面的小隔間，一個女人從手提包拿出一串念珠，手指開始撥弄，躺在她旁邊的男人則在蠕動呻吟。另一對男女穿著同款大都會球隊運動衫，雙手在額上緊扣，全神貫注祈禱。就連克拉倫斯蹣跚走到離他們腳趾不到一英吋的地方，也沒能打破咒語。「耶穌！」男人唸著並把手按在同伴的腹部。「讓這個痛苦停止結束吧！」以斯拉看到入迷了，眼神發亮，下巴放鬆。只要人性還是跟他分房睡的一天，他就永遠無法滿足於對人性的渴望。

「你的嘴是張開的。」愛麗絲說。

他搖著頭，閉上了嘴。「我很不喜歡這樣，我哥哥去世前一年就開始這樣，看起來很嚇人。親愛的，你發現我這樣，就叫我閉上。」

「不行！」

「你不用當成一件大事，只要說『嘴巴』。」

愛麗絲站起來，走到拉簾的接縫處。以斯拉看了看錶。

「我告訴過妳我隔壁的公寓要賣嗎？」他問。

「多少？」

「猜一猜。」

「不知道，四十萬？」

以斯拉搖了搖頭。「一百萬。」

「你在開玩笑吧。」

「沒有。」

「就一間套房？」

「是兩房的小公寓，但還是貴。」

愛麗絲點點頭，轉身走回簾子，她向兩邊看了看。

「我從來沒見過妳穿牛仔褲。」

「哦？你覺得怎麼樣？」

「走一走。」

愛麗絲把簾子拉到一邊，走到一個推車的便盆前才轉過身來。克拉倫斯從自己的小隔間出來，拍了拍手。「她看起來是不是很漂亮？」以斯拉喊著。愛麗絲回來後，他伸手抓她的手臂說：「那麼，我該怎麼做？」

「什麼事？」

「公寓。」

「公寓怎麼了？」

「我該買嗎？」

「為什麼？」

「這樣就不會有某個人帶著嬰兒搬進來，我就可以敲掉中間的牆，把它變成一個大房間，我們就會有更多更多的空間，親愛的。在這個城市裡，我們需要更多的空間，真的需要。」

穿著大都會隊運動衫的男人指著《郵報》（*Post*）上的什麼東西，旁邊的女人笑了。

「別這樣。」她抱著肚子說：「會痛。」

「嘴。」愛麗絲說。以斯拉啪的一聲把嘴闔上，好像一個腹語表演者的玩偶。過了一會兒，他捏捏愛麗絲的手。「親愛的，我很不願意請妳做這件事，我剛想起一件事，我得吃藥。」

在一百二十五街，兩個非裔男人抱著薩克斯風進了車廂，在走道上相對而立。他們的二重唱開始得很緩慢，兩人彷彿是一個照鏡子的男人，踮著腳尖，彼此靠近又互相遠離。

然後，節奏加速，聲音越來越響亮，越來越雜沓，車廂其他人開始點頭、鼓掌、歡呼、吹口哨；一個二頭肌刺有血玫瑰的男人跳起來開始跳舞。愛麗絲腳邊有一本小冊子，上頭警告說：「有人接受了偏差的言論，偏離了神的道。」反面寫著：「誰最喜歡把對方引入歧途？」前一天晚上在他的浴缸，她生理期的血塊逃了出來，像水彩一樣展開。以斯拉放了一張巴赫的變奏曲——盒子還攤開放在擱腳凳上——端了一杯留名溪給她。在除顫器上方的皮膚換上新的吩坦尼止痛貼片（Fentanyl patch）時，他的手久久停在那裡，時間長得足以背誦《效忠宣誓文》（*Pledge of Allegiance*）。

愛麗絲看著他刮鬍子。眼科醫師給他開了一些眼藥水，調節眼壓。但他對藥水過敏，睫毛周圍的皮膚變得乾燥龜裂。躺在床上，他們各自閱讀，以茲拉讀濟慈（John Keats），愛麗絲讀《紐約時報》前一週地鐵爆炸案的報導。十一點十分，燈滅了，電梯也靜了，閃閃爍爍的天際線因為他安裝用來削弱晨光的遮光簾而黯然。為了減輕背痛，他在膝蓋下墊了一顆記憶枕。

到了凌晨四點，抽筋已經嚴重到令愛麗絲噁心的地步。為了緩解不適，愛麗絲下了床，進浴室吃了他的一顆藥。她掌中的圓柱寫著：「每四至六小時口服一片止痛，或根據需要服用。」在剛才吞下去的光滑橢圓形藥片上，機器印著WASTON 387。如果有一種藥可以讓她成為一個在歐洲生活的作家，另一種藥可以讓他活著、並愛她直到她死去那天為止，她會選擇哪一種？

她曾經在那間浴室裡數過有二十七個藥物整理盒，小瓶子有著科幻小說般的名稱，從阿托平（Atropine，用來治療神經毒氣或殺蟲劑中毒的藥物）到雷尼替丁（Ranitidine，抑制胃酸產生的組胺類H2受體阻抗劑），還有連珠炮似的感嘆祈使句：「每日一片，或按需要每六至八小時服用一片」、「睡前口服一片，連續服用一個月，然後逐月增加一片，直到服用四片為止」、「先吃兩粒，然後每八小時吃一粒，直到吃完為止」、「一天服用一次，一次一片配一杯水」、「配食物。避免服藥同時吃葡萄柚或喝葡萄柚汁」、「沒有醫師的許可和同意，不要服用阿司匹林或含有阿司匹林的產品」、「放入冰箱保存，搖勻後使用」、「駕駛車輛請小心謹慎」、「避免使用太陽燈」、「請勿凍結、避光、避光防潮」、「配藥分裝應使用密封耐光的容器」、「多喝水」、「整個吞下」、「不要與醫師沒有開立這種藥的人分享」、「不要咀嚼或壓碎」……諸如此類，令人厭煩，特別是當你想到這麼多實驗室製造的化學物質堆積在你的腸道中——這些話把剩餘生命非不重要的一部份降貶為排隊買藥、看錶、倒杯水、等著、數著、吃藥。

一個老婦人躺在她離開時他所在的地方，嘴裡咕噥著西班牙式英語，櫃檯人員指點愛麗絲去病房樓層。她發現以斯拉躺在一間燈光柔和的房間，那裡可以看到熠熠生輝的河景。他的衣物在暖氣片上疊成一堆，嶄新的淺藍色病人服的繫帶在脖子後方打成蝴蝶結。他的雙手緊握著床單外翻的邊緣，眉毛高高揚起，愉快地望著一位穿著實驗室白袍的女子，一條鉑金色馬尾垂在她的後背。她安慰他說，他的胸痛可能只是因為有一些氣體，不過他的血壓升高。她還是很高興他留下來過夜，這樣她們就可以照看他了。以斯拉眉開眼笑。「瑪莉–愛麗絲！吉娜薇芙要替我點雞肉，妳想吃點什麼嗎？」

吉娜維芙走後，愛麗絲把他的藥袋放在床上，坐到窗邊的椅子，他清點袋裡的藥。一架飛機的光進入窗框的左下角，循著飛行路線，緩慢而穩定地向上攀升，像一架爬升中的雲霄飛車。愛麗絲看著，直到它從窗戶的右上角離開；它一離開，另一盞閃爍的燈標就出現了——左下角，沿著同樣看不見的軌道開始往上升。以斯拉吞下了一粒藥丸。「去吧，小阿夫若欣，無論遠近，到我親愛的朋友們那邊吧……」當第三架飛機出現時，愛麗絲從窗口轉回頭。「你的眼睛在流血。」

「沒事，眼科醫師說會這樣，別擔心，親愛的，情況正在好轉，不會更糟。」一位身材矮小的華裔女人拿著寫字夾板走了進來。「我有幾個問題要問你。」

「說吧。」

「你最後一次小便是什麼時候？」

「大約半個小時前。」

「最後一次排便呢？」

以斯拉點點頭。「今天早上。」

「去顫器？」

「美敦力。」

「過敏？」

「有。」

「什麼？」

「嗎啡。」

「會怎樣？」

「會出現偏執狂症狀的幻覺。」

「疾病？」

「心臟病、退化性脊柱關節疾病、青光眼、骨質疏鬆。」

「就這些嗎？」

以斯拉笑了。「到目前為止。」

「你的眼睛在流血。」

「我知道，不用擔心那個。」

「緊急聯絡人？」
「迪克・希利爾。」
「醫療代理人？」
「也是迪克・希利爾。」
「這位是誰？」
「瑪莉－愛麗絲，我的教女。」
「宗教？」
沒有。
護理師抬起頭。「宗教？」她重複。
「沒有宗教。」以斯拉說：「無神論者。」
護理師打量了他一會兒，然後轉向愛麗絲。「他是說真的嗎？」
愛麗絲點點頭。「我想是的。」
又轉向以斯拉：「你確定嗎？」
以斯拉在被子裡收縮腳趾。「確定。」
「好吧——。」護理師一面說，一面歪著頭，把這個可怕的錯誤記了下來。她離開後，愛麗絲問：「他們為什麼問這個？」

「這個嘛，如果你說你是天主教徒，你看起來快要不行時，他們就派牧師來。如果你是猶太人，他們就派經師過來。」

「如果你是無神論者呢？」

「他們就派克里斯多福・希鈞斯（Christopher Hitchens）過來。」

愛麗絲用手蒙住臉。

「史上最容易笑的白人——」

「以斯拉！」

「我沒辦法……」

「妳沒辦法什麼？」

她把手拿開。「這件事！」

「我不懂妳的意思，親愛的。」

「這實在……非常……難。」

「你現在跟我說這個？」

「不是！我不會那麼做，我不會把妳留在這裡。我愛妳。」這是真的。「妳教了我很多，妳是我最好的朋友。我就是做不到，我實在沒辦法……這太不……正常。」

「誰想正常？你才不想。」

「不，我不是指正常，我是說……適合我，目前。」她深吸了一口氣。「如果我和妳在一起……」以斯拉爽快地搖了搖頭，好像她誤解了他的身份。「親愛的，妳累了。」

愛麗絲點點頭。「我知道。」

「我想也受到很大的驚嚇，但我們會沒事的。」

愛麗絲抽泣著，又點頭說：「我知道，我知道。」

他若有所思望著她一會兒，眼睛底下的血漬像一滴止住的淚。然後，他做了個善意的鬼臉，身體微微向前傾，調整了一下枕頭。愛麗絲擦了擦臉頰，趕緊上前幫忙，在過程中拉出一個滑落到他肩膀後面的手持裝置。「哦！」以斯拉接了過去，高興地說：「有電視。」他把手持裝置轉過去對準螢幕，快速轉臺，最後找到賽事最精彩的部份。九局下半，紐約隊領先三分。他們看著倫特利亞三振。

「嘴。」

歐提茲朝基特打出一個小飛球，以斯拉把一隻手放在床上，請愛麗絲把她的手放在他的手掌上。他仍舊盯著螢幕。「愛麗絲。」他理性地說：「別離開我，不要走，我想要一個人生伴侶，知道嗎？我們才剛剛開始，沒有人能像我一樣愛妳。選擇這個，選擇冒險，愛麗絲。這是冒險，這是意外，這是生活。」

「叩—叩叩叩—叩—、叩—叩—」護理師帶著他們的醫院雞肉進來了。

第二部

瘋狂

我們對戰爭的看法曾經就是戰爭。

——威爾・麥金（Will Mackin）❶，
〈卡特科彭〉（*"Kaffekoppen"*）

「你從哪裡來？」「洛杉磯。」
「一個人旅行嗎？」「對。」
「旅行的目的是什麼？」「探望我的哥哥。」
「你哥哥是英國人？」「不是。」
「那麼這是誰的地址？」「艾勒斯戴．布朗特（Alastair Blunt）。」
「艾勒斯戴．布朗特是英國人？」「對。」
「你打算在英國待多久？」「到星期日上午。」
「你在這裡時要做什麼？」「拜訪朋友。」
「只有兩個晚上？」「對。」
「然後呢？」「坐飛機去伊斯坦堡。」
「你哥哥住在伊斯坦堡？」「不是。」
「他住在哪裡？」「伊拉克。」
「你要到伊拉克探望他？」「對。」
「什麼時候？」「星期一。」
「怎麼去？」「從迪亞巴克爾坐車去。」
「你會在那裡待多久？」「迪亞巴克爾？」

「不是，伊拉克。」「到十五日。」

「然後？」「搭機回美國。」

「你在那裡是做什麼的？」「在美國嗎？」

「對。」「我在那邊剛剛完成博士論文。」

「哪一方面的論文？」「經濟學。」

「那你現在正在找工作？」「對。」

「在美國嗎？」「對。」

「布朗特先生從事什麼工作？」「他是記者。」

「什麼樣的記者？」「駐外通訊記者。」

「你暫住在他那裡？」「對。」

「是這個地址嗎？」「對。」

「只住兩個晚上？」「對。」

「你來過英國嗎？」「來過。」

❶美國海軍退伍軍人，曾在伊拉克和阿富汗作戰。

「但你的護照上一個章也沒有。」「這一本是新的。」
「舊的那本怎麼了？」「護貝膠膜脫落了。」
「可以再說一次嗎？」「這個部份剝落了。」
「你上次來是什麼時候？」「十年前。」
「來這裡做什麼？」「在一個生物倫理理事會實習。」
「你有簽證？」「有。」
「工作簽？」「對。」
「你帶在身上嗎？」「沒有。」
「你帶著到伊斯坦堡的機票嗎？」「沒有。」
「為什麼沒有帶？」「是電子機票。」
「旅行行程表呢？」「我沒有印出來。」
「那麼，好吧，賈法里先生。請你先坐下，好嗎？」

我母親在卡拉達懷了我，但我是在鱈魚角的肘部上方出生的。機上唯一的醫師剛好就是我的父親，他是血液病學家——也可說是腫瘤學家，最後一次接生是在巴格達醫學院，那是一九五九年的事。他用隨身扁酒壺裡的威士忌消毒剪臍帶的剪刀，拍打我的腳底板讓我呼吸。見到我是一個男孩，有個女空服員叫了起來，讚美真主！願他是七個孩子之中的一個！

故事講到這裡，母親通常會翻白眼。我多年來認為，如果不僅是因為不用再多生五個孩子（無論性別）鬆了口氣，這個動作也表達了對她的故鄉偏愛男孩之習俗的蔑視。我當時九歲的哥哥後來提出一個不同的見解：她翻白眼，是因為飛機上那群空服員為了幫父親點菸，不停俯身接近她。在薩米的版本中，用威士忌消毒也是我們父親會做的事。

至於我的國籍問題，移民局官員抓耳撓腮想了三個星期。我的父母皆在巴格達出生。（薩米也是，與庫賽·海珊〔Qusay Hussein〕❷同天出生。）上述飛機隸屬伊拉克航空公司（Iraq Airways），聯合國主張機上出生的嬰兒應被視為屬於飛機登記國的公民。然而，我們在相對和諧的時代搬到美國，即使是今日，不管誰擁有這架飛機，一個在美國領空出生的嬰兒，也有資格取得美國公民身份。最後，我都得到了：兩本護照，不同顏色，印有三種語言。只是我的阿拉伯語幾乎派不上用場，至於庫德語，我直到快二十九歲才學會一

---

❷ 伊拉克前總統薩達姆·海珊（Saddam Hussein）次子。

個單字。

因此，兩本護照、兩個國籍，但沒有根。我曾經聽說，或許是為了彌補他們沒有原生地的問題，機上出生的嬰兒可以終生免費搭乘該航空公司的飛機。很可愛的主意：你仍舊可以搭乘帶你來的送子鳥雲遊四海，直到返回大鹽沼❸天空的時候。但是，據我所知，我根本沒有得到這樣的好處，不過就算得到了，對我也沒什麼用。一開始，我們都是取道安曼，循陸路回去。後來伊拉克入侵科威特，持美國護照者一律禁止搭乘伊拉克的送子鳥，這一禁就是十三年。

「賈法里先生？」我走向她。

「我只是想再和你對一遍你的行程，你是從洛杉磯來的，對吧？」「對。」

「你訂了星期日飛往伊斯坦堡的飛機，沒錯吧？」「對。」

「你知道你要搭乘哪家航空公司嗎？」「土耳其航空公司（Turkish Airlines）。」

「你知道你的飛機是什麼時候起飛嗎？」「上午七點五十五分。」

「你到了伊斯坦堡以後呢？」「我會停留大約五個小時。」

「接著？」「我會搭飛機前往迪亞巴克爾。」

「哪家航空公司？」「也是土耳其航空公司。」

「什麼時間？」「我不太確定，我想大約六點左右離開。」

「接著？」「我到了迪亞巴克爾以後，有一個司機會來接我。」

「這個司機是誰？」「我哥哥認識的人。」

「從伊拉克來？」「對，從庫德斯坦。」

「司機會送你到哪裡？」「蘇萊曼尼亞。」

「你哥哥住的地方。」「沒錯。」

「開車要多久的時間？」「大約十三個小時。」

「但是你從來沒見過這個人？」「司機嗎？沒見過。」

「那樣會不會有危險？」「有可能。」

「你一定很想見你哥哥。」「我笑了。」

「什麼事這麼好笑？」官員問。「我說，沒什麼，我確實很想見他。」

❸大鹽沼位於美國新罕布夏州。

我們在美國的第一個家位於上東區，一棟無電梯老舊出租公寓的五樓，只有一間臥室，屋主是父親的新雇主——康乃爾醫學院。薩米睡沙發，我睡在紐約醫院的保溫箱裡。等我長到了五磅重後，母親堅決認為曼哈頓擁擠的高樓大廈不適合養育孩子，我們於是搬去了布魯克林灣脊區。在那裡，靠著父親的住屋津貼，我們租了一幢兩層樓房的二樓，窗檻花箱種著梔子花，陽光充足的長露臺鋪著新的人工草皮。我最早的記憶就發生在露臺上，我剛剛睡過午覺醒來，伸手摸了摸一隻在鐵欄杆上表演高空鋼絲絕技的貓咪，結果臉蛋兒狠狠地被牠打了一下。起碼有七張拍立得照片拍下我的臉頰有鋸齒狀般的痕跡，為我證實了那一部份的記憶，只是我偶爾懷疑，那只是我從四年之久的嬰兒失憶症恢復過來，我卻以為是自小睡中醒來。母親說，就是在那一天，她和薩米帶我進城去看《彼得潘》（*Peter Pan*），關於那件事，我只記得桑迪・鄧肯（Sandy Duncan）衝向我們，在鋼絲上，他看起來好像被釘在十字架上——但只有這個印象，只有一張精神上的幻燈片，若少了提示，我肯定不會把它和臉上的傷疤連在一起。這一切提出了一個問題：我還那麼小，還不懂得記事，母親為什麼要帶我去看百老匯呢？

二〇〇五年初，我最後一次見到哥哥時，他說父母沒有辦法知道孩子的記憶何時會復甦。他還說，我們剛出生幾年的記憶是無法完全回想起來的，但生命中如果有很多值得回憶的，那也只是短暫的。

你不記得什麼了？我問。應該說我記得什麼？你記得去年發生什麼事嗎？二〇〇二年呢？一九九四年呢？我不是指頭條新聞，我們都記得重大事件，記得工作，大一英語老師的名字、你的初吻。但是你日常的想法呢？你想到了什麼？你說了什麼？你在街上或健身房遇到了誰，這些偶遇如何加強或干擾你原本就有的思慮呢？一九九四年，我還在吉哈德區，雖然我不確定當時我是否意識到這一點，但是我很孤單。我買了一本筆記本開始寫日記，早期典型的日記是這樣的：「上學。和納夫吃串烤。去狩獵俱樂部玩賓果。上床。」沒有感想、沒有情緒、沒有看法，天天以「上床」結束，好像我可能從這個循環中得出其他結論。那時我一定是對自己說，「嘿，如果你打算在這上頭花時間，那就好好去做，寫下你的感覺、你的想法，什麼讓這一天不一樣，或者有什麼意義？」我一定和自己有了這樣的對話，因為過了一段時間，日記變長了、變詳細了，也多了分析。最長的一則是有關我和扎伊德為了克勞迪婭．雪佛起的爭執。

至少還有一次，我寫了幾行沉重的文字，描述我如果沒有回到伊拉克，會過著怎樣的生活。不過，就算是這些後來的文字，也有一種生硬的感覺，好像我寫日記時只想著別人看到時會怎麼想。寫了大概六個星期，我就放棄了——把筆記本收到一個盒子，二十年後才又找出來。找出來時，我還得強迫自己才讀得下去，我的文字看起來好幼稚、好愚蠢，我的「想法」令我汗顏，最叫人不安的是，我寫了許多想不起來的事情，我不記得和扎伊德吵架，我不記得在狩獵俱樂部度過那麼多個星期五晚上，別說渴望了，我甚至不記得考慮過回美國過上另一種生活。這個萊拉是誰呢？她在四月的一個「酷酷的」星期二和我一塊喝茶？感覺好像我連續昏迷了好幾個星期。

我問他為什麼要開始寫日記。

他說，也許我的孤獨感太強烈了，也許我認為把事情記下來，用墨水把我的存在記錄下來，可以預防我……我消失不見，我被人抹去。你知道的，大家都說：在世界上留下你的印記。但是我告訴你，弟弟，這個筆記本是一個非常蹩腳的印記。

不管怎樣，在那以後，你又留下其他的印記。薩米點了點頭。小小的印記，沒錯。況且你現在有了扎荷拉。

那是四年前的事，我們在哥哥蘇萊曼尼亞家的後院，才一月初，那裡卻快華氏六十度了。一個裝著棗子的碗在我們之間傳來傳去，我們吃棗子，把棗核扔到正在發芽的番紅花花圃裡。兩個星期後，薩米和扎荷拉結婚了，現在他們有了一個小女兒，雅絲敏。扎荷拉認為雅絲敏的嘴巴像薩米，眼睛則是像我。我同意嘴巴像薩米，那張大嘴即使是在不笑的時候，嘴角也會微微上揚。我們的眼睛都是一種變幻莫測的淡綠色，但是我的眼睛往往以浮現皺紋的疑惑表情為背景，雅絲敏的眼睛則彷彿永遠懸浮在奇妙的憂鬱中。在嘴角上翹的嘴巴和眼稍上挑的愁眼雙重影響下，她像是同時戴著兩張戲劇面具。我最近把她的照片設成筆記型電腦的螢幕保護程式，每天早上，坐下來打開電腦時，在小侄女的臉蛋上，我好像察覺喜劇悲劇的比例在一夜之間有了些微的調整，它似乎可以表達出各種喜怒哀樂，那種你可能認為沒有長年的觀察和經驗流露不出來的情緒——但是，她才三歲。所以，你偶爾會好奇，是否偶爾我們之中有人生來就具有已經展開的記憶，而且從來不會遺忘任何事。

什麼我不記得了？那可多了。想到這些集體的記憶喪失，我會呼吸急促，不過根據我的經驗，把事情記下來還是行不通——除非從某個意義來說，你記下事情的時間越長，你花在不想忘記的事情上的時間也許就越少。

你會認為沒有人比我哥哥更不容易被抹去。他的身材高大結實，穿上了白袍，益發顯得魁梧。他說話的聲音洪亮，觀點有力，每天平均要吃四頓。當他說要預防他的消失時，我笑了，我說這讓我想起《不可思議的縮小人》（*The Incredible Shrinking Man*）中的一幕：格蘭特．威廉斯（Grant Williams）鑽過窗戶玻璃上的洞，對著緩緩逼近的寂靜銀河，發表了他在電影尾聲的獨白：那樣的貼近，無窮小與無窮大……比最小還要小……對神來說，沒有零！我仍然存在！但誰會消失？不會是一個捧腹大笑的男人，不會是一個彈琴時，雙手能讓八度音階像是只有一英吋距離的男人。

最後一次見到哥哥時，他高大的身子斜靠在塑膠花園椅上並咧著嘴笑，揮去二頭肌上看不見的微塵，抬頭掃視往西飄去像要離開庫德天空邊境的雲。那一刻，他極似正在對著世界行使他的影響力，而非世界對他有所影響力。他如果不記下就寢時間和贏賓果遊戲的次數，他可能會消失——我覺得這是一個很荒唐的想法。然而，他確實消失了。

又坐了二十五分鐘後，我站起身，問另一位海關人員我可不可以上廁所。她是一個年輕的女人，頭戴淺紫色穆斯林頭巾，刷著厚重的黑色睫毛膏，原本討喜的眼睛變得好像長出了蜘蛛腳。她將信將疑，找來一個男性人員陪我去。男人比我矮幾英吋，不知道為什麼，我們走過去時，他決意跟在我身後一碼左右的地方，讓我感覺像是帶著一個小孩去廁所，而不是有人陪同我。

只有經過一個無人值守的檢查站時，這個隨護人員才加快了腳步。當然，人只有走投無路了，才會企圖在沒有護照的情況下闖過護照檢查站。就算沒有被捕溜出去，沒有護照，困在英國，要怎麼辦呢？兜售走私品？還是在窮鄉僻壤的酒吧工作，直到死去？我的護照被拿走了，換回半張確認我的留置狀態的紙。現在，我兩手拿著這半張紙走進男廁，好像上頭寫著小便和沖水所需的使用說明。隨護人員沒有在外面等著，而是跟著我進來。他提議幫我拿著那張紙條，然後人站在洗手臺旁，手在口袋裡叮叮噹噹搖晃著硬幣。我排尿，然後慢慢塗肥皂，接著沖手擦手，這是必須做的事。檢查手機訊息是另一件要做的事，但是手機沒有訊號。我們回到我的座位後，這個隨護人員一言不發，點了點頭，回去了他在歐盟國民隊伍旁的崗位。在我的面前，一本又一本的護照遞上，翻開，檢查，蓋章，歸還，護照的完整性得到驗證，護照的主人已經把心思轉向行李提領處和離開機場的交通方式，而那個拿走我的護照的女人卻不見蹤影。

房裡擺著單人床和立式鋼琴，要到人工草皮露臺必須擠過狹窄的通道。床是薩米的，鋼琴在我們搬進來時就有了，床琴之間的空間非常窄，哥哥就算躺在床上，伸出手，也可以在鍵盤上快速彈出最高的八度音。

鋼琴四四方方，琴身是深色木頭，布滿了凹痕。在上午十點左右的陽光下，木頭會顯得略帶紅色。那是一架威悉兄弟牌的老鋼琴，在第二次世界大戰期間整修過，因為當時新鋼琴的產量無法滿足需求，製造商於是修復舊琴，換上新的琴腳、鍵盤和卷軸。他們還用長長的鏡面外殼藏起上方的調音栓，所以鋼琴看起來比實際要小。我們那面鏡子邊有一條斜斜的裂痕，大部份鏡面由於歷史悠久而斑斑駁駁。我記得索爾·貝婁（Saul Bellow）說過一句話：「死亡如同我們從鏡子上看到的任何東西所需要的那面黑色塗層。」若是如此，現在這麼多黑色部份露了出來，我們又該如何解釋呢？

我說它是薩米的鋼琴，不過嚴格來說，它屬於我們的房東馬蒂．費施和麥克斯威爾．費舍爾，他們住在樓下。

費舍爾是紐約愛樂的第一小提琴手，費施在西村的鋼琴酒吧彈鋼琴，那裡的客人喜歡醉醺醺地唱和，擾亂表演。我們賈法里一家把這兩個男人合稱為「費費」，費施單獨稱為「隆背鲃」，因為他獨特的卵狀身形讓哥哥想起一種魚：巴格達漁夫經常在底格里斯河上，用蝴蝶刀法處理後來烤的那種鯉魚。在另一方面，麥克斯．費舍爾有著無法撼動的魅力，所以無法給他一個綽號。他是巴伐利亞人，畢業於巴黎音樂學院，十分注重整潔，一大早就去散步鍛鍊身體，但是在灣脊區的人行道上，打著渦旋花紋領巾顯得非常詭異，好像他脖上繞著一條印地安眼鏡蛇。

費舍爾的聲音高亮，語氣溫和，德語發音又清晰，因此他的談話都帶著一種哲學氣質。他在家的話，我們一定會知道，因為傳來樓上的不會是朦朧的桑坦和漢立許的音樂（顯示隆背鲃正在對抗消沉的情緒），而是艾爾加和楊納傑克的高尚旋律，樂音來自一對貴重的HI-FI喇叭，或者是費舍爾親手用他的史特拉迪瓦里琴拉奏。他用牙線清潔、拿軟布擦亮這把小提琴，好像它是一件外科手術器械。他每天會打掃一次共用的前廳，星期六就搬出吸塵器吸地，吸到天荒地老，所以之後的半個小時，寂靜會在你的耳裡發出回響。

習慣成自然，我後來上清真寺，有人會提醒我脫鞋，但更早以前，我只要進去費費的公寓，就知道要脫鞋子了。不過，所有的居家之美都是出自費舍爾之手，隆背鮰如果自己來，鐵定搞得塵土飛揚，在臥室地板上燙出一個粉臘色的小丘。隆背鮰唯一會自動自發清潔的，是與費舍爾的提琴地位相當的東西：一架黑檀木史坦威鋼琴。這架近七英呎長的鋼琴讓客廳顯得窄小，所以威悉兄弟牌老琴才會被貶謫到樓上。

母親喜歡把我們的童年添上神話色彩，讓人以為薩米從未接觸過任何樂器，可是第一次坐在那架鋼琴時，在日落以前就可以流暢彈出一段小品。我不相信，比較正確的故事版本應該是從一個困擾父母多時的事實開始——我也多多少少受到了困擾——哥哥不喜歡美國生活。幾乎打從一開始，他就埋怨想念巴格達的朋友，他不比同學笨，而且從三歲起，英語就說得和阿拉伯語一樣好，但是他的學業明顯落後。在家，他無精打采，無所事事，只有吃飯或是去公園籃球場才肯離開沙發。

在隔著一條馬路的猶太教堂後面，住著一個千里達人，哥哥和他在籃球場抽大麻。後來，有一天下午，隆背鮰上樓修水管，在威悉兄弟牌鋼琴前徘徊不去，最後彈了《波西米亞狂想曲》（*Bohemian Rhapsody*）的開頭。薩米從沙發跳起來，請他再彈一遍。半個小時之後，廚房的排水管還在漏水，薩米和隆背鮰並肩坐在鋼琴前，薩米咬著嘴唇，隆背鮰哼著正確的音調，重新擺好薩米的指頭，憤慨地敲著粘糊糊的中央D。自此以後，幾乎每到了星期三下午，他們都是這樣的情景：夏日，他們的身影落在露臺；冬季，茶杯的蒸氣讓斑駁的鏡面蒙上水霧。照理晚間十點半以後不許練習，不過薩米往往會等到公寓另一頭一片漆黑以後，踩著拉長音踏板繼續彈奏，腦袋在鍵盤上方低垂，讓人以為他的耳朵可以吸走聲音。真的，人可以低聲哼唱，也可以這麼輕聲彈琴。沒有人敢勸阻哥哥；他過得很不開心，我的父母非常自責，他在彈琴時好歹沒有那麼提不起勁。

他也沒有任何俗套的雄心壯志。他沒辦過獨奏會，不表演。對薩米來說，彈琴的目的就是彈琴：把手指與琴鍵配對，一個接一個或像一串櫻桃同時敲下，然後享受結果，如同享受聆聽故事情節展開。在那間不像房間反而更像通道的小臥室裡，哥哥帶著某種像是左右老菸槍、暴食者或愛抖腳人的強烈需求，弓背坐在鋼琴前。也許它吸走了某種緊繃的精力，也許它減弱了某種的痛；我不知道。他彈琴的方式甚至顯得浪費了琴譜，一首曲子他很少會彈上兩次，他偏好一曲一曲往下彈，下一首奏鳴曲，下一首協奏曲，下一首馬祖卡舞曲、小夜曲或華爾茲，彷彿音符是一股無限大電流的一部份，薩米是它們想要通過的銅線。當然，遇到困難的樂段，他偶爾也會彈錯，重新再來一次，只是這種情況比想像的要少。而且，他從來沒有，一次也沒有——我根本無法想像——由於不耐而咆哮，或者用拳頭捶打琴鍵。我總是羨慕哥哥與那架鋼琴的情緣，你可以看出他完全不受時間的干擾。

拿著我那半張紙，我又坐了足足四十分鐘，然後站起來，詢問那位淡紫色穆斯林頭巾女士能否讓我打個電話。

「誰是你的負責人？」「我沒聽清她的名字，她是金色頭髮，頭髮長度到這裡……」

「德妮絲，我看看能不能找到她。」

我的座椅還有暖意。

我手邊有一本課外讀物，主題是後凱恩斯主義（post-Keynesian）價格理論，但我沒有翻開，而是看著其他抵達金屬迷宮盡頭的人。有一個人包著頭巾，識別證用緞帶掛在脖子上，站在航廈裡，把每一個剛到的團體或單身客領到一張桌子前。人們穿著西裝、紗麗、高跟鞋或運動褲，推著嬰兒車，拿著頸枕、公事包、泰迪熊或印有平面蝴蝶結和冬青的購物袋，拖著腳步往前走。有時，只有一本護照蓋了章，有時，你聽到連續兩本或三本或四本蓋了章——好像很久以前圖書館裡的書。人的前進和蓋章的整體節奏有一種持久的規律，宛如即興爵士樂，即使有誤差，也從未失去節奏。

後來，有個無人陪伴的矮個子女人無法繼續前進。她留著一頭黑色齊肩長髮，羞怯地站在她被推去的桌前，彷彿想要隱形似的，官員說什麼，她一律點頭，即使根據官員的表情，她可能聽不懂問題，她也照樣點頭。她沒有攜帶任何行李，只有一個軟緞刺繡小手提包，雙手像拿遮羞布一樣，把它拎在臀部前方。官員和善地皺著眉頭，但也目不轉睛望著她，好像要用眼神把她托起來。

官員給了女孩半張紙，和我的一樣。女子轉身坐了下來，我發現她原來是中國人。不到五分鐘，她的官員回來了，回來得這麼快，我的官員卻不慌不忙，讓我很生氣。

第一個官員對第二個官員說：「告訴她你是來翻譯的。」翻譯拉起褲款蹲下去，用短促的鼻音跟她說話，在我聽來，那聲音可能是同一種語言回放。女孩點了點頭。

「告訴她，她沒有麻煩，我們只是擔心她的安危，我們需要再問她幾個問題才能讓她通過。」第二個官員又開口，女孩點了點頭。

「她在英國的學校叫什麼名字？」女孩從手提包裡拿出一張紙。

第二個官員指著說：「這是誰的電話？」「她的教授的。」

「她的教授是誰？」「肯教授。」

「肯教授幫她安排了這個簽證？」「對。」

「可是她不知道肯教授任教學校的名字？」「肯學校。」

「她打算待多久？」「六個月。」

「她有回程的機票嗎？」「沒有，不過她會買。」

「她打算住在哪裡？」「肯教授有一棟房子。」

「在哪裡？」「她不知道。」

「她有多少錢？」「肯教授提供她獎學金。」

「她的父母知道她在這裡嗎？」「女孩點了點頭。」

「她有他們的電話號碼嗎？我們可以打的號碼？」女孩拿出一個粉紅色諾基亞手機給第二個官員看，第二個官員抄下一些東西。

「告訴她，她沒有麻煩，我們只是擔心她在這裡好像沒有住的地方，而且幾乎沒有任何的英語技能。」第二個官員翻譯完後，女孩首次開口滔滔不絕，她的嗓音尖銳，好像竭力壓制著內心的惶恐。接著，她突然停止了說話，兩個官員似乎都不確定她說完了沒。

第二個官員說，她說她是來學英語的，她的家人知道她在這裡，肯教授給她獎學金，肯教授為她安排簽證，當她拿到行李之後，應該要打這個電話，肯教授會來接她。

第一個官員鎖起眉頭。「告訴她，她要在這裡再等一會兒。告訴她，沒什麼好擔心的。告訴她，她沒有麻煩，只是我們擔心她的安危，需要做一些全面的調查，我們必須確保她會得到很好的照顧。」第二個官員翻譯完這段話後，女孩抽起了鼻子。「告訴她，她沒有麻煩。」第一個官員又說話，比之前更加和善，但這一回還在抽鼻子的女孩似乎沒有聽見。

卡爾文・柯立芝（Calvin Coolidge）認為，經濟是我們今日唯一能提供改善明日的唯一方法。無論你對柯立芝有何評價，這句話或多或少是正確的。上研究所後不久，我讀到這句話心想：說到底，原來我是在追求一份適合我的神經官能症的職業。

因為我的大腦總在思考「基於我現在正在做的事，我以後會有什麼感覺」的問題——幾個小時以後，幾天以後，生活開始變得像是一系列讓我感覺良好的活動以後，但不是現在。知道我以後會感覺良好，讓我現在感覺良好的原因在於，我知道自己之後會感覺更好。卡爾文・柯立芝可能會同意，但我母親認為這種高度調節的生活方式有另一個說法，大致可以翻譯為不能像狗一樣生活。她對我說過，如果你更像你的哥哥，你會更快樂。薩米活在當下，像狗一樣。

我要鄭重聲明，我哥哥名字的意思是高，崇高，或高雅——你不會輕易與一種會在大庭廣眾之下聞屁股的動物連接的特質。不過我想我的父母替他取名時，沒料到他會如狗一般的自由發揮。他們也不可能知道，他們命名為「打造一個家園」這樣寓意的小孩長大後，他家的冰箱裡除了七包醬油和一盒過期雞蛋，什麼也沒有。

一九八八年十二月，在自安曼飛往巴格達的飛機上，我們的父母禁止我們對伊拉克那邊的人提起兩個話題：薩達姆・海珊和薩米的鋼琴，更不能提起他和我們樓下的同性戀房東學了十年的音樂。反正，在祖母的餐桌上，我們的姑嬸叔伯想討論的是我奇奇怪怪的美國特質：我的布魯克林口音，我的丹．馬丁利運動衫，我嶄新的深藍色護照，我蓋著紐約市政府章的出生證明。當然，最後一點代表，有朝一日我有資格競選美國總統。我和薩米在後花園與堂兄弟拿橘子練習拋接時，長輩帶著G7大會的嚴肅，認真討論了這個可能。賈法里總統。阿馬爾．亞拉．賈法里（Amar Ala Jaaffari）總統，巴拉克．海珊．歐巴馬（Barack Hussein Obama）總統——我認為兩個聽起來同樣不大可能。不過，十二歲的我非常清楚，我的父母更實際的期盼是，我也能像他們一樣，像哥哥幾乎肯定會做那樣，成為一名醫師。醫師受人敬重，醫師絕不失業，當上醫師等於開啟許多道的門。我的父母也認為經濟學家值得尊敬，但是可靠嗎？不可靠，而且難以理解（我父親的說法）。雖然擁有一個經濟學博士學位，比起獲得一個醫學學位更有可能晉升到總統辦公室，母親在那段日子卻不再提到我的這個資格，也許是因為她認為這個職位不適合一個基本上——除了偶爾和意外——無法擺脫某個特定意識的人，那個意識是：只想著每一個採取的行動會讓自己之後有什麼感受。

在耶誕節，扎伊德大伯和埃莉亞伯母帶著他們的四個女兒過來，她們站成一排，戴著同款的紅色頭巾，好像一組俄羅斯娃娃。十年前，大姐拉妮婭把尚在包尿布的我抱到腿上，餵我吃下一粒又一粒紅寶石般的石榴籽。如今她長大了，美得無法直視，就像人無法直視太陽一樣。一進廚房，她就逕直走到哥哥跟前說：「BeAmrika el dunya maqluba al-yawm!」Amrika是美國的意思，Maqluba是上下顛倒的意思，所以也是一種平底鍋烤雞肉飯的名稱，上桌前，整鍋飯菜會倒扣到另一個盤子上。El dunya maqluba是說世界顛倒了，這個措辭通常用來描述亢奮到瀕臨混亂狀態的人或地。哥哥大笑，耶誕節的美國確實是如此情景，美國現在已經天翻地覆了！這讓人想起了一幅刻劃世界和平或多元共融的插圖：不同膚色的人手牽手，像一串紙娃娃繞地球一周。只是在這個例子中，站在美國的人難得一次成了頭部流血的人。

根據現代製圖學，我在布魯克林灣脊區的臥室的對蹠點，是印度洋上的一個波浪，位於伯斯西南幾英哩。然而，對一個蹣跚學步以來首度出國的十二歲男孩來說，這個對蹠點像是我在吉哈德區祖父母家的睡房。我和另外三個堂兄表哥一起睡在這間房，他們的父母都在生了孩子之後，不久就移民了。（我的父親和扎伊德是十二個兄弟姊妹中的大哥和二哥，他們之中有五個離開伊拉克，四個留下，三個過世。）

聽我們這些男孩躺在上下鋪，嘟嘟囔囔想念家裡的什麼，你會以為我們是正在蹲十年苦牢的闊綽浪蕩公子。住在倫敦的阿里和沙巴擔心女朋友被到了合法駕駛年齡的男人搶走，住在哥倫布的胡笙為了看不到孟加拉虎隊和四十九人隊的超級盃比賽而難過，我們要十天後才能得知比賽結果。今日，你可以站在巴格達天堂廣場上Google查詢孟加拉虎隊、四十九人隊、紅襪隊、洋基隊、曼徹斯特聯隊或者蒙古藍狼隊此時此刻的比賽成績；你可以查詢灣脊區或赫爾辛基的氣溫；你可以查到下次聖莫尼卡或史瓦濟蘭的漲潮時間，或者波吉邦西的日落時間。總有什麼正在發生，總有什麼可以獲知，總沒有充裕的時間感覺自己知道的已經夠多了，如果你還懷有一些比較高尚的抱負，那是絕對不會有這種感受的。但是，二十年前，在無法和外界交流的巴格達，時間過得相當緩慢。

我聽一個電影製作人說過，一個人要真正擁有創造力，必須具備四樣東西：冷嘲、愁思、競爭意識和苦悶。姑且不論我有沒有頭三樣東西，在伊拉克的那個冬天，我充分具備了第四樣，所以在我們回紐約時，我已經就要完成我的第一部、也是唯一一部詩集。我還做了什麼？玩好幾個小時的雜耍，也就是在後院拋橘子、撿橘子，直到黃昏時分，再也看不到橘子為止。我、父親和扎伊德去祭拜葬在納傑夫郊區的親人，晚間坐在餐桌前，在作業的空白處胡亂塗鴉——我缺席了好幾堂課，所以功課非常多——而祖父坐在我的旁邊，慢條斯理翻閱著《革命報》（*Al Thawra*）。有一個晚上，他的目光掃過來，見到我正在給一艘沉沒中的戰艦添加細節。如果你想當上美國總統，他說，這樣是不夠的，你還得要更好。

我和薩米一同去了薩烏拉動物園，把點燃的香菸扔給黑猩猩，嘲笑牠們抽菸時的人模人樣。哥哥剛從喬治城大學畢業，他在大學是醫學預科社社長，寫過一篇關於控制遊民感染結核病的文章。說起來倒是有點自我矛盾，我們到巴格達不到一週，他竟然愛上了伊拉克的非官方國民消遣，把紅色萬寶路一根接著一根抽，沒有一絲明顯的愧疚。從祖母家的屋頂可以眺望底格里斯河，哥哥站在我旁邊，一面抽菸，一面覷眼看向卡拉達。他告訴我，在七〇年代的炎熱夏夜，他和我們的父母會把床墊搬到屋頂，從河面吹來的微風紓解了暑氣，他們就睡在屋頂上。聽到這個故事的那天晚上並不熱，也沒有床墊可用，只找到一張老舊的阿富汗毛毯。薩米把毛毯掛在肩上，從骯髒的小房間扛上樓。在月色下，哥哥躺了下來，拍了拍身邊的空位。我們一同仰望星星時，薩米預言伊拉克不久會再度輝煌起來，沒有坑洞的道路，閃閃發亮的吊橋，五星飯店；巴比倫廢墟、哈特拉古城、尼尼微壁雕，全都恢復了威嚴，參觀時，沒有武裝警衛的監督。度蜜月的新人不去夏威夷了，而是改飛到巴斯拉，他們著迷的不是義式冰淇淋，而是葡萄葉捲飯與香料奶茶。小學生在烏爾金字形神塔前拍照，背包客寄阿斯卡里清真寺的明信片回家，退休遊客把一罐罐尤沙菲亞出產的蜂蜜用防撞氣泡包妥，收到行李中。巴格達主辦奧運會，美索不達米亞雄獅贏得了世界盃。等著吧，弟弟，等著吧。別去想迪斯尼樂園，別去想威尼斯，也別去想大笨鐘造型削鉛筆器和塞納河昂貴的奶油咖啡等景點了。現在，輪到伊拉克了。伊拉克不打仗了，世人將從世界各地來親眼見識它的美，它的歷史。

我愛過一個女孩，她的父母在她很小的時候就離了婚。她告訴我，她從母親那裡得知將要發生的事——她們兩個和她的小妹妹要搬到城鎮另一頭的新家——她開始專心思考搬家時什麼能帶走，什麼不能帶走。她一再跑回去詢問母親，我可以帶走我的書桌嗎？我的狗？我的書？我的蠟筆？多年以後，某個心理學者可能會說，什麼能帶走、什麼不能帶走的這種執念，可能是因為她已經知道她們什麼不能帶走：她的父親。如果沒有了父親，一個小女孩又能有什麼依靠呢？

當時，我覺得自己沒有能力來判斷這個假設，倒是對於這段記憶本身的真實性，我確實起了疑心。我問瑪蒂，有沒有可能她其實不記得她問這些問題的時刻，而是她的母親把這個故事對她講了又講，反而使得這件事在她的腦海裡取得了回憶的地位。最後，瑪蒂勉強承認，這段記憶也許確實來自她母親的敘述，不過她也表示，她不認為有什麼差別，無論怎樣，這都是她的故事的一部份，而且她不會刻意欺騙自己。她還說，與父親分離的那一刻，是她一生中最重要的改變，可是她很訝異自己對那一刻竟然毫無印象。我問她當時幾歲。四歲，她說，四歲，快五歲。我認為我自己的超強記憶絕對不會切除這樣的大事件，所以我說也許瑪蒂是那種——可能六歲吧——六歲以前都不記得任何事的人。那時，我非常自大。如果瑪蒂回想起我們在一起的時光，卻一點也不記得愛過我，我也不會感到驚訝。

多年後，我有一次從研究所返家，和父母一塊在灣脊區吃晚餐，父親聊到了阿姆斯特丹市郊的史基浦機場。他告訴我們，在荷蘭語中，史基浦是「船墳」的意思，因為機場是填海修建而成的，那裡原本是一片淺湖，因為沉船事故而變得臭名昭彰。我說：「爸爸，這我早知道了，我十二歲時你就告訴我了，你告訴我時，我們就在那裡，正在等著坐飛機去安曼，那時，你就告訴過我這件事。」他說「不可能，我今天下午才讀到。」我說，「嗯，也許你忘記你早就知道，因為我清楚記得我坐在航站等著登機，看著外頭的停機坪，想著埋在下方的船隻，我記得我把船想像成骷髏，骨架像人骨——大腿骨和腓骨，船身是巨大的肋骨架。」

父親說，「嗯嗯。」過了一會兒，我又說，「也許是薩米，也許是薩米跟我說了船的事。」

這時，我的母親舉起手，說這是她首次聽說船墳的事。她還提醒我們，那是一九八八年十二月，我當時十二歲，在那年的十二月，薩米得了單核白血球增多症還沒好，前往巴格達的路上，當我們在中途休息時，他不是趴在行李上，就是倒在長椅上。我說：「好吧，他還是可以告訴我這件事，或者他是回程時說的。」然後我們回家時又經過了史基浦機場時，我的母親對我露出一個受傷的表情，過了一會兒，她的表情緩和下來，露出對我與我選擇性失憶的憐憫。她平靜地說：「阿馬爾，你的哥哥沒有跟著我們一起回家。」

其實，德妮絲的髮色更接近核桃色，臀部也比我所記得的寬大。她手肘下夾著一個馬尼拉紙文件夾，厚得讓人以為我是艾治．希斯（Alger Hiss）❹。我假裝坐得更挺，在沒讀的書做上書籤，揚起眉毛，露出一種配合但又困惑的神情。我確實困惑，且我的合作意願越來越低。

德妮絲在我的身邊坐下，說話謹慎又小聲。從她的眼睛，我察覺了某種興奮，彷彿她等待一個像我這樣的個案已經很久。也許，我根本是她的第一個。

「賈法里先生，除了你的美國護照以外，你有其他國籍的護照或身份證明文件嗎？」

「有。」

「你有。」「對。」

「是什麼？」「伊拉克護照。」

（興奮又出現了。）「怎麼會？」

「我的父母是伊拉克人，我出生之後，他們申請了護照。」

「你帶著嗎？」我彎腰拉開背包拉鍊，拿出來交給德妮絲。她開始慢慢翻閱我的第二

❹ 美國政府官員，被指控為共產黨員而入獄，但他至死未承認。

本護照，她捏著頁面邊緣，好像正在觸摸墨水未乾的明信片。「你什麼時候用過這本？」

「很少用。」

「但是什麼情況下會用？」「只要是進出伊拉克的時候。」

「對你有好處嗎？」「有哪種好處？」

「你告訴我，如果你有兩本護照，」我平靜地說，「你會不會在進出英國時使用你的英國護照呢？」

「當然會，」德妮絲說，「那是法律規定，但是我不知道伊拉克法律怎麼規定，我該知道嗎？」

我不是故意，但還是笑了。德妮絲微微縮了一下，然後繼續拿著我的第二本護照——也就是我唯一剩下的那一本——緩緩點了點頭，好像明白了什麼。她拿著護照在膝蓋上輕輕拍了一下，接著站起來走了。

有時，我以為我記得那顆石榴，記得那又酸又澀的甜，記得它沿著我的下巴淌流的粘稠汁液。直到今天，捕捉到那一刻的拍立得照片，還貼在我們灣脊區的冰箱上，但是我無法再肯定，如果沒有那張照片，我是否就沒有那段記憶。

在照片上和記憶中，拉妮婭都是戴著藍色穆斯林頭巾。她抱著我，頭巾垂在她的肩膀上、我的尿布旁、她的上衣裡，這樣的情景好像我們擺出聖母子登基像的姿勢拍照。一個男孩會打開多少次他青年時期的冰箱？六千次嗎？九千次嗎？不管幾次，都足以留下不可磨滅的印象。每一杯牛奶，每一大口果汁，每一份吃剩的平底鍋烤雞肉飯……當然，在漫長的成長歲月中，哥哥也是每天都會看到它。

隔年的十二月，我的父母自己返回巴格達，我以不想錯過游泳校隊選拔賽為理由留在灣脊區，一個同學的父母照顧我。同學的房間有一張粗笨的矮床，以及一張真人大小的寶麗娜．波瑞茲柯瓦（Paulina Porizkova）海報。我沒有去參加泳隊的選拔，我的父母在一月底回來時，也沒問我情況如何，他們惦記著的是哥哥想和拉妮婭結婚的消息。哥哥還說想搬去納傑夫，到那裡的伊斯蘭神學院進修。當父親告訴我這件事時，母親雙手掩住了臉。

拉妮婭是四等親，這一點本身並非問題，子女罹患隱性基因風險會增加，這也不成問題——我的父母早表明了他們的觀點，不值得為了家族忠誠，讓孩子承擔透過基因檢測就能避免的事。問題在於，與拉妮婭結婚，顯然更加明白暗示了他要在伊拉克安頓的意圖。哥哥說過，他喜歡伊拉克的價值觀，勝過於美國所展現的價值觀，美國的價值觀不夠端莊穩重。但是，在薩米的心中，要符合他所推崇而且更端莊穩重的價值觀，訂婚必須得到父母的祝福。

拉妮婭的父母已經給了他們的祝福，甚至不強求聘禮。但是，我的父母還沒有準備好批准薩米拒絕他們給予他的生活——為了給予我們這樣的生活，他們可是背井離鄉，歷盡了艱辛。他們打定了主意，要得到他們的祝福可以，但是薩米和拉妮婭必須在紐約結婚，而且薩米必須拿到一所美國大學的研究所學位。他沒有要學醫的話，可以讀宗教，他想回伊拉克的話，日後可以回去。但是，如果他想在父母百分之百的贊同下和拉妮婭成婚，那是有條件的。哥哥同意了條件。

七月時，我們準備迎接他、拉妮婭和我們的祖母抵達紐約。然而，到了機場，我們發現祖母獨自一人在入境大廳外頭等著。她和他們一塊飛到了安曼，準備從那裡轉機到開羅，但是約旦海關攔下了薩米和拉妮婭，因為他們不相信他們去美國的目的是結婚。「你去美國旅行的真正原因是什麼？」「結婚。」薩米說。「說謊！」海關人員說，如果你們還沒有結婚，你們不會一起旅行。「不，」薩米堅持，「真的，我們還沒結婚，我們要在美國結婚，我的父母住在那裡，他們正等著我們。」「那麼，你一定是妓女，」一個海關人員對拉妮婭說，「是亂七八糟的女人，否則你怎麼解釋和一個不是丈夫的人一起旅行？」

因此，薩米和拉妮婭返回伊拉克，祖母獨自一人繼續飛往開羅、倫敦，然後到了紐約。那時祖父動了髖部手術，所以留在家裡療養，祖母預計在我們這裡住七個星期。沒想到，伊拉克入侵科威特，七個星期變成了七個月。流離失所的不只有祖母，我也一樣，我搬到薩米的臥室，把我的房間讓給她，因為母親擔心薩米的房間處於風口，我想她的意思是放了一架鋼琴。祖母所受的教育讓她認為鋼琴是輕浮的發明，不過當她以為家中無人時，鋼琴顯然還不到讓她能夠忍住不摸的輕浮程度。扎伊德不時打電話告訴我們，每個人都很好，爺爺的髖部逐漸恢復，埃莉亞照顧果樹，沒提起空襲警報或是咻咻飛過天空的巡弋飛彈。

監視無所不在的日子早讓伊拉克人相信隔牆有耳、窗外有眼，你永遠不知道監視的人何時下班，所以你認為他們永遠都在。無所不在的監視，也被歸咎為哥哥長期音訊全無的原因，只是這個說法沒有那麼令人信服。薩米一向就不是會寫信的人，所以我每個月打一封信寄給他，囉哩囉嗦，像一則短篇故事，我也不應該要期待他會回信給我。不過，哥哥居然連一句收到了也不說，他那些印有來自巴格達的問候的快樂明信片中沒提，我似乎記得他只打過的兩通電話中也沒提。第一通是跨年夜時打的，如果不是因為戰爭，我的父母在這個時節一定會回去伊拉克。表面上，這通電話是祝福我們有一個快樂的一九九一年。但是，薩米接著說，他和拉妮婭拉到底還是不結婚了，他聽起來並不失望，反而非常樂觀：樂觀，甚至有一點寬慰。拉妮婭打算前往巴黎攻讀藝術史，他也重新考慮了搬到納傑夫的計畫，現在正在研究申請巴格達醫學院的相關資料。「美國的醫學院有什麼不好？」

輪到我接電話時，我問他。「沒什麼不好，」薩米愉快地說，「伊拉克的醫學院又有什麼不好呢？」

第二通電話大約是三個月後打來的，那時美國已經開始撤軍，祖母正在收拾行囊準備回家。這一次，薩米只跟父親說話，父親掛了電話，立即從衣架拿下外套出門散步。父親回來後，走進我的臥室，祖母的行李箱已經有四分之三空間裝滿了東西，她要飛往倫敦、開羅和安曼的機票靠在我裝骰子的魚缸上。父親讓祖母坐在我的床上，握著她的雙手。然後，他告訴她，艾哈邁德，她結縭五十七年的丈夫，那天早上血栓塞，走了。

「賈法里先生？」我抬起頭，看到她站在移民登記處的另一側，顯然不願意稍微拉近我們之間的距離。

「我們想再問你幾個問題，你想過來嗎？」我們一塊搭電扶梯到下層的行李提領處，到了那裡，德妮絲看了看上方的螢幕。然後，我們從寬敞大廳的一頭走到另一頭，才找到了我的行李，它孤零零站在一個停止轉動的行李輸送帶上。我拉長把手，讓它傾斜到推送上去的位置，跟著德妮絲走幾乎同樣的路回到電扶梯後左轉，進入申報櫃檯。一位男性海關人員在那裡等著我們，我把箱子搬上金屬檢查檯，他啪的一聲戴上了紫色橡膠手套。

「自己收拾行李的？」「對。」
「有人幫忙打包嗎？」「沒有。」
「你知道你的行李裡的所有東西？」「知道。」
他往我的襪子和內衣裡頭翻找時，德妮絲又開始提出她的問題，並把問題勉強偽裝成閒聊。「所以，每年這個時候伊拉克的氣溫冷不冷？」
「哦，那要看你在什麼地方，在蘇萊曼尼亞應該相當暖和，大約華氏五十多度。」
「那是攝氏幾度？」德妮絲對海關人員說，「十度？十二度？」
考倒我了。
「你最後一次見到你哥哥是什麼時候？」她又翻開我的伊拉克護照。
「二〇〇五年一月。」
「在伊拉克？」「對。」
「他也是經濟學家嗎？」「不是，他是醫師。」
海關人員拿起一個用粉紅色和黃色包裝紙包裝的包裹。「這是什麼？」
「算盤，」我說。
「用來計算的算盤？」「沒錯。」
「你為什麼帶了算盤？」「給我侄女的禮物。」

「你侄女幾歲？」德妮絲問。「三歲。」

「你認為她會喜歡算盤？」海關人員問。我聳了聳肩，海關人員和德妮絲都打量了我的臉一會兒，然後海關人員開始摳膠帶。底下的紙很薄，膠帶撕開時，黏走了一些顏色，留下一道白色傷痕。海關人員從打開的一端往裡面看，拿著包裹輕輕搖了一下，我們都聽到了木珠在金屬細棒上來回滑動的碰撞聲。「一個算盤啊，」海關人員不敢相信地重複了一遍，接著無力地想把它重新包好。

我跟著德妮絲回到電扶梯，上樓，穿過窄廊，來到一個房間。她朝一張面對著桌子的椅子比了個手勢，她坐到桌子的另一側，開始輕輕移動滑鼠。幾秒鐘過去後，我問是否會花更多的時間，如果是的話，我可能要打個電話。

「給布朗特先生？」「對。」

「我們已經打給他了。」

德妮絲總算找到了她要找的東西，起身穿過房間，移動連接著另一臺電腦的滑鼠。這臺的螢幕看起來比第一臺新，接著複雜的附屬設備，包括一個發光玻璃片以及一個看起來像獨眼小巨人的照相機。我不露絲毫感情的表情被拍成了照片，接著是我的指紋，全是數位化處理。

為了取得一組完整且令人滿意的指紋，德妮絲必須用自己的食指和拇指按壓我的每一根手指，讓指尖在發光玻片上轉動至少兩次，有時三次，一個拇指轉了四次。我不覺得德妮絲漂亮，她操控我的手指的方式也沒有絲毫暗示意味，所以當漫長的身體接觸開始微微撩動我時，我感到很意外。我們互相合作，我們想要安撫她那臺難以取悅的電腦的渴望讓我們團結——電腦出現紅色的叉叉，發出高傲的叮噹輕響，我感覺我們只是正在玩邊境管制遊戲，德妮絲的母親隨時會喊她去吃晚餐，而我就得以自由了。

指紋採集完成後，我們反倒進入第二個房間，這個房間有一張小方桌、三把金屬椅。一面牆的上半部份是一片黯淡的玻璃，我在上頭的倒影不像是鏡中的影像，反而更像是一幅剪影。玻璃下面橫著一條長長的紅色塑膠或是橡膠，很像公共汽車的下車鈴膠條，玻璃貼著告示：請勿倚靠紅色膠條，否則會觸動警鈴。

德妮絲和我面對面坐下，我的護照和她厚厚的馬尼拉文件夾放在我們之間的桌上。然後，德妮絲想了一下這個配置，改變念頭，把椅子拖過來，於是我們的相對位置改成一個直角。她直挺挺坐著，打開文件夾，拿出一小疊紙立起來輕敲幾下，讓它們工整對齊。她解釋說，她要問我一連串的問題並會記下我的回答，也會給我機會檢閱，如果我滿意她所寫的，就在每一頁頁尾簽名表示同意。我想不出比這個步驟更公平的選擇，不過她向我解釋時，我開始有一種不祥的預感，就像是你答應玩一場對方先走的井字遊戲時的感覺。

在接下來的二十分鐘，德妮絲和我重複三個小時前我剛走到金屬迷宮盡頭時的對話，幾乎一字不差，這次複述時間當然更長，因為德妮絲必須用她彎來繞去的字體記下一切，然後每次寫完一張紙，就把它旋個方向朝向我，等著我讀完後簽名表示同意。當然，回答已經答覆過的問題感覺是浪費時間——但是我很快就對自己的不耐感到後悔，因為當我們終於開始進展到新問題時，問題也進入了更陰險的領域。

「你曾經被逮捕過嗎？」「沒有。」

「阿馬爾．亞拉．賈法里是你出生時取的名字嗎？」「對。」

「你用過其他的名字？」「沒有。」

「從來沒有？」「從來沒有。」

「你是否曾經向執法人員報上不是阿馬爾．亞拉．賈法里的名字？」「沒有。」

德妮絲專注端詳了我一會兒，才把最後一個「沒有」記下。

「你能不能更詳細告訴我，一九九八年時，你在這裡做什麼？」「我大學剛畢業，到湯恩比生物倫理理事會實習一年，週末也在醫院當志工。」

「你當時的地址是哪裡？」「塔維斯托克街三十九號，公寓的號碼我記不得了。」

「你怎麼會去住那裡？」「那是我姑姑的公寓。」

「現在還是嗎？」「不是了。」

「為什麼？」「她過世了。」

「很遺憾，什麼原因？」「癌症。」

德妮絲不斷記錄著的筆慢了下來。「胰臟癌。」我說。

「而現在是你十年來第一次回倫敦？探望朋友？」「對，探望艾勒斯戴．布朗特。」

「只有兩天。」「我看著手錶，對。」

「我只是在想……大老遠來，才待四十八個小時，連四十八個小時也不到。」「唔，我說過了，我星期日要繼續飛去伊斯坦堡，這是我能找到最便宜的機票。」

「你跟布朗特先生是什麼關係？」「我們是朋友。」

「你有女朋友嗎？伴侶？」「沒有。」

「沒有伴侶？」「目前沒有。」

「也沒有工作。」「沒有。」

德妮絲對我露出一絲苦笑。「嗯，我想現在不是尋找的好時機，對吧？」有那麼一會兒，我以為她說的是找女朋友。「噢，」我輕快地說，「總有到來的一天。」

等她問不出問題來的時候，我們已經聯合寫了將近十三頁。好了，德妮絲愉快地說，「站起來把大腿部份的褲管拉回原位。我帶你去我們的留置室，我會做一些一般性的調查。」

「然後呢？」我問。

「然後我會和值班的移民主管討論你的案子。」「什麼時候？」

「我不知道。」她回答。

「抱歉，」我說，「我知道你只是在做你的份內工作，但是能不能讓我了解你們要討論什麼？有什麼問題？」

「沒問題，我們只是需要核對幾件事，你護照的背景資料而已。就像我跟你解釋的，就一般性的調查。」我看著她。

「你餓嗎？」「不餓。」

「你需要上廁所嗎？」「不用，但是我擔心我的朋友，我應該在一個小時內進城跟他見面。」

「我們正在向布朗特先生解釋情形，他知道你在這裡，他知道我們只是在做一般性的調查。」

起初，我喜歡的是另一個人。後來我去看了《三姐妹》（*Three Sisters*），我的室友飾演圖森巴赫中尉，瑪蒂飾演奧爾加，而我現在連另一個女孩的名字也想不起來了。如同許多常春藤聯盟學生的製作，這齣戲太過誇浮，給人一種印象是，在獲得羅德獎學金以前，這位負責的二十歲男孩現在可以從必做工作項目清單上劃掉「導一齣戲」。我去看戲的那一晚，飾演安費莎的女孩在午餐時吃了避孕藥，所以第三幕該進場時，人卻在廁所對著馬桶嘔吐。因此，瑪蒂獨自開場，負責兩個女演員的臺詞，把至關重要的訊息濃縮成引人入勝的獨白：（a）安費莎太累了，無法從鎮上走來，（b）大火正在肆虐，奧爾加的心靈深深受創，所以她聽到了一些聲音，與根本不存在的人交談。要是他被火燒了呢！瑪蒂／奧爾加／安費莎大喊，什麼念頭……全都脫光了！（打開壁櫥，把衣服扔到地上。）我們必須帶走這件灰色裙子……安費莎……還有這件……這件上衣也要……哦，你是對的，你當然是對的，保姆，你不可能把它們都帶著！……我最好給費拉蓬打個電話。當專橫的娜塔莎上場時，瑪蒂縮在長沙發上，頭上覆著蕾絲桌巾，非常興奮地顫動著。呃，安費莎？娜塔莎斗膽地說，你這是什麼……？瑪蒂在帽兜下扭動，給娜塔莎一個暗示的眼神。安費莎！娜塔莎明白後喊了一聲，你竟然膽敢在我的面前坐下！這時，瑪蒂站起來，拿下頭上臨時湊合用的桌巾——又飾演起奧爾加——用輕蔑的眼神盯著同臺演員。抱歉，娜塔莎，但是你剛才對保姆實在太無禮了！

哇，我覺得我沒看過這麼精彩的演出，如果不是後方那群令人反感的守舊分子竊竊私語，我才不會疑心哪裡有什麼不對勁。那天晚上，圖森巴赫回到我們的套房，脖子還有淺淺一圈南瓜色的化妝品，我得知瑪蒂蘭納．蒙提可以任意挑選這學期的主要角色，也和準備前往洛杉磯和紐約攻讀研究所的學長姐密切聯絡了。自此以後，就像你認得了一個字，那個字就會到處出現一樣，她開始出現在我的路上或四周，一個星期好幾次：在餐廳看書，在語言教室外頭吸菸，在圖書館伸展雙腿，張嘴打著無聲的呵欠。雖然她完全與漂亮搭不上邊，我覺得她就像有些女孩子那樣動人。那是一種變化莫測的美，在一瞬間，會讓她被譏諷的嘴巴，或是被彎到有種卡通式邪惡感的眉毛破壞了，沒過多久，那些讓她成為叫人神魂顛倒的奧爾加、索尼婭或麥克白夫人的特徵重新組合，變成了葉蓮娜或莎樂美那樣光彩耀眼的對稱。

起初，我對這種反覆無常非常警惕，懷疑那是蓄意的，是一種操縱和引誘的計謀，更討厭的是，瑪蒂很少意識到她的行為的動機與後果。但是日子久了，我逐漸察覺，瑪蒂反覆無常的個性其實讓她自己最痛苦，此外，這可能就是她吸引我的原因：我是她最不喜歡自己的樣子的解藥。而且，她讓人以為她沒有意識到自己心態的起因和影響，事實剛好相反，她能清清楚楚地表達自我意識。有一個月的時間，我們每星期五都在一塊吃午餐，我問她為什麼不和室友多多親近，瑪蒂回答得很乾脆：「噢，我和別的女人合不來，她們讓我覺得自己可有可無。」

在我們大一那年，耶誕假期開始的前一天晚上，她到我的房間，咬著拇指，查看掛在我壁櫥門後的日曆。她懷孕了——是一個古典文學系研究生的，只是我從來沒有聽說過他的名字，也不知道他們是怎麼上了床——學校保健中心的人告訴她，起碼要懷孕五個星期才能終止妊娠。瑪蒂推算，如果她一天也不想多拖，那就是十二月十三日了。一九九四年十二月十三日剛好是伊斯蘭登霄節，當時我回到了灣脊區的家，正在換衣服準備上清真寺，瑪蒂從她母親位於奧爾巴尼郊外的家打電話來，坦承她無法完成手術。她口氣急切，希望我明白，原因並不是什麼遲來的道德疑慮。在她母親不知情的情況下，她自行開車到市中心的計畫生育聯盟診所掛了號，用現金先付清了手術費用。她換上一件手術衣，交了必要的血液和尿液檢體，躺下做超音波檢查。接著，她和大約六個女人一起坐在一個房間等待。電視開著，她們原本在看什麼並不重要，重要的是，一則麻州突發事件的新聞報導打斷了節目。有個男子帶步槍到布魯克萊恩的計畫生育聯盟診所開槍打死櫃檯人員。然後，那人走到街上一家墮胎診所，也開槍打死了櫃檯人員。「布魯克萊恩在哪裡？」瑪蒂鄰座的女孩問。「在很遠的地方，」瑪蒂安撫她，不用擔心。可是這時診所的電話響起，兩名警察趕來，告訴候診室裡的女人，她們應該全穿上衣服回家。

「現在我不知道我有沒有辦法再去一次。」瑪蒂表示。

「瑪蒂，你想生孩子嗎？」「不想。」

「你想生下一個孩子，然後送給別人養嗎？」「不想。」

我等著。

「我知道我必須去做，」她說，「我只是不想一個人去。」

那天晚上在清真寺，我跪在父親的身邊，想像陪同一個不是我讓她懷孕的女孩去墮胎是什麼感覺。在場的孩子比平時多了許多，他們聽著穆罕默德和加百列升天的故事，大眼睛瞥來瞥去。我覺得榮幸，也覺得違背常理。後來，在停車場，我的父母把我介紹給一對黎巴嫩友人的女兒認識，她是一個漂亮的女孩，一頭柔順的長髮，慧黠的眼眶熟練地描著黑眼線。她就讀普林斯頓大學，大三，主修進化生物學。我提議返校前找個下午見面喝咖啡，只是我從未打過電話給她。

隔週，瑪蒂來敲我的門，她穿著裙子。

「我應該穿正式一點嗎？」我問。

「哦，」瑪蒂平靜地說，「不用，我只是認為看起來漂亮會讓我心情更好。」之後，我們沒說什麼。

寒冷的天氣好像對我們的任務充滿了責備，所以當我們走到一家氣氛看起來很愉快的咖啡店，我建議進去喝杯熱飲。瑪蒂婉拒了，因為她應該保持空腹，於是我買了杯飲料給自己後我們繼續往下走。診所與我的想像截然不同，我依稀以為應該是——唔，更冷冰冰，也許是煤渣磚現代建築一類的——沒想到瑪蒂要在一棟三層樓的磚砌莊園進行人工流產，莊園有山牆屋頂、多組煙囪，還有綿延整個街區長的草坪，更像一座維多利亞時代的收容所。我不能拿著熱巧克力進去，所以她一個人進去掛號。我站在門口看著她走到櫃檯，她的帽兜是拉上的，雙手插在口袋，好像一個問路的愛斯基摩人。櫃檯電腦旁立著一個迷你鋁箔耶誕樹，掛著彩燈，彩燈閃了幾下，慢下速度，接著又加快成四倍，好像迪斯可舞廳的閃光燈。接著，彩燈暗了好久，久到讓人起了疑心，循環才又開始。

我為什麼在那裡？我十八歲，只和兩個女孩發生過性行為，每個女孩各一次，兩次都用了保險套，過程非常順利，簡直像是在拍攝教學影片。也許正是這個原因，我對瑪蒂的情況有些批評——但是，當然，即使是最勤懇認真戴上的避孕套，也未必會始終戴著或保持完好。無論如何，這不是我的問題。你可以畫一個圓，圈住我和我的道德，畫另外一個圓，圈住瑪蒂和她的道德，兩個圓沒有必要重疊。這個胚胎沒我的份，我也沒有要她做這件事。之後，瑪蒂會回她的房間，我會回我的房間，一面吃杯麵，一面補功課，我只是空出自己幾個小時的時間而已。不管怎樣，要是我們的圓重疊了，我會很介意嗎？

無論我的道德標準是什麼，突然之間，我覺得那個標準太過時、太抽象了。我扔了還沒喝完的飲料，走到裡面告訴櫃檯人員，我是陪同瑪蒂蘭納．蒙提來的，你看她多久時間能結束呢？櫃檯人員說，瑪蒂本來不用等多久，只是麻醉師遲到了，所以至少要等三個小時。我在等候室坐下，拿起一本老舊的《紐約客》（*The new Yorker*）。看不見的喇叭輕柔放著〈喔－啦－迪，喔－啦－噠〉，房裡另外只有一個人，一個織毛線的女人，織的竟是一件嬰兒毛衣。我看了幾眼她的棒針，翻了翻雜誌，被一則提供「佛羅里達印第安河上好紅寶石葡萄柚！」的廣告所吸引，樹上自然成熟——多汁香甜——不需加糖——包君滿意！

櫃檯人員的電話響起。「……沒有，不在這裡……不……那對我們都不重要，親愛的，你可以過來，沒關係……四點到七點之間，看你已經多久了……你在這裡做檢查和超音波……你住這附近嗎？……好，和他談談，你們不如一起打電話給我，我們幫你們約一個時間來……我們一切都會保密，親愛的。不……不……星期一到星期六……你清楚他的時間，現在就可以預約？好，可是千萬不要——……千萬不要——……嗯嗯。你知道嗎，不要……如果我是你，親愛的，不要帶他來。別管那個，還有——……你不必給我們回電話，六點半以前來就行了，好嗎？……我叫米雪兒……行嗎？……好……好……再見。」

很久以後，瑪蒂出現了，抱著她的大衣，整個人看起來小了一號，但是我無法想像她為什麼應該要變小。

「快餓死了，」她說。回西里曼的路上，我們在咖啡店買了甜甜圈。進了我的房間，瑪蒂問我有沒有可以喝的。在壁爐上，我發現了一瓶蜜多麗，是我室友的，他下星期才會回來。瑪蒂拿馬克杯倒了半杯翡翠色的糖水，邊喝邊做出鬼臉。「應該是什麼味道？」她問。我看看瓶子上寫著「甜瓜」，我說，「我猜是哈蜜瓜。」

她脫下靴子，躺在我的床上。我放了一張CD，坐在椅子上翻看春季課程表。這張CD是切特．貝克（Chet Baker）的，前三首歌非常圓潤，極其憂鬱，所以我準備起來找點別的音樂，這時，我想的是專輯中唯一歡快的歌曲，我們因此得救：

當克里斯多福．哥倫布說地球是圓的時候，他們都笑了。
當愛迪生錄下聲音的時候，他們都笑了。
當威爾伯和他的哥哥說他們能飛的時候，他們都笑了。
他們告訴馬可尼，無線電是騙人的通西；都是不變的陳腔濫調！
他們笑我對你癡心妄想，說我癩蛤蟆想吃天鵝肉，
但是，你來了；他們這下可得改變態度了！
他們都說我們永遠不會幸福；他們是怎樣嘲笑我們。
但是，呵呵呵，看看最後笑著的人是誰？
現在誰笑到了最後？

我以為瑪蒂睡著了，但當小號音程響起時，她繼續閉著眼睛，然後說話了。「你知道鮑伯．蒙克斯（Bob Monkhouse）是誰嗎？」

「不知道，鮑伯．蒙克斯是誰？」我問。

「我爸爸喜歡的一個英國喜劇演員，我想還活著吧，他有一個笑話是這樣說的：『小時候，我告訴每個人，我長大以後要當喜劇演員，他們都笑了。好了，他們現在都不笑了。』」瑪蒂回答。

兩年後，瑪蒂告訴我，她也想當醫師，我笑了，笑得很傲慢，就像芭蕾女老師告知一個侏儒，她永遠當不了首席芭蕾舞者一樣。但是，二十四個小時後，瑪蒂已經坐在她的學術顧問對面，討論主修從戲劇研究改為人類學的程序，還有向許多我申請的醫學院報名醫學預科課程所需要的步驟。對這件事，我的反應是義憤填膺。我說，我看下個月你會想當太空人、溫布頓冠軍，或紐約愛樂樂團的單簧管手。瑪蒂冷靜地說：「不會，我想當醫師，我想當醫師，因為我經常讀威廉．卡洛斯．威廉斯（William Carlos Williams）❺的作品，我認為他的一生可做為典範。」

「哦，原來如此，」我輕蔑地說，雖然我從來沒有讀過威廉．卡洛斯．威廉斯的作品。「所以，你也想成為一個被人過譽的詩人囉。」在傾盆大雨中，瑪蒂離開我的房間，我們三天沒有說話。在這段被迫反省的期間，我確信我的女朋友會成為一個十分糟糕的醫師，我不懷疑她的聰明才智，也沒有發現她很容易因為鮮血或疼痛而受到驚嚇。但是，她這個人，她在這個世上喧鬧又叫人困惑的生活方式——從不守時，開襟衫穿反，「阿馬爾，我眼鏡在哪裡？」「我學生證在哪裡？」「有沒有人看到我的鑰匙？」即便情況算好的，混亂仍舊難以控制。

然而，舞臺上的瑪蒂則不同了，演戲使她頭腦清醒，讓她有條有理，如同畫著車道的高速公路，控制著她的速度，大致上避免了她的情緒相撞。她擅長演戲，但演戲同時也對她有好處，兩者相得益彰。演戲讓她有了意義，讓我們有了意義。瑪蒂是藝術家，我是經驗主義者，我們如果聯手，那就含括了許許多多精彩又相互充實的人文學科，起碼我是如此相信。因此，我覺得這是一個反常、甚至忘恩負義的怪念頭：她居然想成為別種人，另一種人，尤其想成為一個這樣平凡、這麼無趣的人，一個醫師！瑪蒂！你要說這就像首席芭蕾舞者想成為一個侏儒也行。

我會有這樣的感覺，其中一個理由無疑是因為我不想當醫師。也許瑪蒂明白了，甚至同情她可憐的男朋友和他的壓抑心態，因為她默默原諒了我發脾氣，開始重新調整人生方向，不怎麼理會我這一路上對她冷嘲熱諷的眼光。另一方面，我申請了八所醫學院，最後

❺ 美國詩人醫師。

只錄取了一所。說也奇怪，那正是我最想上的一所，可是打開看似極薄的信封後，我躺在床上，盯著天花板，看了一個半小時。接著，我走到職業生涯發展中心。我猜，那種感覺就像一個男人偷溜去脫衣舞俱樂部，不管他的嬌妻穿著內衣等著他回家。在貼著「研究獎助金」標籤的活頁夾中，大多數申請案已經過了截止日期，在還未截止的選項之中，我把選擇範圍縮小到兩個：一個是西雅圖癌症實驗室的助理工作，另一個是倫敦生物倫理智庫的出版品統籌專員。根據說明，後者是一個為期九個月的職位，提供免費機票，週薪一百英鎊。我申請了。三個星期後，一個叫科林・卡巴格斯塔克的人打來電話，說如果我確實對這個工作還有興趣，這個工作就是我的了。他的語氣急躁但很謹慎，讓我覺得自己是從只有一名應徵者的名單中獲選的。

一九九八年夏天，我和瑪蒂住在晨邊高地。我們在百老匯大道跟一個二房東租了間套房，有八個星期時間無所事事，只做自己真正想做的事：酗咖啡，吃了一大堆鬆餅，在水庫附近或沿著河濱公園散步，一走就是老半天，泡在浴缸讀完整本雜誌。我從來沒有感到如此自由，如此不受義務的約束。共度時光，互相支持，這也帶點偷情的刺激，因為瑪蒂沒有告訴她的父母我們同居，我也沒有對我的父母完全誠實。

現在回頭想想實在很蠢，我們居然覺得無法對他們開口，所以繼續像孩子一樣行事，就算我們會因為被當成小孩對待而生氣。不難想像，如果我的父母知道我愛上一個背棄天主教信仰、即將在紐約就讀醫學院的人，他們會鬆一口氣。一個穆斯林女孩更好，但是和瑪蒂交往，起碼在近期之內，我不太可能和他們唯一的另一個孩子——那人在大半個地球以外——做出同樣的事。

至於瑪蒂的母親，我們推測她會反對，理由倒不是宗教，而是她可能偏愛一個名字聽來更像白人的人。我們仍然堅定執行我們的計謀，我的父母來看我時，瑪蒂的東西就收進櫃子，她的母親和繼父坐火車從勞頓維爾來了，瑪蒂便在一個高中老友位於約克的公寓招待他們。我們把房東的名字留在郵箱上，也把他的聲音留在電話答錄機裡，市內電話不管什麼時候響起，我們都當作沒聽到。我到了那年的勞動節才買了我的第一支手機，像鞋子那麼大的摩托羅拉手機，信號很差，拿到窗外也未必收得到信號。

有一次，我們和上述那位高中朋友一塊吃晚餐。瑪蒂邀她過來吃披薩、喝葡萄酒，聊著聊著，客人心情放輕鬆了，就問我是否同意宗教阻礙了求知欲。「恰恰相反，」我說，「我認為求知是一種宗教義務，畢竟《古蘭經》的第一個詞是『閱讀！』第三行則是『閱讀，因為你的主已經把筆傳授給你了；祂傳授人類那些他們還不知道的東西』。」我們的客人滿懷自信堅稱，但是在你得出「正是因為」的結論以前，宗教只許你問這麼多問題，你必須要有信念。「好吧，」我說：「你對宗教的看法差不多就是每個無信仰者對宗教的看法，也就是宗教提供了不能簡化的答案。但是，有些問題最終根本無法以經驗為依據得到驗證。為了拯救一個被綁在鐵軌上的人的性命，該不該讓火車脫軌，反而害死全車三百名乘客呢？這個問題你找出經驗證據給我看看。或者：是因為我看到了，所以是真的，還是因為是真的，所以我看到了？信仰的全部要旨是，不能簡化的答案不會困擾虔誠信徒，虔誠信徒得到安慰，甚至自豪知道他們具有力量，真誠地將不能簡化的答案變成自己的答案，只是這不容易做到。每個人——包括不信教的人——每天都依賴著不能簡化的答案，所有宗教真正做的就是誠實面對這一點，給依賴一個明確的名字：信仰。這不是一段完美的演講，我有點醉了，只是臨場發揮，不過我仍然很高興這個話題被提出，因為，在我看來，我和瑪蒂之間的對話已經持續緊迫好一陣子了。瑪蒂在接下來的晚餐時間異常地沉默，這個話題第二天沒有再出現，在瑪蒂開始她的醫學預科課程、我飛到國外之前，也沒有再出現過。那麼多的散步，那麼多的床上纏綿時光，有時我懷疑我們把戀人藏起來不讓人看到，因為這樣我們就更容易把自己藏起來，不讓自己看到。

生物倫理理事會辦公室位於布魯姆斯伯里的班德福廣場，在一棟喬治王朝時代風格連棟透天的地下室裡。廣場是一座漂亮的橢圓形花園，晚上很受美沙酮成癮者的喜愛，他們拋棄的針筒是我步行上班途中不變的景色。姑媽的公寓位於一幢漂亮的戰前大廈，很舒服，四個房間收拾得很好，不過我在那裡的時間不多。通常，我泡個澡（沒有蓮蓬頭），在街尾的咖啡館買咖啡和酥皮點心，到生物倫理理事會工作八個小時，然後找間酒館看書，或是到雷諾瓦戲院看電影，接著在床上打電話給瑪蒂。

週末，我去跑步。不是在公園跑，那裡修剪整齊的草地和馬賽克花壇太過虛幻，內圈無處可跑。所以我沿著南安普頓街，閃開購物人潮和嬰兒車，一路跑到金斯威街，然後右轉到奧德維奇街，再越過河岸街。接著是一場與穿越滑鐵盧大橋的雙層巴士的陰影的賽跑，幾個影子會從南岸臺階跳下去與渡船駁船會合，我們都堅定地保持輕快的步履。

高中時我就發現自己喜歡跑步，我不是在跑道上跑，而是獨自在水岸公園跑步，看著曼哈頓下城清晨的飄渺景色，宛如奧茲王國高聳入天的翡翠城。我想，更準確的說法是，我喜歡的不是跑步，而是跑步後的感覺，儘管如此，仍舊有些許的當下樂趣，那就是獨處，以及感覺我是一個移動中的人，即便我不確定移動的方向是什麼。如果有人告訴我，我二十二歲時會在倫敦生活，得到一份體面的實習工作，而且申請到醫學院，而且在紐約有一個認真交往的女友，我會認為那是非常棒的成就，多麼令人羨慕。然而，在布魯姆斯伯里的班德福廣場，我又鬱悶又悲觀。跑步時，我看到冷漠的人行道在腳下流過，無法承受離家那麼遙遠的距離。我喜歡我的工作內容，從週一到週五，我編輯簡報文章，主題包括動物器官移植至人體、幹細胞療法和基因改造作物，員工平均年齡至少比我大十五歲。經歷過了大學生必做之事突如其來的攻擊後，我覺得這種新學習曲線太過溫和，它的啟發未能讓人感動，節奏也拖泥帶水。因此在倫敦時我並沒有覺得很好，多麼令人羨慕，反而覺得像是在樓梯底多走了一步，突然讓意外的停滯和一聲固執的悶聲給擋了下來。

我跑去申請擔任附近兒童醫院的志工，收到一份「你做好準備了嗎？」的問卷，這份問卷讓我對一些長期以來的假設起了懷疑：

你的情感成熟嗎？能夠保持靈敏，應付困難的情況嗎？

你善於傾聽嗎？

你可靠、值得信賴、積極主動、願意接納建言且靈活變通嗎？

你能接受指導，並在壓力之下保持冷靜嗎？

你能與病人、家屬和工作人員良好溝通嗎？

這張紙之後是一份叫「機會平等」的表格，確認我的性別、婚姻狀況、種族、教育背景以及殘疾（如果有的話）。表格還列出一連串的方框，要我勾選是否認為自己是「低收入者」、「無家可歸者」、「有前科者」、「難民／尋求庇護者」、「單親者」和「或其他」。我不禁認為，如果不知道這些問題的答案，機會將會更容易平等分配。當然，我還是回答了這些問題，只有在「低收入」這題上猶豫了，這自然指的是我從生物倫理理事會領取的薪水，可是不知為何我明白它指的是別的東西。

為了面試，我理了髮，買了一條領帶。一個忙得焦頭爛額的女人盯著我，她的肩膀上方有一幅長頸鹿壁畫。她告訴我，必要的良民調查可能要花上八個星期的時間。事實上，他們用了五個星期。我的就職日訂於某星期六，那天恰好是萬聖節。我說就職日，因為那個焦頭爛額的女人在電話中是這麼說的，但是我在大廳匆匆見到她一面，她說得到內分泌科病房處理緊急事件，我就被帶到一樓遊戲間。那天我們沒有再見過面。

我站在她留下我的地方，準備在我認為合適的時候發揮作用。當時我心中第一個念頭有點好笑，我得通過五個星期長的良民調查，才能站在一個都是小孩子的屋子，他們打扮成貓咪、小丑、公主、大黃蜂、瓢蟲、海盜、超級英雄和——沒錯，還有警察。我的第二個念頭是，在我的一生中，我從未感到如此格格不入。燈光異常明亮，小孩子發出笑聲、尖叫和喵喵聲，嘈雜的音量比我在生物倫理理事會時高好幾分貝，更別提姑媽那間陰森森的公寓。志工都穿著向日葵黃的T恤，背上有一行藍字：**要幫忙，請找我**，其他的志工坐在迷你椅上，膝蓋拱得像蚱蜢一樣高，或是盤腿席地而坐，擺出對不練瑜伽的成年人來說十分不舒服的姿勢。我勉為其難坐下，膝蓋發出快要罹患關節炎的抗議聲。我坐在一個白雪公主旁邊，她正全神貫注把閃閃發光的通心粉黏在紙面具上。「那是什麼？」我用比正常聲音更尖銳緊繃的聲音問。「面具，」女孩頭也不抬地回答。我看她工作了一會兒，然後注意力轉向一個小俠客，他的眼罩高高掛在額頭上，人正忙著堆積木，我什麼也沒對他說。這些小孩子不需要我，「要幫忙，請找我」的標語應該是指我的戲服吧。午後時間慢慢流逝，我甚至開始覺得我才是那個得到幫助的人，尤其受到這種孜孜不倦的精神的鼓舞，這種精神證明了存在可以是如此簡單和忘我：把一塊積木放到另一塊上頭，再疊一塊，再疊一塊，好，全部推倒，重新來過。

那天，我對誰來說都顯得一無是處。大約在我下班前的一個小時，有個穿穆斯林罩袍的女人出現在門口，牽著一個小女孩。女孩看起來約莫七、八歲，除了略瘦以外，身體看起來非常健康。有人在她的臉蛋上畫了六道鬍子，除此之外，她並沒有穿戲服，只穿著紫色長袖T恤和牛仔褲，褲管僅到她荷葉邊白襪子上方一英吋的地方。這時，我靠著牆，兩腿伸開，兩個公主（或芭蕾舞伶——沒人能確定）在我的腳踝周圍把絨毛玩具排了又排，像在舉辦一場小人國聚會。門口的女人站著看了好一會兒，然後指著我們的方向把女孩帶過來。她邊說邊拿起一個青蛙手偶說，「荷娜娜，拿去。」小女孩接過青蛙，把手伸進去，一屁股坐到地板上。

她的臉蛋姣好光滑，帶點英氣，長長的睫毛，油亮的黑色妹妹頭整齊塞在耳後，小鬍子看起來是種侮辱，她其實不必這麼做。她把青蛙肚子朝上抱在膝蓋上，一度還心不在焉用青蛙鼻子搔了搔自己的肩膀。此時，公主／芭蕾舞伶繼續安排某種填充動物大會，發出一連串尖銳的腹語，做出顯然不是芭蕾的跳躍動作——在我的腿上跳過來又跳過去——隨著每一次搖晃的跳躍，粉紅色裙紗沙沙作響，搖擺顫晃。我本來以為她們或許沒有注意到新來的女孩子，但其中一人後來主動拿起一隻兔子，胖嘟嘟的粉紅色雙腿猛然一轉，她把兔子遞了出去。

「想玩這個嗎？」新來的女孩子搖了搖頭。

「這個呢？」另一位公主舉起一隻貓頭鷹。新來的女孩子又搖頭，把手從青蛙伸出來，指著動物園的深處，輕聲說了一句我們誰也聽不清楚的話。

也許是Son。或者是Sun。「Hsan（馬），」我脫口而出。小女孩點了點頭，轉過身來，詫異地看著我。另一個小女孩把馬扔給她。新來的女孩子抛下青蛙，撿起了馬，微紅著臉，用手指開始梳理紗線做的鬃毛。我伸手從她的身後拾起青蛙手偶，把手放在裡面扭動。「希望我是一匹馬，」我讓青蛙用阿拉伯語說。小女孩笑了。

戲服脫下以後，你會更加清楚看到疾病的惡行。你看到病徵，說得更確切，是看到病徵的藏身本領，不禁要預測這個可憐孩子的機會。打了石膏的胳膊或大腿不算太差，通常只是在操場上不小心，八個星期後就會消失，成為家族傳說。半張臉大的葡萄酒色斑似乎更不公平，不過隨著時間過去，或者借助雷射也可能會發揮效用慢慢淡去。更難正視的是結構缺陷，比如小耳朵；內生軟骨瘤，一種軟骨增生疾病，手變得多節扭曲，像薑一樣。在生物倫理理事會地下室裡，塞滿醫學詞典的書架是我最可靠的午餐夥伴，我讀到了這些資料和其他各式各樣的疾病。診斷不見得總是那麼容易，醫院醫師不願分享他們的結論，而我只是一個業餘的志工，通常也不覺得有資格詢問，所以我繼續觀察看得到的：關節膨脹，腿部彎曲，全身微顫。你能看到就能夠理解。

反過來，白血病或是腦瘤——就算有橘子那麼大——它們的秘密行動就可怕了，它不是合乎邏輯的理論，甚至不能說是一個理論，顯而易見的例外存在時，怎麼可能是一個理論呢？疾病是否明顯，與嚴重程度之間沒有相關性，這是毋庸置疑的，但不顯眼的疾病卻有著一種特殊的力量，也許是因為它們似乎不老實。胎記也許令人遺憾，但是起碼它不會悄悄靠近你。因此，每當我看到一個新孩子穿過大廳走來，都忍不住滿懷希望尋找一個徵兆：某種可以忍受、甚至可以治癒的東西的徵兆，比如擠點膠水就可以黏回去的鞋底。拜託，別讓它從裡往外攻擊她，拜託，別讓她擁有那種看不見的東西。

我去做志工，其實是基於職涯考量，我想感受一下醫院環境，培養對患者的體貼。結果，做志工卻是讓我心力交瘁，我似乎只培養了來杯啤酒的欲望。星期六，我快下班時，有個叫拉克倫的志工找我去街角酒館跟朋友喝啤酒。艾勒斯戴和兩、三個人在那裡，熱情地向我解釋新工黨的真正意義、「酷不列顛」的空洞荒唐，以及楊氏苦啤酒會引發脹氣的特性。那天或者另一天的晚上，我們也討論到阿富汗的問題，應該說是討論了幾個月前克林頓的導彈襲擊。在一桌子的人當中，大多數人認為，這不過是為了方便轉移民眾對於他所謂的家庭問題的關注。我對此表示懷疑——畢竟，克林頓沒有也下令對三蘭港和奈洛比的大使館發動襲擊——我說這些話時，一直留意著艾勒斯戴，因為我已經發現他很聰明，具有獨立思考能力，我渴望自己與他意見一致。

不過艾勒斯戴在這類談話中不大發言，他坐在一隅，滿架子的桌遊在他半張臉上投下暗影，他睡眼惺忪地眺望屋子的另一頭，彷彿處於身不由主的漫長等待中。燈光由上打下，他有半張臉看起來比實際年齡更加灰黃憔悴，如果我不認識他的話——如果我獨自在那裡，遠遠看著他把啤酒一杯接著一杯喝下——我可能會認為他是一個過氣的名人，或者默默無名了一輩子；總之，是一個落魄的酒鬼。平心而論，在頭幾個晚上，艾勒斯戴可能認為我是個無趣的新成員，不過當然我確實是一個無趣的新成員，而艾勒斯戴或許是酒鬼沒錯，但他並沒有落魄。還沒有。

一天晚上，我問他是哪裡人。

他回答「伯恩茅斯」後，就起身去廁所。

又一個晚上，擦我們桌子的女孩問我哪裡人。「布魯克林。」

「不過他爸媽是在巴格達長大的，」拉克倫說。

艾勒斯戴往桌子一靠，饒有興味地瞧著我。「巴格達哪裡？」

「卡拉達。」

「他們什麼時候離開的？」「七六年。」

「穆斯林？」我點點頭。

「遜尼派還是什葉派？」

夾在一連串的問答中間，拉克倫站起來讓位給我。不過我挪過去沒多久，就明白艾勒斯戴對當代伊拉克的認識比我還要深。我已經十年沒去了，也不記得家族所屬的什葉派部族的名字；而且，當我承認從來沒有嘗過羊頭湯時，他用懷疑的眼光瞅我一眼，好像我說我是帕瑪人，但從沒吃過帕瑪火腿。不過我們建立了某種交情，其他人繼續聊著板球或酒吧女侍的臀部，艾勒斯戴告訴我他做過的各種工作，除了巴格達，他也去過薩爾瓦多、盧安達、波斯尼亞和貝魯特——當十幾歲的我在灣脊區按照字母順序排列棒球卡，為了申請獎學金參加考試時，他在閃躲著真主黨，在歷史悠久的科莫多爾飯店抽大麻樹脂。這樣的故事讓我著迷，甚至有點嫉妒，當然，我不想與非法軍事組織極端份子發生衝突，可是我不介意能夠說我躲掉了他們。

我開始在星期六晚間和當地人一塊喝酒後，到了星期日我就不再跑步了，而是整日聽著BBC廣播四臺，躺在床上沉思。我不是因為喝多了宿醉——雖然我的確喝多了，有一天早上一覺醒來，聽到ＢＢＣ廣播的海上天氣預報，那超乎現實的節奏讓我一度以為，我對自己的大腦造成了不可逆的傷害。不跑步的更主要原因是，現在我的星期六夜晚洋溢著典型的英國風情，洋溢著同志情誼，我覺得再也不需要找到我持續奔向的目的地。我聽到的第一個《荒島唱片》（*Desert Island Discs*）漂流者，是諾貝爾和平獎得主約瑟夫·羅特布拉特（Joseph Rotblat），他幫忙發明了原子彈，結果餘生大部份時間都在設法消除後果。他現在九十多歲，語氣急切，夾著波蘭口音，沙啞的嗓音流露出歲月的痕跡。他告訴主持人，廣島原子彈爆炸以後，他立誓做出兩大人生改變，一是將研究從核反應轉向醫療手術，二是提高大眾對科學中潛在危險的認識，讓科學家對自己的工作更負責。他選擇的音樂——如果被放逐到荒島上，他想帶的八張唱片——幾乎沒有偏離這些理想：《晚禱》（*Kol Nidrei*），《昨晚我做了一個奇怪的夢》（*Last Night I Had the Strangest Dream*），《花兒都到哪裡去了？》（*Where Have All the Flowers Gone*），瑞典醫師在防核戰音樂會上演出的《涓流成溪，溪流成洪》（*A Rill Will Be A Stream, A Stream Will Be A Flood*）……。

當瑞典醫師的音樂聲逐漸減弱，蘇·勞利說，「你追求的目標超越了無核世界，你想看到一個沒有戰爭的世界，你相信這會成真嗎？或者你只是夢想它可能成真呢？」

「它必須成真。我的人生有兩個目標，還剩下兩個目標，短期目標和長期目標。短期目標是消除核武，長期目標是消除戰爭。我認為消除戰爭很重要，因為即使我們消除了核武，也不能消除核武已經發明的事實，如果將來大國之間起了嚴重衝突，核武可能又會出現。另一方面，這又回到了科學家的責任上來：有的科學領域，特別是基因工程，可能促成另一種大規模殺傷性武器的研發，這類武器可能比核武器更易取得。因此，防止戰爭是唯一的解決辦法，這麼一來，就根本沒有武器的需求。任何類型的戰爭都一樣，戰爭成了一種公認的社會制度，我們必須廢除它，我們必須學會不使用軍事對抗來解決爭端。」

「你認為這種情況真的有可能成真嗎？」

「我相信我們已經朝這個目標邁進了！我在這一生見證了社會發生改變，我經歷過兩次世界大戰。舉個例子來說，在這兩次戰爭中，法、德兩國都是死敵，互相殘殺。現在你無法想像這兩個國家會發生戰爭，其他歐盟國家也是如此。這是一場巨大的革命，人們沒有察覺社會已經發生很大的變化，我們必須建立屬於自己的和平文化，來取代我們今日生活中的暴力文化……用弗里德里希·席勒（Friedrich von Schiller）的話來說，那就是：人人皆兄弟。我希望這一點能夠實現。」

採訪結束，夾著海鷗嘎嘎叫的主題音樂繼續之前，羅特布拉特也提到，一九三九年他受邀到利物浦研究物理，由於薪水不夠兩人生活，就讓妻子獨自留在波蘭。第二年夏天，薪水小幅增加，他回華沙去接她，但是托拉得了闌尾炎無法旅行。於是，羅特布拉特一個人回英國，期盼她一康復就立刻過去。但是，就在他到達英國的兩天後，德國入侵波蘭，他和妻子之間的所有聯絡管道都中斷了。直到幾個月後，他才在紅十字會的幫助下連絡上她，計畫透過丹麥的朋友把她救出來。結果，德國入侵丹麥。於是，他打算透過比利時的幾個朋友，結果比利時被入侵。然後，他嘗試義大利，那裡有一個教授認識的一位米蘭自願護送隊成員。但是，托拉出發與聯絡人會合的那一天，墨索里尼向英國宣戰，她到了義大利邊境後被要求折返。那是羅特布拉特最後一次聽到她的消息。

那天晚上，我向瑪蒂轉述這個故事，她聽起來很冷淡，無動於衷。我追問她，她沉默了一會兒，然後清了清嗓子，說什麼我們一旦知道了一個不幸故事的結局，就會忍不住想要問，主人翁為什麼沒有更加盡力去改變自己的命運。還是你認為一切都由神決定？過了一會兒，她用一種不是徵求肯定回應的口氣問：「神的決定？神的旨意？」

「如果我是這麼認為呢？」

現在回頭想想，我怎麼會沒有察覺我和瑪蒂就要走到了盡頭。但是，我那時所抱持的想法是，即使在獲得女朋友這個大獎後不久，我對她的感情就開始冷卻，在這個理由而分手，同樣也是對自己不忠的行為。我感到很不安，因為一年前的阿馬爾與今天的阿馬爾有這麼大的牴觸，而當我決心好歹假裝一切都沒有變時——我沒有那麼善變虛榮，得到一個女人後就不想要她了——我沒有充分考慮到瑪蒂自己也有可能變了。在耶誕節前的最後一個星期日，勞利訪問的漂流者是英國喜劇演員鮑伯．蒙克斯。我又驚又喜，拿起電話，撥了代表瑪蒂的那組數字，但是沒有人接聽。

《暴風天》（*Stormy Weather*）開始響起，我又打了她的電話試試。沃恩・夢露（Vaughn Monroe），《與月亮賽跑》（*Racing With the Moon*）。拉威爾（Ravel）。巴伯（Barber）的《慢板弦樂》（*Adagio for Strings*）。在播放蒙克斯（Monkhouse）和班底（Cast）表演的《你把你的影子投在海上》（*During You Have Cast Your Shadow on the Sea*）時，我給她打了第四次電話。我急得想跳腳，為什麼我交往三年半的女友在東部標準時間星期日早上六點四十五分時不接電話，我的宿醉更嚴重了。

「你會帶什麼書呢？」蘇・勞利問。

「應該是路易斯・卡洛爾（Lewis Carroll）的作品全集。」

「要是你只能帶——一本路易斯・卡洛爾作品？」

這個嘛，《獵鯊記》（*Hunting of the Snark*）應該是我最喜歡的路易斯・卡洛爾的作品。不過話說回來，我不能沒有《愛麗絲夢遊仙境》（*Wonderland*）和《愛麗絲鏡中奇遇》（*Trough the Looking Glass*）中的人物，所以會是……我可以帶《愛麗絲冒險全集》（*Complete Adventures of Alice*）嗎？」

我明白她為什麼認為我虛偽。表面看起來我非常謹慎，講求秩序，又十分挑剔，另一方面卻又聲稱相信神的最終介入，這是自相矛盾的。如果祂決定了你下星期搭公車會出車禍身亡，那何必戒菸呢？但是，神學宿命論和自由意志未必是對立的，如果神對於所有萬物擁有明確的力量，你可以想像這股力量延伸到祂的能力，無論何時，只要祂願意，祂可以用另一種命運來取代任何一種的命運。換句話說，命運不是確定的，而是未定的，由於人自己深思熟慮後的行為而改變；真主不會改變一個民族的境況，除非他們改變自己的本性。神沒有預先決定人類歷史的發展，而是知道所有可能的發展，根據我們的意志和祂的宇宙界線，改變我們所處的發展。或者是上星期我向瑪蒂提出的比喻：想想碰碰車遊戲場，坐在碰碰車裡，你可以隨心所欲控制方向，但是你的車子在同一時間藉由一根桿子與天花板相連，天花板為車子提供能量，而且終究是將它的活動限制在由電網預設的範圍內。同樣的道理，在祂巨大的碰碰車遊戲場內，神設計與控制人類可能的行為，而人類自行承擔行動的責任。在過程中——左轉或右轉，前進或後退，撞向你的鄰車或恭敬迴避——我們決定了我們會成為什麼，為那些會定義我們的選擇承擔起責任。

電話裡一陣柔和的沉默，所以我判斷瑪蒂並沒有立即反對我的這番話，不過從她的沉默時間長短，我也發現我們對神旨的範疇有了分歧的意見。這不是我們之間真正的問題，我們之間真正的問題，是一個名叫傑佛瑞．史托賓的四十九歲醫學院教授。不過沒關係，我們不時都會掉進無底洞，有時那似乎是逃避你之前生活的無聊或急迫的唯一方法——在所有自由意志造成的混亂中，你唯一能夠按下重新設定鍵的方法。有時，你只是想讓別人接管一段時間，控制住變得有點太過自由的自由。太過孤獨，太過雜亂無章，太過累人的自主。有時，我們跳進洞裡，有時，我們讓自己被拉進去，有時，我們絆倒了，但並非完全是因為粗心。

我不是在說脅迫，被逼迫是另一回事。

在留置室外頭的小房間，一個穿著螢光黃色背心的大個子男人給我的行李貼上標籤，像甩一袋羽毛一樣把它甩到架上。另一個男人，沒那麼魁梧，但也夠壯的了，拿走我的背包，搜查我的衣服。我獲許保留口袋裡的現金——十三美元三十六美分，陳舊的美元鈔票硬幣——可是不能留著手機，因為它有照相機。德妮絲手忙腳亂填寫新文件，當我們等她時，剛摸到我鼠蹊處的男人——我仍感覺得到他的手的餘溫——親切地指著自動販賣機。

「來杯茶？」「不用，謝謝。」

「香蕉？乳酪醃黃瓜三明治？洋芋片？」這些東西放到我們之間的桌上，好像在擺檸檬汁攤。我搖搖頭，我不餓。

德妮絲遞給我一張新紙條：「進去吧，我會盡快。」

留置室很大，天花板很低，沒有窗子——除了警衛監視我們、我們也監視著警衛的那扇窗——可坐上七、八十人。來的路上，我還以為可能和在肯教授可疑指示下飛過半個地球的年輕中國女子團聚，不過這一刻唯一進駐的另一人，一個高大的黑人男子，在遠處牆邊焦躁不安地踱步。他戴著紅色針織帽，罩著奶油色非洲民族長衫，在高懸於各個角落的凸面鏡攝影機之間來回移動，鏡裡他那櫻桃色的倒影變大又變小，變小又變大。我在離他幾個座位遠的地方坐下來，看著固定在天花板的電視無聲放著某個脫口秀節目，一個女人向另一個女人示範如何製作希臘新年蛋糕，包括詳細指導好運硬幣要藏在哪裡，蛋糕應該如何切，才不會為了所謂的硬幣所有權發生嚴重的衝突。我沒精打采看了一會兒，起身去看貼在牆上的布告。

布告以十一種語言告知他們提供枕頭、毯子，也告知了消防疏散步驟。公共電話旁有「難民與移民司法組織」的電話號碼，也有「移民諮詢服務」的電話，只有英語。電話旁邊還有機場牧師辦公室和待命社區牧師的電話：傑若米．本菲爾德牧師，傑拉爾德．普里查德牧師，奧克帕勞烏卡．奇內洛修士，施慕利．沃格爾經師，索內什．普拉卡什．辛格經師。我的眼睛自動掃到一個阿拉伯名字，穆罕默德．烏斯曼，穆罕默德．烏斯曼教長。接著是一個地址：米德爾塞克斯 TW5 9TN，克蘭福德巴斯路六五四號，希斯羅機場穆斯林社區中心。

幾英呎外，另一張貼著假木紋的折疊桌上，某個人擺了——每一本都同樣引人注目——一本希伯來語《聖經》，一本英王欽定本《聖經》，一本西班牙語《聖經》，兩本《古蘭經》（英語和阿拉伯語）。《古蘭經》旁的桌子貼著一個基卜拉朝拜方向的箭頭，指出麥加與女廁的方向大致相同。在桌子下方，三張祈禱墊零散地捲在一個籃子裡，好像巨大的法式長棍麵包。在一個禮貌又含蓄的距離以外，另一個人貼著另一個標誌，也只有英語：禁止席地而睡。

那個黑人坐下來，開始用掌根揉眼睛。他腳上是一雙沾了滿灰塵的廉價便鞋，但是沒穿襪子，腳踝周圍的皮膚變成了灰燼的顏色。那個週末，倫敦天氣預報說氣溫只略高於冰點，有一個奇妙的瞬間，我想像這就是他被留置的原因：沒穿合適的鞋子。畢竟，不可能因為體溫過低或壞疽，英國全民健保就讓每一位衣著過於隨便的客人就醫治療。先生，十二月沒襪子穿？好，坐下。只是一些一般性的調查，我會盡快。

房間另一邊擺著另一張桌子，桌面散亂放著一些世俗的讀物：英語、西班牙語、法語和華語的報紙；一本翻爛了日文版《浮華世界》（*Vogue*）；兩集法語版《暮光之城》（*Twilight*）；一本西班牙語羅曼史小說；一本德語版《享受吧！一個人的旅行》（*Eat, Pray, Love*）。我回到電視機前的老位置，黑人又開始踱起步並發出了聲音：短促的咕噥和呻吟，時有時無，聽起來像是不由自主，讓我想起哥哥喜歡的一位鋼琴家，他是個怪人，演奏時也會發出類似的聲音，好像正在努力或陶醉於他的藝術之中。我沒有翻開放在膝上的書，我在羔羊酒館和艾勒斯戴重聚的時刻到了，然後過去了。希臘的新年蛋糕切開了。

格羅茲尼最為慘烈，八個星期內死了兩萬五千個平民。昏暗的冬日，民眾閃躲彈坑，在米努特卡廣場上，被加上烈士勛帶的屍體給絆倒。一些尚未被炸彈炸死的車臣人被俄羅斯士兵俘虜，關入地窖，他們的母親在街頭哭泣，懇求釋放他們。夜裡，艾勒斯戴和其他記者睡在五十英哩以外，占用哈薩維尤爾特的一間幼兒園，睡在併起來仍舊太小的幼兒床上。他們用手帕捂住鼻子，抵擋骯髒身體的惡臭，房間仍然貼著孩子的圖畫和水彩：小兔子和巫師，蝴蝶和獨角獸，火柴人家庭在通往金子罐的彩虹下手牽著手，下方是一片綠油油的草地，天空頂部有一道堅實的藍。你沒有做夢，也不記得在做夢；整天穿著沉重的防彈衣奔跑已經是夢了。而車臣人呢，車臣戰士似乎非常樂意赴死，為什麼不呢？赴死的意願是一股強大的力量，特別是對抗那些真的不想死的人的時候。讓我挨餓，羞辱我，摧毀我的城市，帶走我的希望，你還指望什麼？指望我不應該淪落到以性命和你相搏嗎？指望我不想成為烈士，得到我唯一僅剩的殊榮嗎？你，軟弱的男人，迷戀俄羅斯母親和彩虹的傻瓜，回家過你的英國新年吧，吃你的派對餅乾和附贈一杯酒的超值套餐吧，我們不需要你的認可，我們不需要你「見證」，你的「同理心」缺乏想像，連俄羅斯人也比你強；就算是俄羅斯人也沒那麼厲害，懂得用凹痕累累的軍用杯來喝香檳，對著手指呵氣，在滿是尿水的雪地跺腳。對你來說，這很新奇，對我們來說，它是一個籠子，然後世界問為什麼，他們為什麼要互相殘殺呢？他們為什麼不能解決問題呢？為什麼這麼多人得死呢？但或許更好的問題是：為什麼這麼多人不想活？

星期六如果陽光明媚，我們幾個志工有時會帶著兩、三個病童到附近的公共花園廣場玩耍。在這樣的小遠足，我的同伴通常是拉克倫，和拉克倫在一起，不說話也不會尷尬，他還懂得許多冷知識。一個午後，我們坐在布魯姆斯伯里廣場，漫不經心顧著孩子，拉克倫指著公園另一邊的鐵欄杆說，原來的鐵欄杆在第二次世界大戰期間拆下熔化拿去做彈藥，新的欄杆較短，整天都不上鎖，廣場就是從那時起對公眾開放。自此以後，只要走過布魯姆斯伯里廣場，我就會好奇舊鐵欄杆最後到了哪裡，在哪一個戰線，在誰的身體裡。大約在這個時候，廢除薩達姆大規模殺傷性武器的宣言開始加速走向第一個高潮。布萊爾宣布回報美國六十年前幫助的時候到了，承諾英國他將致力找出所有現存具有種族滅絕意圖的武器儲備。四十八個小時後，柯林頓宣布伊拉克願意合作；一個月後，聯合國特別委員會報告說，伊拉克根本沒有合作。

結果，喏，英美轟炸開始了。我與艾勒斯戴坐在羔羊酒館的老位置，看沙漠之狐空襲行動，酒館的天花板掛著耶誕彩旗，吧檯改成自助餐檯，擺著不冷不熱的肉餡餅，一只仿造的大甕裝著摻了白蘭地的香料酒。在轉播閃電戰的過程中——盟軍為尊重齋月恭敬休戰以前的最後一場瘋狂——BBC的鏡頭始終在兩個對比鮮明但同樣迷人的調色盤中切換：一個朦朧粗糙，棕櫚樹的輪廓映襯著烏賊墨色的羽狀煙雲和橙色閃光；另一個漫著綠色的夜視效果。在底格里斯河上，一起爆炸以日光般的純真將水面頓時照得透亮，在那短暫的白色強光下，河水似乎在說：別打擾我，我沒對你做過什麼，讓我清靜清靜吧。

當晚的電視還播出一則新聞，關於眾議院通過兩項彈劾柯林頓的條款。這一次，當別人開始竊笑他的外交政策議案時，我什麼也沒說。艾勒斯戴在我旁邊也很少說話，喝酒的意志比平時更陰鬱。那時，我開始懷疑，在過去十年的某個時候——也許在盧安達，或者在格羅茲尼，或者是逐步改變，無法歸咎於某一件可惡的事上——就像大家常講的，這人神經錯亂了。他的理智好像也不是完全沒了，而是暫時被拿去妥善保管，過了一段時間又還回來，附上一則嚴厲的警告，只能把理智用在無關痛切的思想上。我想，這就是他為什麼會在那裡，在布魯姆斯伯里的酒吧裡，而不是在某個巴格達飯店屋頂看著情勢的發展。

我問他為什麼夜視鏡是綠色的。

「燐光體，」艾勒斯戴回答：「他們使用綠色，因為人的眼睛最會分辨不同深淺的綠。」

過了好一會兒，我說：「你可以寫一本書。」艾勒斯戴猛灌了一口啤酒，望著殘餘的泡沫在玻璃杯裡慢慢滑下。當他想到回應時，看起來是鬆了一口氣，不是真正的答案，但可以了。

他說，有個老故事是這麼說的：一個外國記者去中東旅行，待了一個星期，回家寫一本書，為中東的所有問題提出一個恰到好處的解決辦法。如果他待上一個月，他會寫一篇雜誌或報紙文章，通篇都是「如果」、「但是」和「另一方面」。如果待上一年，他就什麼也寫不出來。

我說：「你不一定要解決任何問題。」艾勒斯戴拿起玻璃杯說：「不用，你也不用。」

那年冬天，沒有發現可引爆的化學、生物、放射性或核子武器儲備，這反而似乎加劇了摩尼教的恐懼。在這樣的背景下，把公園鐵欄杆融化做成炮彈和鉛彈的作法，彷彿過時到了一種會引發懷舊之感的地步。當然，當我坐在陽光明媚的布魯姆斯伯里廣場，聽著上方畫眉鳥啁啾的歌聲時，四周的錐形欄杆不太可能被徵召加入戰爭。但話說回來，如果有人說開客機去撞敵人的摩天大樓可能是有效的現代戰爭手段，我想我也不會認為那是可能會發生的事。

有一天，一個單邊耳朵貼著繃帶的小男孩過來問我們有沒有東西吃，我給了他一片燕麥餅。

餅乾屑從小男孩嘴裡像雨那樣落下，他宣布：「我正在吃餅乾。」

「你是在吃餅乾，」拉克倫說。

「我愛你，」小男孩說。「我也愛你，」拉克倫說。

男孩看鴿子啄地面，看了一會兒，然後轉向我。「我正在吃餅乾，」他說。「看得出來。」我回答。

「我愛你。」「我點點頭。我也愛你。」這幾句話對我們重複了三、四次——我愛你，我正在吃餅乾——直到燕麥餅乾吃完，也許我們的愛也耗盡，小男孩才跑回鴿子那裡，鴿子一瘸一拐四散開來。

不一會兒，我那位說阿拉伯語的小朋友走過來，狡黠地打量著我。我請她吃一片燕麥餅乾，她婉拒了。

她轉向拉克倫，小心翼翼地用英語說話：「爸爸希望我是一個男孩。」

「……再說一次？」

「爸爸說我是男孩！」然後，她突然轉身，飛快跑開了。

「咦，」拉克倫說，「怎麼一回事？」

「我不知道，你知道她生了什麼病嗎？」拉克倫搖了搖頭，只知道她實際年齡比外表還要小。過了一段時間後，我們知道了，小女孩患有一種叫先天性腎上腺增生症的罕見疾病。通常情況下，腦下垂體會分泌一種叫促腎上腺皮質素的激素，由血液輸送到位於腎臟上方的腎上腺。到了那裡，促腎上腺皮質素會宣布它需要皮質醇，一種具有許多基本日常功能的類固醇激素。但是皮質醇並非自然產生，而是由酵素先行物質轉化而成的。先天性腎上腺增生症的身體缺乏關鍵的酵素，所以裝配線在皮質醇生成之前就失靈了，導致先行物質累積，而皮質醇永遠不足。沒有皮質醇就無法抑制促腎上腺皮質素輸送，所以腦下垂體分泌出更多的促腎上腺皮質素，刺激到腎上腺，腎上腺於是膨脹到異常的大小。

正常內分泌活動少不了皮質醇，它能調節生長、新陳代謝、組織功能、睡眠模式和情緒。如果不及時治療，缺乏皮質醇可能致命，導致低血糖、脫水、體重下降、暈眩、低血壓，甚至造成心血管休克衰竭。受阻的皮質醇前行物質所引起的症狀也是問題，包括過多的雄激素，也就是眾所周知的男性性激素。因此，一個患有先天性腎上腺增生症的三歲男孩，可能長出了腋毛，粉刺和保姆同樣嚴重。同樣的道理，一個小女孩也可能很小就表現出陽性特徵：體毛多，突然抽高，甚至不玩茶杯和洋娃娃，而是喜歡卡車和牽引機。當她到了正常的青春期，聲音可能會變低沉，胸部可能仍舊平坦，月經不來，就算來了，量也很少。從理論上講，很少有病例會走到男性化的這個階段，因為初期症狀促使患者就醫，醫師會開合成類固醇來降低體內的雄激素濃度。

有時，問題甚至在出生時就很明顯。一個有兩條X染色體的嬰兒，可能天生陰蒂就不是正常大小，而是腫成一個小陰莖似的。她的尿道和陰道可能併成單一的開口，陰唇可能完全接合，類似陰囊。然而，經由超聲波檢查會發現，她的身體裡有完全正常的子宮、輸卵管、卵巢和子宮頸。事實上，如果接受外部重建手術，她可以得到日要能受孕所需要的一切（當然，除了他人的精子以外）。我的小阿拉伯朋友出生時，生殖器模糊難辨，但也不是非常難以辨認，所以她的父母和敘利亞的產科醫師認為她是女孩。然而，近來其他一些跡象，包括她兩腿之間益發明顯的陰莖狀畸形，引起了家人的驚訝，於是她被帶來了這裡。她的皮質醇濃度無疑需要調整，可是如何處理她的性別仍舊是一個問題。她的醫師認為，她應該接受賀爾蒙替代治療，也許加上外生殖器整形手術，繼續當一個女孩。她的母親傾向於同意，可是她的父親有不同的看法，在他的家鄉，男孩地位較高，男孩就是威望，男孩給你帶來驕傲，他家鄉的人甚至會說：一個不育的男人勝過一個能生育的女人。那個父親說，「其實，我一直以為她是一個男孩，從一開始就是個錯誤，她看起來像個男孩，她行為像個男孩，如果她是個男孩，她的人生會簡單許多。他是一個男孩。」

先天性腎上腺增生症無藥可治，屬於遺傳疾病，核酸雙螺旋遺傳到兩個有缺陷的基因，從父母各自遺傳到一個。通常，這個基因會因為顯性的對等基因而掩蓋過去，但是如果父母雙方都是帶因者，他們的孩子有百分之二十五的機率遺傳到兩個有缺陷的基因而表現出症狀。推算下來，孩子有百分之五十的機率只遺傳到一個缺陷基因（成為另一個帶因者），百分之二十五的機率只遺傳到正常的基因，不受影響。由於一對伴侶可能從同一祖先那裡繼承到相同的突變基因，所以染色體隱性遺傳疾病在近親伴侶的後代中尤其常見，關係越親密，夫妻雙方共有的基因比例就越大，共有的基因比例越大，後代同一基因座上有相同等位基因的風險就越大。換言之，染色體隱性遺傳疾病在某些文化中特別常見，在那些文化中，基於恆久不渝的部族理由——強化氏族關係，維持女人在階級組織中的地位，促進找到合適的伴侶，維護家族的傳統、價值觀、資產與財富——與四等親結婚不只是可以接受，也是標準，甚至得到鼓勵。

二〇〇三年十二月，布希宣布他的使命已經完成，聯合國解除對伊拉克的大部份制裁大約七個月後，我見到了十三年不見的哥哥。我住在西好萊塢，已經攻讀經濟學博士學位三個學期。我從洛杉磯飛到巴黎，再飛往安曼。到了安曼機場，應該有一個司機來接我，帶我去飯店，我從灣脊區出發的父母正在那等我。從安曼，我們會坐車穿越沙漠到巴格達，這段路程需要大約十個小時。在國際制裁和後來的入侵之前，你可以從安曼飛到巴格達，不用到一個小時的時間，也就是說，抵達安曼後，你也就快到了。現在，抵達安曼，代表你只走了一半。

我到機場時，沒有司機。確切地說，有很多司機，他們都非常想要做我的生意，可是沒有一個人舉著寫有我的名字的牌子。我接著想起一件事，我把父母下榻的飯店地址抄在筆記本上，但筆記本留在我飛往戴高樂機場的前座椅背中。我開始尋找我們約好的聯絡人，找了大約一個小時後，放棄了。在一連串謹慎的詢問之後，我找了一個人，願意收取二十五萬伊拉克幣（大約八十美元），帶我去五間不同的飯店找人。

上了車後，這個男人聽說我最終的目的地是巴格達，露出了勃勃的雄心，興奮得語無倫次。「我送你去！我馬上送你去！明早就到！」這個提議的目的很可能是把我賣給沙漠裡的綁匪。我謝了這個男人，禮貌地解釋我想先在飯店裡休息一下再繼續上路。司機聽了這話，仍然鬥志昂揚，而且顯得很高興。「好！太棒了，你先休息，明天早上我再來接你。」他還不如直說：「這樣更好，我先去做好把你賣到沙漠的安排，然後我們就可以出發了。」

我的父母在第三家飯店。我走去櫃檯，接待員正在講電話。過了一會兒，他把聽筒放在肩膀上，我問他的客人之中有沒有一位叫阿拉．賈法里的先生和他的妻子。「你是哪位？」接待員問。「他們的兒子。」我回答。接待員挑了挑眉，指著肩上的聽筒，「電話那頭是你的司機，他想知道你在哪裡。」

「他在哪裡？」我問。「在機場，」接待員說。「不，」我說：「我剛剛才從機場來，我向你發誓：他不在那裡。」接待員點了點頭，親切地打量著我，然後把聽筒放回耳邊，把我的訊息傳到電話裡。接著是一連串模糊不清的惡語謾罵，我們兩人都不由得皺起眉頭。接待員又盯著我瞧了好一會兒，好像他正在聽別人描述我——就像描述丟了的皮夾或手錶——然後，電話另一頭的聲音繼續訓斥，他掛斷了電話。

「你知道嗎？」接待員搖著頭說：「這傢伙我認識，他根本沒去。」

母親開門時戴著頭巾，在灣脊區，她通常是不戴的，我第一次覺得，框著她臉龐的那個冷酷黑橢圓形讓她的下巴變得不討人喜歡。由於年齡，她走路時也習慣微微前傾，好像傾向正確的方向可以保持動力，甚至是產生動力。近日，當我打電話回家和父親說話時，他會回答我的問題，比如他和我母親過得好不好，同時報告母親前一天晚上睡得好或不好。她的失眠和失眠的影響像一個吵鬧鬼，父親警告我它的存在，就像他過去大約每月一次會警告我法蒂瑪今天不舒服一樣。現在，在安曼，即便她在我到達時露出慈藹的笑容，我也知道母親睡眠不足，我希望她在車裡能休息一下，因為我希望我在車裡能休息一下。但是在我們擁抱後不久，父親就把我拉到一邊告訴我，母親可以睡，可是我們其中一人必須保持清醒。我們半夜出發，好在黎明時分抵達伊拉克。此外，無論白天還是黑夜，大部份的車程是單調乏味的，一英哩又一英哩的灌木叢和沙丘，因此，我們一定要提高警惕，不要讓司機打瞌睡，或者用我父親的話來說，不要搞什麼怪。

原來這就是應該去機場接我的司機，他現在露出高傲的神態，帶著一種仁慈地壓抑住的憤怒向我打招呼。他的裝甲雪佛蘭大休旅車有正正方方的長車尾，車窗貼了窗膜好像一輛靈車。我就算是試著睡也睡不著，每一次的加速都令我心頭一驚，每一對朝我們駛來的車前燈，似乎都在一種不祥鬼祟的氣氛中穿過黑暗。我們的司機雙手緊握著方向盤，咬著嘴唇，抖著空無一物的膝蓋。他明顯是個抽菸者，整車都是菸臭，每一個收納隔層都塞滿香菸——幾十包印著「中國免稅店」字樣的萬寶路，塞在遮陽板和座位後方的袋子裡——不過，在我們出發之前，父親問他可不可以不要抽。在頭一個小時的車程，我花了很多時間默默思索這個請求的利弊，如果我們的護送者需要尼古丁才能把我們安全送到巴格達，那就讓他抽吧，我們不會在十個小時內死於二手菸。但從另一個角度來想，父親自己最近才戒了菸，而且為這項服務付出了大筆金錢，三千五百美元，為什麼不能照他的意思去做呢？

我們快四點時到達邊境。司機放慢車速，打開儀錶板上的置物箱，拿出了一個裝著二十元美鈔的皮夾。他搖下車窗，抽出鈔票，遞給邊境巡邏員，像是繳交普通的通行費。「有外國人嗎？」一名軍官用阿拉伯語問道。

我們的司機搖了搖頭。「都是伊拉克人。」然後，他開始分送萬寶路：每個軍官兩包。他關起車窗，好像他們要放我們過去了，但是一個站在路上的軍官轉過身舉起一隻手。

車窗又搖下來，兩包香菸又遞出，毫不客氣被收進了口袋。然後，軍官說了一些關於巴格達的事情，我們的司機點了點頭，軍官走開了。

我坐在休旅車中間，轉身以詢問的眼神看著父親。由於黑眼圈和裹緊緊的頭飾，母親看起來像貓頭鷹。

「發生什麼事了？」「他們要我們送某人去巴格達。」

「一個軍官嗎？」我們的司機點了點頭。

「一個伊拉克情報員？」司機抖了抖腿，低頭從後視鏡下方看了看，沒有回答。

「我們該怎麼辦？」我的父親問。

「行行好，」司機說，「假裝睡覺，不要說話。」

「我要上廁所，」母親靜靜地說。

「對不起，」司機口氣著急，他轉過身來面對我們。「除非他說停下來，否則我們不能停下來，你們必須保持安靜，因為你們的口音會暴露你們的身分。我會盡快送你們過去，盡快，但是，行行好：不要說話。」

這時，一個蓄鬍子、穿著灰色軍裝的大個子男人走過來。司機打開休旅車門鎖，軍官拉開副駕駛座的車門，坐到我的前方，一坐下去，車子就往旁傾斜。軍官說，「早安。」。司機回答，「早安。」我們賈法里一家什麼也沒說。司機鎖上車門，啟動引擎，繼續開車，路上的軍官揮手讓他過去。我們的新乘客把座椅調整了又調整，我的伸腿空間少了一半。然後，他把手伸到遮陽板上方，拿下一包萬寶路，撕開玻璃紙，抽出一根菸，在接下來的六個小時抽個不停。

祖母的房子比我記憶中的要小，哥哥則比記憶中更高大。不是更胖，不是像有人會隨著年齡增長而變得更鬆軟、更寬廣，而是全身以一種堅實又均勻的方式放大，好像我的大腦為了節省空間，把他縮小了百分之二十的體型大小。

他也比我記憶中雋拔：臉頰更紅潤，笑容更爽朗，眼睛四周浮出長長的皺紋。我和父母終於走入祖母的客廳時，薩米站起來，雙手叉腰，咧嘴對我笑了好一會兒，像是知道我的定見正在破滅。我的定見是什麼？他或多或少還是我記憶中的薩米，多了一點孩子氣，少了一點孩子氣，耳朵後面竄出幾絲白髮。他確實耳朵後面竄出幾絲白髮，但更不可思議的是，他看上去幾乎沒變。稜角分明的髮型輪廓，嘴巴周圍的奇異陰影，這些活生生的殘留痕跡令我侷促不安，不過那種侷促給人一種異常的歡快——如同走在大街上，經過一個陌生人的身邊，十二年來，首次聞到高中化學老師的洗髮精味道那種異常的歡快。我們以為我們進化了，我們以為意識的碎屑已經消除了，結果只需要一陣綠寶洗髮精的氣味撲鼻而來，就能拼接回到一九九二年的心境。

一天下午，我們坐在戶外花園，薩米抽著菸，到草地上摘了一顆橘子，扔給我剝皮。幾年前他從醫學院畢業，如今是瓦沙提矯正外科醫院的菜鳥醫師。戰前，他大部份病例是隆鼻、隆胸、抽脂和髖關節置換手術；如今，他整天忙著止住火箭彈傷痕的血，用鑷子夾出彈片，包紮燒傷。傳言說，那些在九〇年代為了從薩達姆軍隊叛逃而割掉一隻或兩隻耳朵的人，衛生部要補助他們耳朵移植手術的費用。哥哥對這件事好像很期待，他說，再怎麼說，如果他是在重建耳朵，而非給火箭彈造成的傷口止血，那就代表著戰火已經稍微平息了，不是嗎？

我們沉默了片刻，我提到我在倫敦兒童醫院認識的小男孩，他天生有一隻耳朵像白鳳豆。哥哥在草地上熄了菸，挖苦地說，「我真希望我們只有大自然的疏失要修正。」

不過他通常似乎是溫和的，當然不是安於現狀，而是安於他的生活選擇。當然，沒有人會指責他做一件無關緊要的工作。入侵以後，潮水般的美軍在市區巡邏，不過瓦沙提是巴格達唯一未被洗劫到癱瘓的公立醫院，九個月之後，由於越來越多的醫師不願進城，或者乾脆逃離這個國家，醫院仍然物資短缺，人手不足。我和父親去探班哥哥的那天，在未有戰火時，只需要二十五分鐘的車程，但如今我們卻開了一個半小時，因為不知什麼地方有輛油罐車爆炸，堵塞交通，醫院又湧入新的傷亡民眾。在大門外，一具男子屍體被抬上輪床時，有個男子失聲啜泣，雙手掩著臉，然後對著天空舉起雙臂喊道：「為什麼？為什麼？他們為什麼要這麼做？他們想要什麼？為了錢嗎？為什麼？」就在大門內，另一輛輪床躺著一個十歲左右的孩子，腿上纏著血淋淋的紗布，一雙眼睛眨啊眨，露出一種帶著超脫世俗的認命。似乎沒有人陪著他，當我和父親等在一旁尋找薩米時，一位醫師走過來指著男孩說：「誰在處理他？」

「我們不知道。」父親回答。

醫師轉向大廳另一頭，對著亂糟糟的人群——有的轉來轉去，有的哭泣，有的祈禱——喊道：「誰在處理他？」

「瓦利德！」有人大聲回答。

醫師繼續皺眉看著孩子，顯然不太滿意。這時，一個護理師帶我們到員工交誼廳，放在角落的電視正在播放阿拉伯肥皂劇，不久哥哥穿著醫護服出現。在手術室裡，有個前一天晚上被彈片打中的年輕人正在等他，父親問他，我們能不能在一旁看。

「昨天發生的嗎？」薩米問手術檯上的男子。

男子點了點頭說，「太陽下山的時候，我只是出門想買個麵包。」薩米在男子的軀幹上打了兩個洞，就在他的胳膊下方，以便排出肺部的積血。男子放聲尖叫。他已經打過一小劑的麻醉藥，由於醫院的麻醉藥不足，所以沒人再給他打一針。「真主至大！」男人叫道。

「給我更多的光，」薩米說。一個助理把燈的角度移到男子身體上方，另外兩個男人各站一邊按住他。哥哥把管子塞進胳膊下方的洞裡，調整管子的位置，那人的皮膚就像橡皮黏土一樣從胸腔撕開。

「沒有一個穆斯林會這樣對待另一個穆斯林！」男人喊著。「我的兒子，他才兩歲，他的臉被炸掉了！他們為什麼要這麼做？為什麼？」

薩米在男子腹部插了皮下注射器，當他又開始在插了管的洞裡戳來戳去時，我閉上眼睛，轉身走開。大約半個小時後，當我又看向手術室時，裡面已經沒人了。在醫師交誼廳，電視已經關了，兩個等著水壺燒開的男子正在爭論，四天前薩達姆被捕的消息是真的，還是美國人為了大張聲勢所散播的謊言。我發現父親和哥哥回到大廳，站在雙腿血淋淋的小男孩旁邊，父親抱著胳膊，好像覺得很冷，哥哥在抽菸。另一位醫師站在薩米旁邊，也在抽菸，我猜，是瓦利德。輪床另一邊也站著三個人，兩個穿著傳統白袍，第三個戴著紅白相間的頭巾，頭巾在濃密的黑鬍子下打了個結。其中一個人說，「我們在瓦提克發現他，說是住在薩尤那，名叫穆斯塔法，從上星期就沒見過父母。」即使成了討論的話題，男孩還是繼續對著牆壁眨著一雙超脫的眼睛，這時我才更仔細注意站在男孩旁邊的男人，發現蓄著濃密黑鬍子、綁著紅白頭巾的人，竟然是艾勒斯戴。

哈姆拉飯店大門貼著一張告示，上頭寫著：**請注意，槍枝必須留在安檢處，謝謝你的合作。**

飯店裡，一個穿駝色高領衫的男人坐在櫃檯玩阿拉伯語填字遊戲，桌面有一只懷錶、一根金屬探測器和一把卡拉什尼科夫自動步槍，我和薩米舉起手臂接受搜身，槍管對準了我的鼠蹊部。

在一對沉重木門後方，記者耶誕晚會已經開始了。餐廳的紅牆、紅桌巾和隱約發光的壁燈，都讓人聯想到煉獄裡的晚宴俱樂部。兩個打著領結的服務生在一隅靜靜立正，襯衫布料極薄，你可以清楚看到底下的汗衫輪廓。在另一個角落，第三個伊拉克人坐在鋼琴前，演奏大型樂隊的標準曲目。那是一架老舊的金黃色立式鋼琴，面向餐廳，縱橫交錯的琴身內部被一張與窗簾相同的印花布遮蓋了一部份。外頭一片漆黑，不過飯店的窗戶還是用密集的菱形鐵柵欄加固，和沒有窗戶根本沒有兩樣。

房間中央聚集了一群通訊記者、攝影師、照相師和特約記者，氣氛歡樂，倒飲料的倒飲料，剪雪茄的剪雪茄。大多數是男人，不過也有少數女性在場，其中有一位穿著白色緊身牛仔褲的女子，一個帶著法國口音的男人攔著她不放，向她解釋情況與越南有什麼不同。你企圖鎮壓抵抗，結果反而激怒了中立的民眾。我們在池邊找到艾勒斯戴，他坐在一張點著蠟燭的桌邊，桌上亂糟糟放著瓶子和菸灰缸。他正在和一個美國年輕人說話，從那人的帽子可以知道他是聯合國難民署的人。大家都在使勁猛抽雪茄，那個美國人則沒那麼熟練。艾勒斯戴拿下頭巾了，所以我現在知道他的鬍子是真的，黑色（看起來是黑色的鬍子）則是假的。

他說，只要是留意過九〇年代的人——從南斯拉夫、波士尼亞和索馬利亞學到了經驗的人——一定料到這個局面。如果你解散軍隊，如果你解雇所有曾經替政府工作的人，如果你奪走人民的工作、收入和自尊，你還能指望他們什麼？指望他們會閒閒坐著、玩帕克兄弟十字戲桌遊，直到你出現在他們的門口，給他們一張選票嗎？如果他們知道舊彈藥藏在什麼地方，而你又不保護他們——那麼當他們把彈藥反過來對付你時，這真的會出乎你的意料之外嗎？

在池邊，螢光甲板燈宛如一排發光的月亮反射著光，水的另一側有一組單槓，在我們談話時，一個肌肉發達的身影闊步走過去，向上一躍，開始賣力地把自己一下又一下的朝空中撐起。操著南方口音的聯合國難民署傢伙不斷換手拿著雪茄，好像沒有點燃的那一頭也是燙得令人受不了。他說：「唉，我們有什麼選擇呢？」

還有，另一個美國人說，為什麼不早點採取行動呢？就像那次薩姆達在我們毫不掩飾的暗示下，屠殺發動叛亂的庫德人和什葉派？因為我們的軍隊接到莫名其妙的命令而不進行干預，導致成千上萬的人在我們眼皮底下被殺？即使他們就在場，即使攻擊算是違反了施瓦茨科普夫停火協議，當時我們為什麼什麼都不做呢？

「聽起來你相信特殊論（Exceptionalism）❻。」艾勒斯戴說。

「那又怎樣？」美國人說，「特殊論不是問題，除非被用來替糟糕政策辯護。無知是一個問題，自滿是一個問題，但是有志追求特殊的行為——特別的慷慨、特別的明智、特別的人道——那是有幸生於一個特別富有、特別有教養、特別有民主發展的國家的人都該做的事……」

戴著聯合國難民署帽的傢伙嚴肅地點了點頭，吐出菸圈，菸圈拉成了橢圓形，消失在水池上方集體造成的煙霧中。不到兩年後，這個水池會漂浮著自殺炸彈客的屍塊，但是，在這一夜，一個伊拉克相對平靜的耶誕節，薩達姆被捕了，不可能不期盼道德宇宙的弧線終究沒有那麼長，沒那麼堅固不屈。我看著哥哥點燃一支香菸，眼睛始終盯著在單槓上的

❻又譯為例外論（主義）或優越論。

男人，心想他可能沒有聆聽，或是聽著這些對話，可是認為不值得自己參與。沒想到，薩米繼續盯著運動中的剪影，呼了一口氣說：「西方真正想要的，難道不就是不受中東的干預嗎？不被恐嚇，不為了天然氣被漫天開價，不受化學武器或核武器威脅？否則，有什麼好在乎的？」

聯合國難民署傢伙說：「不，我相信，一般美國人說他希望伊拉克成為一個和平民主的國家，一個不受宗教控制的自由國家，那是出自真心誠意，雖然我們明白這在短時間內是不可能的。」

「可是你們不會希望我們比你們更富裕，比你們更有力量，擁有更大的國際影響力，以及同樣看似無限的潛力。」薩米接著說道。戴著聯合國難民署帽子的傢伙一臉困惑。

「嗯，」艾勒斯戴輕聲插嘴，「確實很難想像，不過從地緣政治的角度來看，這會導致一個有趣的發展。」

在裡面，記者、攝影師和特約記者圍坐在一張長桌旁，切著某人的母親從緬因州寄來的蜜汁烤火腿。我和艾勒斯戴在桌子的一頭坐下來，兩盤肉遞來給我們，艾勒斯戴把兩盤都吃了。他吃的時候，我察覺他似乎比我五年前在倫敦見到他的時候更有活力。他的身體現在顯得更緊繃、更警覺——好像撇開傷亡不論，他其實更喜歡在戰區生活。我問，嚴厲批評一場戰爭，同時又被戰爭的能量所吸引，會不會有時候覺得很虛偽。艾勒斯戴繼續咀嚼，點著頭說，「沒錯，時時刻刻活在離死亡只有半步之遙的地方，這個想法令人興奮，甚至叫人上癮，但是，如果沒有那些願意這麼做的人，那些願意冒生命危險見證、記錄正在發生的事的人，其他人怎麼知道我們政府正在用我們的名義幹什麼？」我指出，「近年偽新聞激增，各種嘈雜的臆斷、偏頗的提議和聳人聽聞的操作，好像是精心策劃，首要目的是挑釁和娛樂，往往讓我感覺好像比以往更不清楚我的政府正在以我的名義做什麼。」艾勒斯戴喝著酒，聳了聳肩，點了點頭，好像勉強承認：嗯，總是有愚蠢至極的地獄存在著。

也是在這個晚上，艾勒斯戴告訴我，他八年前在喀布爾和他的攝影團隊拍片，正在收拾之際，有一個阿富汗男孩衝來，搶走了攝影師的袋子。幾分鐘後，恰好有一個警察經過，艾勒斯戴攔下他，描述了男孩的模樣：大約五呎七吋高，十四、十五歲，淺藍襯衫，墨綠色阿拉伯頭巾，往那個方向跑走了。幾分鐘後，警察帶著男孩回來，把袋子交給艾勒斯戴。艾勒斯戴謝謝他，警察叫男孩道歉，男孩道歉了。接著，警察從槍套拔出槍，對著男孩的頭部開了一槍。艾勒斯戴說，「你可以想像那一幕我在腦海中重播了多少次，我很懊悔我在無意中推了一把。如果暴力行為增加你雇主的廣告收入，而你是報導暴力的人，從這個角度來說，很難不認為你是讓暴力永遠存在的人。所以，睡不好，我夜裡總是睡得不好，可是如果我辭了工作——那天之後，我非常認真考慮過這件事——我想我因為其他的選擇而瘋掉。當我工作時，我的腎上腺素分泌時，我並沒有深入思考。可是當我回家後，出門吃晚餐或是搭乘地鐵，或是跟著拿著詳詳細細的清單的顧客時，在維特蘿絲超市推著推車，我就開始困惑迷惘了。觀察別人用他們的自由做什麼——他們沒用他們的自由做什麼——怎麼可能不加以批評？你會發現，一個大致和平的民主社會，處於一種難以置信的微妙懸浮狀態，即使是最小的分子也需要在懸浮中保持平衡，因此就算是微乎其微的震動——不過是有個人因為自滿或自私而忽視了這個平衡的脆弱——就可以造成他媽的全面崩潰。你心想，我們都屬於這個做得出喪天害理之惡行的物種，你在這裡，好奇你對人性有什麼責任，神在跟我們玩哪一種的遊戲——更不用說你通常更想回到巴格達，而不是回到安吉爾的家，與妻小一起閱讀《如果給老鼠一個餅乾》（*If You Give a Mouse a Cookie*），這種心態究竟代表了什麼。如果和平與深思讓我不安，如果我體內某種生化物質渴望暴力場面的刺激，渴望靠近衝突，那麼我處於這個光譜的什麼位置呢？在另一種情況下，我能做什麼？我和『他們』究竟有什麼不同呢？」

「我不知道你信神。」我說。

「我不信，」應該這麼說吧，「我是不可知論者，一個散兵坑裡的不可知論者。曼德爾施塔姆（Mandelstam）有一首詩是這樣寫的：『你的形式，痛苦而稍縱即逝／我無法在朦朧中看清／——神啊！——我喊錯了／想都沒想就喊了。』這大概就是我的觀點。你呢？」「信。」

「信真主？」我點點頭。艾勒斯戴放下啤酒。

「怎麼？」我問。「沒什麼，我只是……你是一個經濟學家，一個科學家，我不知道。」艾勒斯戴回答。

四個穿防彈衣的人帶著一副紙牌在我們旁邊坐了下來。那是一套軍方配給的紙牌，圖案是阿拉伯復興社會黨成員和革命指揮官中的五十二大通緝犯，遊戲規則與德州撲克一樣，第一個翻牌的是「化學阿里」❼。軍方設計了這副牌，發給美國士兵，讓他們熟悉自己奉令捕殺的對象的姓名和臉孔，概念衍生自第二次世界大戰，當時空軍飛行員玩金拉米雙人紙牌戲，牌上印的是德日兩國的戰鬥機輪廓。這是一種奇怪的策略，以傳統上和消遣有關的媒介，教育我們誰應該是攻擊目標，誰應該殲滅；我們不禁懷疑，這種煽動性暗示——暗示美國人，戰爭如同遊戲——是否削弱了紙牌的教學優點。在我旁邊進行的這場遊戲中，薩達姆是黑桃A，他的兒子庫賽和烏代分別是梅花A和紅心A。唯一的女性——

❼指阿拉伯復興社會黨執政時代的軍隊指揮官阿里（Ali Hassan Abd al-Majid al-Tikriti），由於喜好使用化學武器而有此綽號。

在美國受過教育的莎里・馬哈迪・阿馬希，又名「化學莎莉」——是紅心5。有十三張牌（包括全部四張2）是沒有照片的，只有一個常見的黑色橢圓形，像是一個戴著死神帽兜的人頭輪廓。然而，當離我最近的那個人擺出一副同花時——全是沒有臉孔的牌——我覺得這些牌才是最具人性化效果。也許正是因為他們沒有特徵，更容易讓人想到，你也有可能生為阿迪勒・阿卜杜拉・馬赫迪（鑽石2），或是優古拉・阿比德・薩奎爾・庫貝西（梅花2），或是加茲・哈馬德・烏貝迪（紅心2），或是拉希德・塔安・卡齊姆（黑桃2）。但願你的曾祖父遇到的是另一個女人，但願你的父母搭了更晚的飛機，但願你的靈魂在不同的大陸、不同的半球、不同的日子裡閃閃發光就好了。

另一方面，笑聲、叮噹聲和醉醺醺的耶誕頌歌，開始與角落鋼琴緩慢穩定的漸強音互相抗衡。我抬頭一看，哥哥在那裡，和受雇的樂手一塊坐在琴凳，各自負責自己那半排鍵盤，他們也忙著交談，香菸在唇間彈來跳去。音樂不再是科爾・波特和歐文・伯林，而是一種沒有開始、中間或結尾的狂熱爵士——時而澎湃，時而增強，時而短促，漫長激烈的即興創作，成功地同時發出勝利與末日的聲音。某些段落讓我想起默片裡的爭吵、查理・卓別林的追逐戲或者歷史新聞頭條逐一落下的那種配樂。音樂持續到深夜——在火腿吃完很久以後，在大部份的記者、特約記者和攝影師上床很久以後，在服務生清理了髒桌布、背面為迷彩圖案的紙牌回到盒子很久以後，在蔚藍色水池沉澱成鏡子般狀態、哥哥那一小截菸灰長得足以彎曲並掉下。

我放下日本版的《時尚》，走到了觀察窗。從窗口，我看到警衛正在設法從自動販賣機取出一瓶卡住的果汁。我敲了敲玻璃，那兩人同時挺直身子，離我較近的一個朝門撲來。

我說：「仔細再想，我確實需要喝點東西。」他們給我拿水的時候，一個新來的官員，一個我以前沒見過的人，不聲不響地穿過前廳，進入留置室，走向那個黑人，坐了下來。官員說話時，黑人目不轉睛盯著地板，理性地揉著眼睛，眨了眨眼。是有關於拉各斯的事情。阿瑞克航空（Arik Air）。克羅伊登沒有一位叫奧地利奇的小姐的紀錄。我端著水，又在幾碼遠的地方坐了下來，繼續像文盲一樣閱讀《時尚》。午後禱的時間到了，或者已經過去了——在整間用螢光燈打亮的房間裡，誰也說不準——不過，在這種情況下，我決定最好還是待在原來的地方，低調地挺直腰桿，無惡意地沉浸在我的可可．羅恰（Coco Rocha）和雪紡紗中。

官員走後，幾分鐘平安無事地過去了。接著，那個黑人站起來走進男廁，開始發出呻吟。不久，呻吟變成了越來越響、越來越快的重擊聲。

我站起來，走回觀察窗。警衛已經解放了果汁，把腳擱在桌子上，一邊聊天，一邊互相傳遞一袋洋芋片。他們注意到我後，又把門打開，我說我猜廁所裡的人可能正在傷害自己。

警衛從我的身邊匆匆走過，扭著那人的手臂把他拉出來。他們把他拖到一個座位上，強迫他坐下來，坐到他的兩側，企圖抑制他斷斷續續的扭動。黑人不時猛然往旁一動，想要掙脫開他們，結果計畫瓦解。他頭往後仰，掌心朝上，這個姿勢讓他像是等待著聖傷的殉道者。

警衛好像不知道下一步該怎麼辦，分別朝我的方向瞥了一眼，彷彿在估量是否可以託付我去找第五個人來。此時，無聲的電視畫面跑著一則新聞標題：**葉夫帕托里亞發生公寓爆炸案。馬紹爾群島宣布進入緊急狀態。鈴木汽車考慮於金融危機期間減產。**我心想，真有趣，當你被非自願地從世界上驅逐出去時，世界的問題開始似乎不是大多數無辜人民的偶然運氣，而更多的是他們自身愚笨的活該後果。於是，我們維持原樣：我在門邊啜飲著我的依雲礦泉水，警衛緊緊抓住讓人捉摸不透的奈及利亞人，直到德妮絲——對她，我開始感到一種像是做子女般的感情——在十點五分回來，帶了一個冷掉的咖哩雞三明治，以及一個叫鄧肯的紅髮男人，這人接管我的案子，因為德妮絲要下班了。

起初，我覺得蘇萊曼尼亞與巴格達似乎沒什麼不同。最近一個能用的機場在十四個小時的車程以外，這段路起碼要經過一個跨國邊界關口。六十出頭的男人低著頭，雙手在背上緊握，三根手指掛著念珠，搖搖擺擺地走來走去。大部份電力靠後院或屋頂上的發電機提供，自來水只供應半天的時間，所以自來水一來，大家就開始往專為儲水而置於屋頂的巨型圓桶裝水。幾乎人手一菸——其實，兩地的相似點可能就只有這件事。

語言是其中一個相異點。我們到那裡的第一個早上，我和父親走路去找換錢的地方，直到走過了一個街區，我才注意到很詭異的一件事，招牌我們都看得懂，認識字母，也會發音，但是都不知道那些字是什麼意思。庫德語和阿拉伯語都是拼音文字，字母基本上相同，只是庫德語和波斯語一樣多了幾個字母。因此我們抱著庫德語的「銀行」跟「換匯所」和阿拉伯語是同根字的期待，想找個可以換錢的地方，不過沒有找到。後來薩米的庫德族司機來了，載我們去了一家銀行。原來「銀行」是同一個字，但是「換匯所」不同，我沒有學過這個小小的不對稱背後的詞源，但可以想像它代表了數百年來文化和意識形態的歧異。

另一個不同是安全問題。離達霍克不遠有個岔路口，向右轉，不久就會到達摩蘇爾的郊區，向左轉，你留在庫德斯坦境內。帶著一本美國護照，走不同的路，會有大不相同的後果。我們左轉了，這是要付出代價的，因為從伊拉克和土耳其邊境的扎胡到蘇萊曼尼亞，大約要九個小時車程。如果抄近路開去摩蘇爾，切過基爾庫克，大約只要五個小時——前提是我們到得了的話。祖母和我的堂兄胡笙經由基爾庫克過來，胡笙帶了美國護照，也帶了伊拉克護照，他們很擔心是否會在庫德斯坦邊境的另一側被一眼看到錯誤的護照。

最後一次回伊拉克的一年以後，哥哥與扎荷拉要訂婚，所以我們來到庫德斯坦。扎荷拉剛自巴格達大學畢業，在蘇萊曼尼亞長大的她，說服薩米到蘇萊曼尼亞的教學醫院工作，這麼一來，他們可以在相對和平的北方建立家庭。我的父母最期盼的是哥哥回灣脊區，到第四大道那位愛爾蘭眼科醫師那裡行醫，但這個消息同樣讓他們高興不已，我也頓時感到鬆口氣。十一個月前，庫德斯坦兩大黨的辦公室遭遇雙重自殺式攻擊，逾百人遇難，受傷人數只會更多，不會更少。然而，與巴格達不斷增加的暴力事件相比，這一起事件反而讓此地的暴力事件發生頻率下降，範圍縮小，肇事者也不再盲目選擇對象。況且，在蘇萊曼尼亞一切都好。庫德斯坦運作完全正常——不是以西方標準來說，而是與伊拉克其他地區相比——這情景真是令人感到鼓舞，離新國民議會選舉不到一個月的時間，庫德人似乎真心相信他們參與了一樁大事。庫德民主黨治理東邊兩省，庫德愛國聯盟控制蘇萊曼尼亞，可是庫德族旗——就像義大利的三色旗旋轉九十度，但中心射出了金色光芒——四處飛揚。

難得見到伊拉克國旗飛揚時，是一面舊旗，是薩達姆時代以前的，上頭沒有大大寫著「真主」。我們當然相信真主至大，薩米的庫德族司機告訴我們，只是認為薩達姆不應該把它寫在國旗上，假裝他積極支持信仰。

訂婚那日，扎荷拉的父親哈桑和我出去散步。天氣還是有一點差，每天早晨都下雨，整天烏雲密布，我們在一個深山谷中，因此日落時間也特別早。但是景色壯麗無比，放眼望去都是山景，山上長著類似聖塔莫尼卡山區的灌木。其實，我很驚訝伊拉克常常讓我想起了南加州；如果巴格達周圍地區像洛杉磯東部的沙漠，那麼蘇萊曼尼亞近似於聖塔克拉利塔，山越來越高，高到頂峰都會積雪了。

以一個六十多歲的人來說，哈桑的腳力讓人佩服。他的工作是教書，我看得出來他非常適合這個職業，每當我問他問題，就算是無關痛癢的問題，比如「這裡的冬天總是陰沉沉的嗎？」他總會開心笑著說：「啊——好，這是一個很好的問題。」而他的答案背後會有一個令人驚喜的故事。接下來，你可以期待一個四十五分鐘長的專題討論，起初與你的問題直接相關，但是一圈一圈擴大，包羅了奇聞軼事以及許多其他有趣事物（未必完全無害）的觀察。因此，在高薩的山路蜿蜒而行的三個小時中，我們討論了亞里斯多德、拉馬克、德布西、祆教、阿布格萊布監獄虐囚事件、漢娜．鄂蘭和去復興社會黨化運動尚未可知的不測事件。講到這些話題較為嚴肅的部份時，哈桑也表現出一種泰然的適應能力。途中，我提到聽說城裡正在興建新旅館，覺得是一個好兆頭。哈桑停下腳步鄭重地說，就算他們興建一百間新旅館仍然供不應求，因為遊客將如潮水一樣來到庫德斯坦。我斜著眼睛看他，他說：「不，不，不要想著現在，你要思考未來，真希望你能在我們這裡多待幾天，我想帶你看看我們這裡山上和山谷的一些好地方。等著看吧，各地的人都會來。」

思考未來。可是，如果要我清晰說出二〇〇三年十二月至二〇〇五年一月在伊拉克累計的七週的印象，我會冒昧說一句：「伊拉克的未來與——比如美國吧，與美國的未來是截然不同的。」在伊拉克，即使是相對繁榮的北方，長久以來，未來被視為一種模糊不清的可能結果，如果有人確實希望未來存在的話。訂婚那日的晚餐上，哥哥想向他未來的岳父母解釋什麼是「新年新希望」。他說，在美國有一個傳統，就是自我承諾在來年會改變自己的某個行為。扎荷拉的家人覺得很荒唐，他們問，「你是誰？怎麼會以為你可以控制自己未來的行為呢？」哥哥回答，「唔，你們知道的，有些事情是可以控制的，你可以決定多吃蔬菜，或者多做運動，還是每晚睡前讀幾頁的書。」聽了這些話，扎荷拉的母親——她是教學醫院的X光技術人員——說：「但你怎麼知道你下個月買得起蔬菜？或者誰能保證明天不會有宵禁，阻止你下班後上健身房或去公園跑步呢？或者誰說你的發電機不會壞掉，你只好用手電筒看書，等到電池沒電了，改用蠟燭，等到蠟燭燒完了，就根本不可能在床上看書了──你只好睡覺，如果可以的話？」

反觀第二天，我和哥哥驅車穿過市區，去看一架他在網路廣告上看到的二手山葉鋼琴。在咖啡館吃早餐時，一旁恰好有三名記者、兩名美國人和一名蘇格蘭人，他們正在告訴司機他們的計畫。首先，我們要去這裡，十一點我們離開那裡到這裡，接著一點半要到這裡。司機聽著，困惑地皺起了眉頭。接下來更精采了。一個美國人說：「對了，十五日那天，我要去艾比爾參加一個會議。」這時，司機露出一副被要求開到上海並於星期二以前回來的表情。艾比爾離這裡很遠，十五日離現在很久，在伊拉克，如果有人提出這麼遙遠以後的事，常見的反應是：「唔，再說吧……神是慷慨的。」意思是：「嗯，好，好，到時再說吧。」但是這個記者如果兩個星期後不在艾比爾，她一定會大吃一驚。在那之前，她會計畫她的生活，好像她十五日一定會在艾比爾一樣。她要是知道當日在另一個地方有另一個會議，她可能會說，「哦，我去不了，我那時候人在艾比爾。」艾比爾離現在還有兩個星期，離這裡還有一百二十五英哩，可是我們堅定的美國人已經想像她到時人在那裡了。唔，再說吧，神是慷慨的。

那架山葉是一架小型平臺鋼琴，烏黑發亮，本來是一個英國太太的，她在蘇萊曼尼亞住了三十年，丈夫過世後，她就回到了倫敦牧羊人叢區。此外，她顯然也拋棄了這個貌似叛逆的年輕人，他的二頭肌暗示，他對於把鋼琴賣給我們的興趣，不及他對那些聚集在鋼琴下方波斯地毯上的舉重器材。薩米問，他能不能掀開山葉鋼琴的琴蓋，彈一小段曲子，聽聽它的聲音，那人冷冷地對我們揮了揮手，就回去廚房炒大蒜了。不出所料，鋼琴走音，但不和諧的琴音非但沒有讓哥哥打消買意，似乎反而激起他的興趣，好像有一個良性而迷人的醫學之謎等待著他來解決：他彈了一段輕快但走調的莫札特以後，按住一個鍵不放，接著換另一個鍵，一個接著一個，大概是為了確認每一個鍵獨自擁有受人尊敬的樂器的純潔和共鳴，只有同時敲下，琴鍵才會卡住，發出刺耳的聲音。這個時候，我雙手插在口袋，巡視著小房間，腦裡仍然想著艾比爾那件事。我決心不去想未來，甚至也不去想過去，只思索現在發生在我身上的事——不幸的是，這有點像是想入睡卻反而輾轉難眠，因為你無法停止思考如何才能入眠。一張印著阿拉伯書法的切．格瓦拉（Che Guevara）海報提醒了我，我還沒有和我的阿根廷裔論文指導教授重新約定討論時間。咖啡桌上有環形污漬，還有一疊《公民報》（*Hawlatis*），讓我想起兩個月前和我分手的對象——她非常熱心於資源回收。桌子還有一罐打開的野虎能量飲料，加上揉皺的駱駝牌香菸盒造型的陶瓷菸灰缸，構成了某種庫德族單身漢的居家場景，不可避免讓我拿自己隱士般的居家生活相比。不過，待了一會兒後，菸灰缸不可思議的逼真轉移了我的注意力，我確實沒有想起自己的單身、沒有想起學位論文、沒有想起什麼時候我將要去了解我最新申請獎助金的結果，也沒有想起我和我父母打算隔天去巴格達的長途旅行——我甚沒有想起我的思考含義和價值——我想，描述這一切的另一種說法是，我很快樂。

薩米數著一疊百元美鈔，我跨過槓鈴走向鋼琴，彷彿是想看得更清楚一些。鋼琴後方掛著一面金框大鏡子，我在鏡中看到了自己，這個倒影沒有讓人人失望，和所有鏡子一樣，在唯有單一意識所構成的重重世界中，它反映不出世界重重的感覺，過於沉悶固定，個體的表象傳達不了變化無窮的內心萬花筒。新鮮的環境，輕快的山間漫步，伴隨新的一年而至的種種可能——受到這些鼓舞，我感覺在蘇萊曼尼亞更適應生活，更有潛力，我很久沒有這麼強烈的感受——這感覺或許還勝過於大學畢業的第一個夏天與瑪蒂同居的那段日子。在蘇萊曼尼亞，我不再為日常瑣事所累，也因為哥哥表面的平靜和滿足受到鼓舞，我想像自己正在接近某種分歧點，一種有意義的偏離，讓我的生活比以往更加接近他的生活，接近我們伊拉克老祖先的生活。這裡就是未來；在這裡，我在人世間的時間中最重要的革命正在發生，口袋裡多了一本護照讓我膽子更大，想要見證這場革命，為它的實現出一份力。

這是我的感受。然而，在薩米新鋼琴另一側的鏡子中，我的外表不像是一個充滿如此多潛力的人。恰恰相反，穿了十一年的牛仔褲，一星期沒刮的鬍渣，在蓋璞連鎖服飾店買的老舊風衣，我更像是我後來讀到的一句話的化身——那句話描述了超自然幽閉恐懼症，以及永遠孑然一身的淒涼命運。我想，這是一個完全可以靠我們的想像力來解決的問題，可是即便是以想像為生的人，也永遠受限於終極約束：她可以把鏡子舉到任何她所選擇的物體前方，以任何她喜歡的角度——她甚至可以舉著，讓自己留在鏡框之外，更容易撇除自戀的觀點——但是，無法回避的事實是，她永遠是持鏡的人。你在鏡子裡看不到自己，不表示沒有一個人能看到。

哥哥和寡言的庫德人談好了交易條件，正在清空琴凳裡的東西。我看到他們清出了一疊舊樂譜，幾張零星手寫了幾小節音符就打住的五線譜紙，一本穆罕默德．薩利赫．迪蘭（Muhamad Salih Dilan）❽的詩集。還有一張古老的皇家歌劇院明信片，哥哥露出讚賞的眼光，把它放在鏡框左下角。一九七七年出版的《史蒂芬．克萊恩全集》（*The Portable Stephen Crane*）袖珍版。在清點雜物期間，最後一件東西委託給我保管，我隨意翻了幾頁，〈痛苦的試驗〉（*An Experiment in Misery*）、〈奢侈的試驗〉（*An Experiment in Luxury*）、〈戰爭插曲〉（*An Episode of War*），翻著翻著我想到了一點：也許可以這麼說——如果有人敢這麼說——世界上最沒有價值的文學作品，可能是某個國家的人描述另一個國家的人的作品。書中描述了一八九五年的墨西哥，但在這種條件下所抒發的不平，感覺是個人的不平，而且作者彷彿具有預知能力。回哥哥家的路上，我在車上說這讓我想起艾勒斯戴說過的一件事：**外國記者在中東待越久，就越難寫文章描述中東**。我說，第一次聽到時，我覺得那像是藉口，沒有努力完成艱鉅任務寫出好作品的託辭。可是我和艾勒斯戴相處越久——在中東地區待得越久也是如此——就越同情中東，畢竟謙卑和沉默永遠比無知和專橫更勝一籌，或許東方和西方確實永遠無法相合——好比一條曲線和它的漸近線，從幾何的觀點來說，兩條線註定永遠不會相交。哥哥聽了似乎無動於衷。一群十來歲的孩子從一家叫「馬當勞」的快餐店出來，於是我們放慢了速度，這時他說：「我明白你的意思，但是克萊恩不是也說過，藝術家不過是一條強大的記憶體，可以在特定的經驗中任意穿梭嗎？」

我和父母抵達巴格達的那天，巴格達省長阿里・哈達里（Ali al-Haidari）和他的六名保鏢遭到暗殺，我的樂觀情緒沉了下去，我也更加感受到北部和南部的分歧：後者更政治化。不過這樣說也可以：巴格達是首都，北部的局勢穩定許多，而且就庫德人來說，選舉結果已成定局。在蘇萊曼尼亞，除了我哥哥、他的司機、扎荷拉和她的親戚以外，我自然是一個人也不認識，而在巴格達，我和我的父母環繞在眾多親戚中，他們對政治很感興趣：我那八個仍舊住在城裡的長輩中，有兩個在綠區（Greenn Zone）⑨工作，三個參加公職競選，扎伊德也是其一。我們看到的街頭景象也是這樣。比方說，在祖母住的那條路的盡頭，有面廣告牌寫著：**如此一來，我們可以給我們的子孫留下一個更好的國家**。這一行字印在投票箱的照片上方，上頭也附註了人人都應該去投票的日期，你很難不把標題解釋為：沒錯，對我們這一代來說，這可能是沒希望了，這是一場絕望可怕的混亂，但是如果我們先去投票，或許我們的子孫仍舊會繼承一個更好的國家。神是慷慨的。

事實上，在巴格達，我觀察到的每個人都心驚膽顫，比前一年恐懼許多。他們怕搶劫、怕槍擊、怕被刺傷、綁架，或被炸得粉身碎骨。他們晚上不出門，他們每天改變上班的路線。一天下午，扎伊德的司機注意到一輛車，從吉哈德區一路到賈德里亞，那輛車始終在我們的視線中，有時在我們的前面，有時在我們的後面，有時隔著一、兩個巷子，但總是在我們附近。扎伊德的司機堅持可能是巧合，不過還是駛離了大馬路，我們在巴亞區繞了一陣子才回到正路。這招有效，確切地說，我們其實並不用擔心，或者我們的追蹤者放棄了，或者他們完成了當日的偵查任務。重點是，巴格達人老是聯想到這種事，頻率遠遠高於前一年。前一年——二〇〇三年年末和二〇〇四年年初——民眾懷著困惑，民眾小心翼翼，對話繞著這樣的問題：**這些人是誰？他們為什麼突然有興趣給我們帶來自由？他們真正要的是什麼？他們會待上多久呢？**然而，到了二〇〇五年一月，這類討論的核心問題變成：**他們為什麼這麼混蛋？他們是不是從頭到尾都在計畫這種事？他們真的可能如此無能嗎？還有：即使他們不喜歡憲法，他們也會讓我們治理自己的國家嗎？**

大伯有個朋友得知我是美國人，提醒我，你們都能上月球了，我們知道，如果你們真的願意，你們能夠解決目前的情況。但是，我確實願意，不是嗎？還是我只是想讓別人去解決呢？一個星期前，我又重新拿起筆努力寫日記——說來很矛盾，是和哥哥那無用的談話給了我鼓舞。（沒錯，新年新希望。）但是，在接下來的一星期，每當我在巴格達坐下來寫日記時，總會想起《紅與黑》（*The Red and the Black*）裡的一幕：敘事者宣布，作者想用整整一頁的圓點代替一場政治對話，因為在富有想像力的作品中，政治如同音樂會中的一聲槍響，槍聲震耳欲聾，卻沒有傳遞能量，和其他樂器的聲音不協調（作者的編輯警告說，這種作法缺乏風度，這麼輕佻的一段文章缺乏風度，會造成致命傷，如果你的人物不談政治，那就不是一八三〇年的法國，你的書也不是你假想它是的那面鏡子……）。唉，我也想把二〇〇五年一月在巴格達的每一場政治對話換成一整頁的圓點，但如果這麼

---

9 原意為非戰鬥區，位於巴格達市中心，曾為海珊辦公室的所在地，英美聯軍入侵後，也在此區成立臨時管理單位。

做，最後會得到一本盡是圓點的鼴鼠皮經典筆記本。總之，我的家人、他們的朋友和我都不是一部充滿想像力的作品的人物；我們是現實中的人，承受現實生活的考驗，在現實生活中，政治不只像是音樂會上的一聲槍響，有時，它們就是音樂會上的一聲槍響，讓人在談論政治時更覺得急迫。我的親戚用央求的口吻向我述說巴格達的昔日情景，好像我在戰況室有個人專線，有專用資源，可能聲援他們。他們告訴我，就在不久前的七〇年代，這裡還像是今日的伊斯坦堡：遊客商旅熙熙攘攘，中東地區蒸蒸日上，而這裡是一個蓬勃發展的國際大都市。在和伊朗打仗以前，在薩達姆獨裁以前，在制裁、「伊拉克自由行動」及現況以前，他們的國家也是一個有文化、教育和商業的美麗國家，人們從四面八方趕來看它，成為它的一部份。如今呢？阿馬爾，我們家門外的這種混亂、這種瘋狂，你看到了嗎？到了晚上，我銘記著圓點的不足，仔細研究祖父從他在政府部門時代保留下來的書籍、照片和書信，這些資料也生動描繪出了一個與我放膽踏出家門所見景象截然不同的巴格達──現在，巴格達是一個你一分鐘也不能忘記政治的地方，遑論是用餐、讀詩或做愛的時候。沒有什麼運作，沒有什麼美麗，在美國，即使是最不快樂的時刻，也有支持我的秩序和安全，而在這裡，秩序和安全似乎也是另一個世界的奇妙奢侈品。巴格達──借用《如果這是一個人》（*If This Is a Man*）裡的一句話──是對美的否定。

我們在伊拉克的最後一日，我、父親和大伯扎伊德去看他的孫子，大約十點回來時，發現我們有個訪客。祖母沖了一些咖啡，我們六人，包括我的母親和扎伊德，坐在屋前的花園和聊天。和大多數談話一樣，這場談話也有沉寂的時候，每一回沉寂下來，我們的客人就用一句「總會過去的」來打破沉寂。這句話像一種緊張的抽搐，在我們的面前重複了大約五、六次。總會過去的，總會過去的。有一次說完後，那人抬起頭，看到我臉上疑惑的表情。

他說：「我的意思是，不會永遠這樣下去，對吧？」在這種情況，在被解放的巴格達，這種心態被視為樂觀主義：一種隱約病態的觀念，相信情態不可能無限期這麼可怕地發展下去。其實，我覺得很不好受，頹喪的情緒逐漸影響了我，此外，一種格外難受的內疚也逐漸蔓延：一個習慣思考未來的美國人，正在倒數與父母登機返家之日的內疚。但是，扎伊德向我保證，並非人人都是宿命論者，政治活動分子比去年更聰明、更老練，去年的他們也比前一年更聰明、更老練。他們看到了等待幾十年的機會，正在努力趕緊利用這些機會。他們在思考未來的同時，也記取過去的錯誤。他們的政治對手選擇了暴力而非競爭，這表示民眾如果確實去投票，他們會贏得勝利、制定憲法，他們不可能會輸，除非被動了手腳——一個不能說不重要的先決條件。如果選舉確實自由公平，美國人不會滿意結果，但是假設沒有被動手腳，在憲法頒布後，事情只會變得更加困難。

我看起來是被說服了，至少可能會改變想法，因為當我的父母和我把行李搬上車，回到祖母的車道上道別時，扎伊德把我拉到一旁，問我願不願意考慮一份在綠區的工作。他的朋友被任命為政府在聯合國的聯絡人，負責一個剛剛起步的經濟計畫，該聯絡人希望找到一個可以信任的人，負責追蹤該計畫的技術部份，同時在各方協商過程中提供建議。不是講假話，我告訴大伯，我有點受寵若驚，幫忙自然是一種榮譽，但是我也不能肯定什麼時候能夠回伊拉克，因為優先完成博士學位對我的心理健康非常重要。我馬上又補充說，「但是，我會想一想。」扎伊德說，「好好想一想，做出決定就立刻讓我們知道，阿馬爾，你可以從一個獨特的立場來幫助我們的國家。你和所有人一樣明白，我們不會按照美國的形象改造，但美國也不該希望我們那樣改造。所以，回來我們這裡，趕快回來我們這裡吧。」他重複最後一句話，同時輕輕搖晃我的肩膀，彷彿要把我從夢中喚醒。

二〇〇七年夏天，我完成了修課和教學要求，只需要每天戰勝一段以拖拉速度增長的論文。我認為洛杉磯是個問題，或者說我在洛杉磯開始沉迷網路是個問題，所以我把西好萊塢的公寓轉租給別人，搬到東邊一百英哩聖貝納迪諾森林大熊湖邊，在一棟小木屋過暑假。小木屋有柴爐、有山景，還有一幅安塞爾・亞當斯（Ansel Adams）的攝影作品，掛在你本來以為有平面電視的牆上。到了之後，沖掉馬桶裡的蜘蛛，我做的第一件事是，把廚房的餐桌移到客廳，想像自己在教科書和資料的包圍下，輕鬆又伶俐地工作到深夜。我做的第二件事是，回到車上，準備去找網咖。我才轉彎開出車道，手機就響了，是父親打來的，告訴我扎伊德被綁架了。就發生在他家門口。他的司機來接他上班，打開後座車門時，又有一輛車駛上車道，兩個男人下車，拿起衝鋒槍對準扎伊德的頭。其中一人打開他們的前車門說。「大叔，來作客吧。」

第二天早上，埃莉亞伯母接到一通電話，要求五萬美元。「但卡里姆說願意付一半，」父親說。

「卡里姆是誰？」我問。

「我們的中間人。」

十天後，反什葉派小集團炸了阿斯卡里清真寺，這是十六個月來的第二起。沙馬來和巴格達實施宵禁，什葉派為了報復，在遜尼派清真寺縱火——扎伊德仍舊下落不明。卡里姆受雇後立刻問大伯的司機，綁匪把他放在哪裡了。「前座，」司機說。「好，」卡里姆說，「放前座很好，如果把人質放在後車廂，很可能會出於政治原因殺了他，而如果把前座讓給他，那麼就是不在乎他是遜尼派還是什葉派；幹這事就為了贖金，為了拿到贖金，你會照顧人質。所以，談判吧。」但是，一天天過去，綁匪只是偶爾聯絡幾句。後來，換了一個自稱是大雅季德的人提出指示，他的指示更簡短、更頻繁，他還抱怨花太多的錢從扎伊德最初的綁匪手中買下他，我們越來越難以相信卡里姆的推測是可靠的。同一時間，我躲在我的加州桃花源，不停地查看手機，聆聽著碼頭平靜的湖水輕拍聲，沒有完成多少工作。午後，我騎了很久的單車或在網咖打發時間。在網咖，我認識一個叫法拉的女孩，她住在方斯金那邊。我和她上了幾次床，她邀我七月四日參加一場野餐。結果只是一場小小的聚會，沒有我想像中那種大學生的喧鬧。我們等著太陽下山時，湖上放起了煙火，有人提議來玩畫圖猜謎桌遊。我和法拉一隊，同隊還有兩個穿無袖洋裝的女人，她們靠在桌子上，胸口露出了淺色胸罩的蕾絲花邊。我打開六年來第一瓶啤酒的瓶蓋後不久，有人出了一個「開放全體搶答題」，計時器倒過來，所有人靠了上去。沙子不停滴落，不出所料，猜謎的音量也越來越響亮，語氣越來越緊迫：「一個人，一群人，一群人牽手。一群人跳舞。小氣鬼，小氣鬼拿著一封信。違規停車罰單。」「宣言。《我的奮鬥》（*Mein Kampf*）。卡爾．馬克思（Karl Marx）。」「袋子。麻布袋。錢。強盜。銀行搶匪。搶劫。土匪。江洋大盜布屈．卡西迪（Butch Cassidy）。《我倆沒有明天》（*Bonnie and Clyde*）。《熱天午後》（*Dog Day Afternoon*）。」「搶劫。」「有人猜過了。」「少囉嗦！」……

後來，法拉抬起頭，用惱怒又意味深長的眼光看了我一眼。然後，她畫了一輛車。接著，她在車旁畫了兩個手牽手的火柴人，一個人與汽車前座之間畫了一個箭頭。接著，她劃掉車尾的行李箱。

「哦，」我說，「綁架。」

法拉睜大了眼睛，點了點頭，用鉛筆戳著像是一個揉皺了的紙袋的圖案，袋子上面有一個美元符號。她畫圖相當厲害。

「贖金！」站在我另一邊的女孩尖叫道。

「勒贖信！」另一個人在桌子另一側大叫。他不是我們這一隊的，反正，小沙漏也已經滴完了。畫被傳來傳去接受檢查時，不只一個吹毛求疵的人指出，不可以使用包含美元在內的符號。我記不得是誰贏了。關於一起打擊的前奏，你最清楚記得的部份，往往是令人遺憾的事情，回想這些細節，似乎反映出你小氣和某種無法治癒的短視。第二天，父親打電話告訴我，埃莉亞匯了談妥釋放她的丈夫的四萬美元之後，扎伊德的屍體包在塑膠袋裡被放在門廊上，他的腦袋有一顆子彈。

「賈法里先生？請過來一下好嗎？」我慢慢從烏斯曼教長的聯繫方式後退，走到門口去見鄧肯。

「恐怕不是什麼好消息，」他說，胡蘿蔔色的眉毛同情地緊繃著。「你今天會被拒絕入境英國。」我等著他說下去。

「很抱歉，我的上司不滿意，因為你沒有向我們透露你到這裡的原因。」「我到這裡是要轉機去伊斯坦堡！」

「我們沒有理由不相信這個說法。很抱歉，我真的想替你找到可以鑽的漏洞，真的。但不幸的是，乘客有責任讓我們相信他不會利用系統取巧——」「為什麼我要——或者構成威脅。」我閉上了嘴。

「很抱歉，」他重複說：「你今天就是沒有資格，如果你日後能向另一名入境簽證官證明你有資格入境，你的案子會得到客觀的審理，你日後不見得會因為這一次的拒絕入境而無法再到英國。」

「明天呢？」我問。

「明天？」

「我明天有機會具有資格嗎？」「沒有。」

「那麼，接下來呢？」「這個嘛，我們已經和英航談過，他們有一班回洛杉磯的班機，一小時以後起飛，時間有點趕，但如果我們能讓你和你的行李立刻接受檢查，辦理登機手續，也許能讓你坐上那班。」

「我為什麼不能待在這裡？」「鄧肯露出不自然的笑。」

「我是認真的，」我說：「如果我想去伊拉克，我也訂了星期日早上從這裡飛往伊斯坦堡的機票，有什麼理由我就是不能待在這裡，待在你的留置室，直到那個時候呢？我為什麼要回洛杉磯？」

「……我得問一下。」「我希望你去問問。」

「你可能得睡在這裡。」「沒關係。」我回答。

他又去了一個小時。又一個不知所以的小時，又二十四之一的自轉，又努力不去想我可能正在做什麼，或我之前應該做什麼的六十分鐘。四年前，哈桑的女兒和哥哥訂婚的那個下午，我們在高薩健行，他告訴我，在昔日美好的歲月中，復興社會黨男黨員有一個互相辨識的方法：他們的鬍子的一邊比另一邊略短，就像時鐘的長短針。具體來說，左邊會短於右邊，如同八點二十分的時鐘。當對面牆上的鐘緩慢移動到同樣的配置時，我的心開始加速跳動，手指也凍得發紫。哥哥此時身在何處？舒適嗎？暖和嗎？有足夠的食物、水和看得見鐘的光嗎？八點二十五分。八點三十分。在轉為靜音的電視上，肥皂劇《東區人》（*EastEnders*）播完了，改播《風雲人物》（*It's Wonderful Life*）❿。El dunya maqluba（世界顛倒了）——確實是耶誕節的美國。順便說一下，這句話還有另一個用法，是用來表示反對或懷疑，對象通常是現代發展中被視為瘋狂的事物。你聽說了嗎？黑人要入主白

❿ 一九四六年的美國電影，在聖誕假期裡經常重播。

宮了。世界顛倒了！

本著同樣的精神，這個說法也有一個英語遠親，起碼有兩首有著無政府主義起源的歌以〈世界顛倒了〉（*The World Turned Upside Down*）為名，而這也是馬克思主義歷史學家克里斯多福．希爾（Christopher Hill）某部作品的書名，他在書中描寫英國革命期間的激進主義。據說，第一首〈世界顛倒了〉是一六四三年英國某報刊登的民謠，歌曲抗議議會宣稱耶誕節應該是一個非常嚴肅的場合，所有與耶誕節有關的快樂傳統都應該廢除。**天使報了喜訊，牧羊者歡呼歌唱。／……我們為什麼要受良好法律的約束？／但知足吧，我們感到滿足，讓我們悲歎這個時代，你看到世界顛倒了。**當然，對於想要繼續歡度耶誕節的英國抗議民眾來說，讓世界顛倒的是議會，對於我美麗的表姊拉妮婭而言，讓世界顛倒的是慶祝活動本身。

九點十分。九點十五分。九點二十五分。向東一千英哩，繞太陽公轉六萬六千六百六十英哩，繞銀河系中心四十二萬英哩，穿越宇宙二百二十三萬七千英哩。累積起來，我們以每小時二百七十二萬四千六百六十六英哩的速度穿過太空——所有人幾乎同步，如一群椋鳥在天空中盤旋，或多或少與同一個獨一無二的天文位置相繫，這個位置的羅盤方位只是最近的發明，而且碰巧是把北方大陸稱之為家的那群人發明的。英哩和小時也是在赤道以北被發明出來的。英哩是古羅馬人入侵時發明的，他們進軍歐洲，每走一千步，就在地上插一根棍子。小時是古埃及人發明的，他們把一天中有陽光的時間分成十二段。但是，伊斯蘭的一天是從日落時分開始算起，俄羅斯帝國的一里是兩萬四千五百英呎長，澳洲人用他們人口最多城市的海港的水量來衡量液體體積。這不是什麼新鮮事，分歧、差異、術語抵觸。總有持不同意見的人，總有一些人認為世界應該進行革命，而流一點血是唯一的方法。在歷史上重演這種觀點有一個問題，它並沒有讓我們變得更有智慧，而是讓我們變得更自滿。對，我們應該從南斯拉夫、波西尼亞和索馬利亞學到什麼教訓才是。

然而，從另一個角度來看，人類卻會互相殘殺。他們拿走不屬於自己的東西，他們保衛屬於自己的東西，不管東西可能多麼微不足道。當語言起不了作用的時候，他們使用暴力，可是有時語言起不了作用的原因是，掌控全局者沒有聆聽。那麼，當一個好人，勤奮工作，依照慷慨與和平的原則過日子，在下午五點走出他在蘇萊曼尼亞的屋子，去接一個上完鋼琴課的孩子後走路回家，卻被一個男人持槍挾持，因為他想不出更好的法子來賺十萬美元，這又是誰的錯呢？

前一晚艾勒斯戴警告過我——在一封我邊讀邊排隊登機的電子郵件中——如果他的國家那堪稱典範的邊境檢查署認為可以放我入境，他此刻一定也正在羔羊酒館警告我：比起你哥哥，你這種人才是那些人更想碰上的頭獎：一個什葉派，出身在與他們所憎恨的兩個政黨都有關係的政治家族，而且在綠區有人脈，而且是一個在美國有家人、有美元存款的美國公民？你能想像嗎？「一箭數雕！」

好吧，賈法里先生，你可以待著，但如果你在接下來的三十四小時是我們的責任，我們得請醫師給你檢查一下。

歐巴馬當選的那天晚上，我對自己說，美國又是美國了。我沒有說錯話，但我說這句話時肯定沒有思考——就像曼德爾施塔姆提到神的那首詩，想都沒想就喊了。一個多月前的十月二日是開齋節，在那一天，喬．拜登（Joe Biden）在副總統辯論中挑戰莎拉．裴琳（Sarah Palin）。那晚，裴琳引用隆納．雷根（Ronald Reagan）的話：自由離滅絕永遠只有一代之遙，我們沒有通過血緣把自由傳給我們的孩子，我們必須爭取自由，必須保護自由，然後把它交給孩子，讓他們也這麼做，否則我們會發現自己要花時間在晚年告訴我們的孩子、我們孩子的孩子，美國曾有一段時間男人和女人是自由的。但雷根說的其實並非國家安全。一九六一年，他代表附屬美國醫學會的婦女組織發表演說，談論公費醫療的危害，尤其是聯邦醫療保險。

開齋節那日，我一個人在我的西好萊塢公寓，用母親寄給我的中東椰棗餅乾開齋。

第二天早上，我該將論文交給指導教授，所以我努力的換好了一個新的墨水匣，用它印出四十三頁的表格和筆記。與此同時，我聽著裴琳州長激憤地提出種種的錯誤說詞，開始猜想自己現在進入政壇還不算太晚。如果你不喜歡現狀，那就改變它們，坐著翻白眼是沒有用的。邪惡勝利的唯一條件就是好人袖手旁觀。但是後來歐巴馬贏了，我突然喜歡起事情的現狀，或者事情的未來，只要之前所造成的傷害不是太過頑固，甚至不是彌補不了的。我患了近八年的政治憂鬱症好轉了，甚至斗膽想像新當選總統明顯的出眾特質，會再次超越海內外地討好我們。還是說，那些憎恨我們的人確實會關心我們把票投給誰嗎？或者我們選出一個貌似聰明謹慎、口才辨給、很有魅力、有遠見又有外交手腕的人——一個百分百令人欣羨的領袖——只會讓他們更恨我們？

正在替我做檢查的公費醫師，是一個和藹可親的男人——客氣，動作迅速，而且不管我的罪行是什麼，他都無動於衷——但是，這仍舊是一場奇怪的經歷，在我不需要的時候，在我除了無助的痛苦之外，沒有絲毫身體不適的時候，在我最想確認的身體健康不是我自己的，而是已經兩度消失的哥哥的時候。經歷一次我不需要的體檢。勞瓦尼醫師講話帶有濃濃的印度腔，除此之外，他的英語毫無瑕疵，牆上掛著不下四張的大學畢業證書，讓我不禁想知道，一個英國醫師要避免耶誕節次日夜晚於第五航站無窗內室輪值晚班，必須取得多大程度的成就才行。「身高五呎九，體重六十七公斤，大約十點五英石。」「這對你來說正常嗎？」「好，現在說『啊——』。現在把舌頭貼到上顎。」、「現在舉起你的手臂」、「現在握緊拳頭」、「現在用拳頭推我」、「好，很好」、「手指摸一下鼻子？摸我的手指」、「現在以最快速度輪流做這兩個動作」、「膀胱有問題？射精困難？」「很好，現在彎腰，現在站起來，脊椎一節一節起來」、「現在走過去」、「現在走回到我身邊來」、「很好」。「我要抽點血，如果你的HIV檢測呈陽性，你想知道嗎？」

我說，「欸，那幾乎是不可能的，不過，是的，我應該想知道。」他拾起一根金屬銼，像握著一根小指揮棒那樣舉著，金屬銼停在我們的中間。「現在我要你閉上眼睛，每次你感覺到我用這個碰你的臉頰，你就說碰到。」

「……碰到」、「碰到」、「碰到」、「碰到」、「碰到」、「碰到」、「碰到」、「碰到」、「碰到」。

「現在繼續閉著眼睛，告訴我這感覺是尖的還是鈍的？」

「尖」、「鈍」、「尖」、「鈍」、「尖」、「尖」、「鈍」、「鈍」、「尖」、「鈍」。

「好。現在繼續閉著眼睛，告訴我，我放在你手裡的每一樣東西是什麼。」「迴紋針」、「鑰匙」、「鉛筆」、「硬幣」。

他笑了。「是五便士硬幣，陷阱題。」

我看著他坐著旋轉椅滑過房間，從鏡面拖盤裡拿起檢目鏡，然後滑回來把臉湊近我的臉，近得我們都能接吻了。他的皮膚有一種乾淨的橡膠味，當我聽著他的呼吸呼哧呼哧吹過鼻孔，我的瞳孔充滿了白光。

「我能看到你眼睛後面的血管在跳動。」

「哦？」

「真的，我們看得到。」他單子上的最後一個項目是全套腹部X光檢查——檢查是否有異物，我明白異物指的是我的腸子裡藏著裝有海洛因的氣球——我穿衣服時，他問我：「那麼，你做什麼工作？」

「我是一個經濟學家。」

「哦？哪一類的？」

「唔，」我拉上拉鍊回答：「我的論文題目是風險規避，我現在正在找工作。」勞瓦尼親切地點頭。

然後，我猜想是因為我感覺他懂得寬容，是一個聰明又思想開明的盟友，而且我可能怎樣也再也見不到他了，所以又加了一句：「我也正在考慮競選公職。」

有那麼一會兒，勞瓦尼的臉龐在一種謹慎的喜悅中僵住了——彷彿我剛剛提到一個共同認識的熟人，但是還不清楚我們各自對於那個熟人的看法。坦白說，我也驚訝自己會這麼說——可我是認真的，我遭到留置的時間感覺有多麼的漫長，我就有多麼的認真。勞瓦尼聽明白以後拍拍手大喊：「太棒了！在哪裡？」

我回答：「加州，我想是第三十國會選區。」這時，勞瓦尼帶著一種佩服的敬意點了點頭。我繫好球鞋，重新站直身子，他的眼神已經變成遙遠回憶中那種教授般的覷眼。「我不懂占卜。」他有點誇張地說：「誰能說世界在四、五百年內會變得怎樣，但有一點是十分肯定的：教皇狗可能坐上這個位置，甚至伊斯蘭教徒也可能接任這個職位，我沒意見。」然後，他一副自鳴得意的樣子，脫下一只橡膠手套，把手伸出來。「好的，賈法里博士，我認為這是一個好主意，賈法里議員，賈法里總統，祝你好運，也許，也許，不管怎樣，在你去探望你哥哥以後，你能夠把我們從這個困境中解救出來。」

走回留置室時，我感覺輕鬆了一些，甚至有點興奮——好像在確認身體健壯的過程中，我擺脫了自己的肉體，將它留在後方體檢室的地板上。薩米眼睛後方的血管還在跳動嗎？它們還在他的眼睛後面嗎？三年前的夏天，母親被診斷出患有阿茲海默氏症後不久，父親發了一封電子郵件給我，裡面有一則《西雅圖時報》（*The Seattle Times*）報導的連結，故事講的是一個名叫穆罕默德的兩歲孩子，他在巴格達和巴古拜之間的公路上，臉部被子彈打到。他和幾個家人去拜訪一位親戚，然後開車回家，碰上武裝分子攔截他們的休旅車。車上有五個手無寸鐵的人，他們拿著AK-47對著其中四個人開火。穆罕默德的叔叔死了，他的母親身受重傷，只有四歲的姐姐毫髮無傷。射向穆罕默德的子彈毀了他的右眼，掠過他的左眼，在伊拉克、接著伊朗住院幾個月後，某個人道主義組織送他坐飛機到西雅圖的醫療中心，接受可能挽救他視力的眼角膜移植。父親寫道，很抱歉，轉告你令人沮喪的故事，好像我們上個月的通信都不叫人沮喪似的。不過，我認為你應該知道，死去的叔叔就是一月時到奶奶家來看我們的那個人，就是坐在花園裡反覆說「總會過去的」的那個人。

我想，他是對的。

現在，快半夜了，但是頭頂上的留置室螢光燈仍舊蒼白，仍舊嗡嗡響個不停，像是微弱的極地太陽。而且好冷，對於一個無窗的房間來說，這裡出奇的冷。他們給了我一張都是靜電的薄毯，一個以拋棄式紗布包著的迷你枕頭，這兩樣東西都不能複製床鋪的溫暖和舒適。另一方面，我不再孤單了。有個一瘸一拐的女人正在掃地，連我的腳也一塊掃了。一個看上去快三十歲的金髮女子坐在房間另一邊，默默地流著眼淚，她正好就坐在好幾個小時前那個黑人男子的座位，在她旁邊的椅子上，整齊放著一組和我的相同的枕頭毯子，她的雙腿交叉，大衣折疊放在腿上，每當她呼氣或擤鼻涕，風帽上的黑皮毛就微微泛起漣漪。我的大衣在行李箱，捲起來放在登山靴和玩具算盤之間，身上現在只有一件輕薄的防風外套，二十三個小時前，我從洛杉磯出發時穿著外套，期待著一個與今天截然不同的明天。

西好萊塢氣溫已經有華氏五十六度——雖然沒有春天那麼暖和，但也還算溫和，與論文指導教授會面告別後的回家路上，我決定在我家那條路盡頭的咖啡館外面坐一下，點盤雞蛋。我帶了一本書，就是我現在沒有讀的那本後凱恩斯主義價格理論。我點了早午餐，預辦了登機手續，翻開書，全神貫注地讀著，讀到五美元一杯的鮮榨血橙果汁送來，一口氣喝光。果汁香甜，帶有果肉。從那以後，書上的字顯得更密集、更遙遠了。午後的月亮高懸空中，把太陽光反射回去。我的手機響了，螢幕上閃爍著「爸媽」；然後又響了一次，這次是瑪蒂留言，對我說，「耶誕快樂」；接著，就在一籃麵包和果醬放在我的手肘旁時，手機第三度響起，我一邊聽著父親轉述半個小時前扎荷拉告訴他的話，一邊放下刀，看著比佛利大道上的車流向西飛馳。大多是運動型休旅車，休旅車和古怪的老式掀背車或轎車。一輛白色加長型豪華轎車，一輛漆成鯊魚模樣的麵包車，還有一輛閃閃發亮的紅色消防車，悠閒地拖著一面美國國旗。父親含淚告訴我，他們開口要十萬，哈桑說願意付七萬五。在我椅子對面，車影映在敞開的窗上，車輛逐漸逼近它們自己的倒影，彷彿就要自撞了，同一時間，它們也輕快地向東移動——車蓋、車輪和擋風玻璃消失在反物質中，旗子吞噬了自己。

第三部

以斯拉・布雷澤的荒島唱片

「二〇一一年二月十四日於倫敦BBC廣播大樓錄製」

主持人：本週，我們「漂流到荒島」的來賓，是一名作家，一個出生於東匹茲堡松鼠山附近的聰明男孩，他從阿勒格尼學院畢業之後，很快就開始在《花花公子》（*Playboy*）、《紐約客》和《巴黎評論》發表作品，他的短篇故事以戰後美國勞動階層為主角，為他贏得了率真坦蕩並脫離傳統之天才的美名。他在二十九歲時出版第一本小說，《九英哩的長跑》（*Nine Mile Run*），這本書為他贏得了他三座國家圖書獎中的第一座。之後，他又出版了二十多本書，獲得數十個獎，包括國際筆會／福克納獎、美國藝術暨文學學會的小說金獎、兩座普立茲獎、國家藝術獎章，而就在去年十二月——「因為他豐富的獨創力和精湛的腹語術，諷刺中夾雜了同情，顯示出現代美國生活非凡的異質特性」——他也得到最令人垂涎的文學界殊榮：諾貝爾獎。除了美國以外，他在英國本地和其他國家也備受讚譽，作品翻譯成三十多種語言——然而，在書頁以外，他依舊遁世幽居，寧可長時間在長島的東部過著不可侵犯的生活，他形容這種生活是曼哈頓文學生活中「致命的泡沫和瘋狂」。他說：「下筆當大膽，生活應保守。」他是以斯拉．布萊澤。以斯拉，從這句話來看，我們可不可以說，你小說中那些顯然非傳統的主角完全是狂野想像的產物呢？

以斯拉：我的想像力有那樣狂野就好了（笑）。當然不是，但是如果說它們是自傳體小說，或者陷入一種想要區分出「實」與「虛」的瘋狂活動中，那也是錯的，那會像是小說家一開始就沒有充分的理由踢開這些框架。

主持人：那是什麼原因呢？

以斯拉：畢竟，我們的記憶力並沒有比我們的想像力可靠。但是思考小說中什麼是「真實的」對上「想像的」，我會率先承認這很難抗拒，就像是檢查接縫處，試著找出它是如何縫合的。這是一種非常古老的習慣，儘管隨口提出了建議，但未必會照做。「寫象形文字當大膽，狩獵採集應保守。」

主持人：評論家對你未必友善，你介意嗎？

以斯拉：我盡可能不去接觸談論我的作品的一字一句，我不認為它們對我有任何的好處，不管是褒是貶，我都會得出一個結論：它們都是一樣的。我比誰都更瞭解我的作品，我知道我的缺點，我知道什麼我做不到，而現在我絕對知道我什麼能做到。當然，開始的時候，關於我的字字句句，我把能找到的都讀了一遍，但是我從中得到了什麼？確實也有聰明的人在文章中談論我的作品，但我寧願在我以外的其他作家身上讀這些聰明的人。讚美或許確實能夠增加自信，但是自信必須在沒有讚美時也能夠存在。上一本書的書評無法幫助你度過寫新書的十八個月，這會讓你發瘋，書評是給讀者看的，不是給作者看的。

主持人：說說你的童年。

以斯拉．布萊澤：我想大家都聽夠了我的童年。

主持人：你家有三個小孩，你是老么……

以斯拉：說真的，我更願意聊聊音樂如何進入我的生命。我從小到大沒聽過古典音樂，事實上，小時候我很無知，對古典音樂很不屑，覺得好假，尤其是歌劇。可是說來奇怪，我父親喜歡聽歌劇，雖然他沒有受過教育……

主持人：他是鋼鐵工廠的工人。

以斯拉：他是濱水鋼鐵廠的會計，但是他週末會聽歌劇，打開收音機收聽，應該是星期六的下午吧，還有……米爾頓．克羅斯（Milton Cross），那個電臺主持人的名字，他的嗓音低沉悅耳，歌劇從大都會歌劇院播送，我父親帶著他那本翻爛了《一百則歌劇故事》（*The Story of a Hundred Operas*），坐到沙發上，從收音機聽《茶花女》（*La Traviata*）或《玫瑰騎士》（*Der Rosenkaralier*）。我覺得有點奇怪，我們家沒有留聲機，也沒有書，所以收音機就是我們的家庭娛樂，每到星期六下午，我父親會霸占它好幾個小時。

主持人：他擅長音樂嗎？

以斯拉：有時他沖澡時會唱歌，詠歎調，一小段詠歎調，我母親就會走出廚房，臉上帶著夢幻般的微笑說：「你爸爸的歌聲真好聽。」我和我的主角不同，我生在一個幸福的家庭。

主持人：他唱歌確實很好聽嗎？

以斯拉：他歌聲不差，不過我迷的是流行音樂。一九四一年開始打仗，那年我八歲，所以聽遍了戰爭年代的歌曲，等我變成青少年，聽的都是浪漫的東西——

主持人：比如？

以斯拉：「停頓，然後唱歌」「一家小咖啡館，姑娘，一場約會，姑娘，啦－噠－噠－噠－噠－噠－噠－噠－」，或者：「葛羅卡莫拉（Glocca Mora）好——不——好啊？」我記得這首歌，因為它在我哥哥從軍以前非常流行，我們吃晚餐時總是聽收音機，每一次〈葛羅卡莫拉好不好？〉（*How Are Things in Glocca Morra*）響起，我哥哥就用一種還不賴的愛爾蘭腔跟著唱，我聽了覺得很好玩。後來他離家從軍，只要播這首歌，我母親就哭。她一哭，我就從桌邊站起來說，來，媽媽，我們來跳舞。

主持人：你當時多大？

以斯拉：一九四七年？十三、十四歲，所以那是我的第一張唱片〈葛羅卡莫拉好不好？〉，演唱者是艾拉．洛根（Ella Logan），她可以說是愛爾蘭的埃塞爾．默爾曼（Irish Ethel Merman）。

主持人：她本來就是蘇格蘭人。

以斯拉：真的？大家都知道嗎？

主持人：我想是的。

以斯拉：洛根是蘇格蘭人？

主持人：對。

* * * * * * * * * * * * * *

主持人：我們剛剛聽的是音樂劇《彩虹仙子》（*Finian's Rainbow*）裡的〈葛羅卡莫拉好不好？〉，艾拉．洛根演唱。不過，告訴我，以斯拉，你肯定不只和你的母親跳舞，你浪漫生活的起源是什麼？

以斯拉：嗯，你說得沒錯，我很快就開始和女孩子跳舞。在畢業舞會上，在派對聚會上。我有個朋友為了辦派對，整修了一間地下室，我們其他人沒什麼錢，住在公寓裡，但他的父母有獨棟的房子，地下室還整修過，我們就在那裡開派對。派對上，我們著迷的歌手是比利・艾克斯坦（Blly Eckstine），他渾厚的男中音讓我們著迷，他的黑皮膚也讓我們著迷。他不是爵士歌手，不過也的確唱過幾首爵士歌。「我把帽子留在了海地！在某個遺忘了的——」不過，不是，這不是我要的，我們最愛的是可以跟著音樂跳舞的歌，和女孩子慢慢地、慢慢地跳舞，盡可能摟緊她們，因為在地下室舞池那是我們唯一擁有非常近似於性的東西。女孩都是處女，她們大學畢業以前都是處女，但是在舞池裡，你可以用鼠蹊處貼近你的女朋友，如果她愛你，她就會貼回來，如果她懷疑你，她就會一面跳舞，一面把臀部往後退開。

主持人：這是一個適合闔家收聽的節目。

以斯拉：抱歉，她的屁股往後退開。

主持人：艾克斯坦呢？

以斯拉：艾克斯坦習慣穿一種叫單扣翻領的西裝：翻領又長又窄，腰部以下用一顆鈕扣扣在一起。他的領帶打成一個大大的溫莎結，襯衫是大翻領——比利・艾克斯坦領。每個星期三晚上和星期六，我在考夫曼百貨公司刺繡店工作，攢夠了錢，就用員工折扣價買一套珍珠灰的單扣西裝，我的第一套西裝。比利・艾克斯坦回匹茲堡，在克勞福德烤肉店唱歌，我跟朋友就穿著西裝偷偷溜進去，噢，活著是幸福，但青春就是天堂！

主持人：第二張唱片？

以斯拉：〈不知怎的〉（*Somehow*）。

* * * * * * * * * * *

主持人：比利・艾克斯坦演唱的〈不知怎的〉。以斯拉，從阿勒格尼學院畢業後，你也加入了軍隊，是什麼樣的生活？

以斯拉：我在軍隊待了兩年。我是韓戰時入伍的，很幸運，沒有被派去韓國，而是被派去了德國，和大約二十五萬名美國人一起準備面對第三次世界大戰。我是憲兵，在美因茲的李軍營。在歲月和病痛的摧殘下，把我的身材縮小。在你現在看到的樣子之前，我可是高六英呎二英吋，重兩百磅，一個肌肉發達、身材高大的憲兵，佩槍，手持警棍。我當憲兵的專長是指揮交通，第三次世界大戰沒有爆發，但我們有交通流量，我在憲兵學校學到，指揮交通的要訣是讓車流流經你的臀部，你想看看嗎？

主持人：聽起來像跳舞。

以斯拉：沒錯，聽起來像跳舞！你知道那個笑話？

主持人：我想我不知道。

以斯拉：有一個還在受訓的年輕經師要結婚了，他去找那個長鬚及地的睿智老經師。他說：「經師，我想知道什麼可以做，什麼不可以做，我不想做不准做的事。」他問老經師：「我們一起上床，我趴在她身上這樣性交，可以嗎？」經師說：「可以！絕對可以！」「如果她翻身趴在床上，我們這樣性交可以嗎？我在上面？」經師說：「可以！絕對可以，十分恰當。」「如果我們坐在床邊，她坐在我身上，面對著我，我們就這樣做？」「可以！絕對可以。」「如果我們站著面向對方呢？」經師大聲說：「不行！絕對不行！那就像跳舞了！」

主持人：下一張唱片。

以斯拉：唔，在軍隊，年輕人常常有這樣的遭遇，認識了某個人，他成了你的老師，那個人知道你所不知道的世界。在德國時，我和一個讀耶魯大學的人一塊駐紮，他有一台留聲機，放在營房，他在晚上會放德弗札克（Dvořák）的音樂，德弗札克！我那時，別說是拼了，連名字怎麼唸都不知道。我對古典音樂一竅不通，一竅不通，而且懷有敵意，就像一個粗野的孩子。然後有一天晚上，我聽到他放了一首令我感到震撼的曲子，當然就是大提琴協奏曲，我想是卡薩爾斯（Casals）的演奏。後來我聽了賈桂琳·杜·普蕾（Jacqueline du Pré）演奏這首曲子，當然也是很了不起，不過我最早聽到的是卡薩爾斯的詮釋，所以我們就來聽他的版本。我喜歡的是這支曲子的電力，像電流進入你的血管的戲劇感……

* * * * * * * * * * * * * * * *

主持人：我們剛剛聽的是帕布羅·卡薩爾斯（Pablo Casals）演奏德弗札克的B小調大提琴協奏曲，由喬治·塞爾（George Szell）指揮捷克愛樂樂團。以斯拉·布萊澤，你在德國當兵的經驗好不好？

以斯拉：嗯，對我來說，不完全是愉快的。我喜歡指揮交通，我喜歡穿制服，喜歡當硬漢、當憲兵。但那是一九五四年，戰爭早在九年前結束了，而且直到戰爭結束後的那幾年，納粹全面迫害歐洲猶太人的事實才揭露出來。所以我不喜歡德國人，受不了他們，受不了他們說德語，那種語言！然後，唉，如果我沒有遇到那個女孩的話會發生什麼事呢？一個漂亮、金髮碧眼、下巴結實、百分之百純正的德國雅利安女孩，她在讀大學，我在鎮上看到她拿著幾本書，就問她在讀什麼。她很可愛，會一點英語——不多，不過我覺得她講英語很迷人。她的父親參加過戰爭，這一點讓我不大開心，我不敢想像我的家人對於我愛上了一個納粹的女兒的事會怎麼想，所以這是一場充滿憂慮的戀愛，我曾經把它當成我第一本書的主題，當然沒寫成，不過我第一本想寫的書，確實是我從軍時與一個德國女孩的愛情故事，而那時戰爭只不過在九年前就結束了。我連去她家接她都不敢，因為我不想遇見她的家人，這對她來說是種打擊。我們從來沒有吵過架，但她哭了，我也哭了，我們年輕，我們相愛，我們哭了，人生第一次重大打擊。她叫卡嘉，我不知道她後來怎麼樣了、她現在在哪裡，不知道她是不是在德國某個地方讀了我的作品的德語版。

主持人：你這第一本書後來呢？在哪裡？某個地方的抽屜嗎？

以斯拉：沒了，早沒了。我寫了五十頁可怕的東西，滿紙都是憤怒，我當時二十一歲，她十九歲，可愛的女孩，故事就是這樣。

主持人：第四張唱片。

以斯拉：退役後，我想多看看歐洲，所以我在那裡退伍，也就留在了那裡。我有一個很大的圓筒旅行袋，那是我的軍用背包，還有我的軍大衣，我的退職金，大約三百美元。我搭火車到巴黎，搬進第六區的破爛小旅社，就是三更半夜起床去上廁所，走到走廊會找不到燈的那種旅社，或者摸到開關打開燈，走了六步，燈又暗了。如果真的找到了廁所，麻煩就更大了，因為戰後那些年的衛生紙——我可以在適合闔家收聽的節目上提衛生紙嗎？

主持人：可以。

以斯拉：衛生紙像指甲銼刀，不是砂紙，是指甲銼刀。

主持人：所以你在巴黎住了一年——

以斯拉：一年半。

主持人：——在你當兵以後。

以斯拉：對，我住在奧德昂地鐵站附近，經常去奧德昂咖啡館，當然我認識了一個女孩，吉娜維芙。吉娜維芙有一輛會噗哧噗哧響的黑色小摩托車——那年代，巴黎到處是這種車——她晚上騎車來奧德昂咖啡館，和我在那裡碰面，怎麼說呢，這女孩不是……她當然長得很漂亮，不過也算是流鶯了，但她也是有音樂品味的，就跟我軍隊那個好朋友一樣，是她讓我認識了佛瑞（Fauré）的室內樂。也是在那個時候，我領會到大提琴之美，自然而然在《老梗》中讓瑪莉娜·馬科夫斯基（Marina Makovsky）演奏大提琴。有幾個月，大提琴是我唯一想聽的樂器，大提琴的聲音會讓我顫抖。佛瑞有許多優美的鋼琴演出，但是真正美不可言的是他的大提琴「發出大提琴般低沉聲音」——只有大提琴才能奏出這種聲音的深度，那感動了我，這樣的歡快、這樣的清新，太美妙了。我從來沒有聽過這種音樂——瞧，我們在對的城市，但是離〈姑娘〉（*Mam'selle*）這首歌的美國都市氣息很遠很遠。太奇妙了，一切都向你撲來。一切都是意外，人生就是一場大意外。順便說一句，我對這個女孩的愛，不像對那個德國女孩那麼深，也許是因為沒有那麼多的狂飆運動（*sturm und rang*）的推波助瀾。⓫

⓫ 一九六〇年代晚期始於德國的文藝運動，強調個人情感應該自由表達。

* * *

主持人：我們剛剛聽的是加布里埃爾・佛瑞（Gabriel Fauré）的D小調第一號大提琴奏鳴曲，湯馬士・伊格洛伊（Thomas Igloi）演奏，克利福德・本森（Clifford Benson）鋼琴伴奏。好，告訴我，以斯拉，這不就是《巴黎評論》初創的時候？

以斯拉：哦，沒錯，那群人應該是五三年、五四年到那裡，所以就是一、兩年後的事了。每個人我當然都認識，喬治、彼得、湯姆、布萊爾、比爾、達克，很棒的一群人，有魅力，有冒險精神，對文學認真，幸好他們沒有一絲的學術氣息。當時巴黎仍然瀰漫著美國僑民冒險的氣氛：費茲傑羅（Fitzgerald）、海明威（Hemingway）、麥爾康・考利（Malcolm Cowley）、《變遷》（*Transition*）、莎士比亞書店、絲薇亞・比奇（Sylvia Beach）、喬伊斯。《巴黎評論》那群人，他們對自己所做的事抱著浪漫的心態，你知道E.E.卡明斯（E.E. Cummings）那首詩？「我們來辦本雜誌吧／去他的文學……無畏淫穢的東西……」他們很浪漫但也很固執，他們做的是全新的東西，雖然他們和我一樣，歸根究柢是因為有趣而留在巴黎，巴黎真的充滿了樂趣。

主持人：這個時候你在寫作嗎？

以斯拉：正在嘗試，寫了一些頗有詩意的小故事，非常敏感的小故事，關於……哦，我也不知道，世界和平啦，塞納河上粉紅色的陽光啦。這是一個問題：年輕人氾濫的多愁善感。另一個問題是，我老是想把角色硬塞到彼此的生活中，把他們安排在街角或咖啡館，讓他們可以交談，好跟對方解釋事情，跨越巨大的人類鴻溝。但這一切都太做作了，做作，管東管西，真的，因為有時你不得不讓你的角色和睦相處，也就是共存。如果他們彼此的道路交會，他們可以互相學習，那很好。如果沒有，唔，也很有趣啊。要是不有趣，那麼你也許必須後退，重頭來過，不過起碼你沒有背叛事物的實際情況。二十多歲時，我一直在跟這件事搏鬥，一直試圖要用迷人的文字促成有意義的交會，成果就是這些沉悶的小故事，文字方面找不出缺點，但是引不起共鳴，沒有存在的理由，沒有自然發生。什麼也沒有發生。有一回我讓喬治讀了一篇，他給我寄來一張紙條，開頭寫著：「親愛的以，你顯然有天賦，但你需要一個主題。」就像福斯（E. M. Forster）特寫的《巴布爾》（*Babar*）。

主持人：下一張唱片。

以斯拉：好，我們常常去一間俱樂部，我們在那裡聽切特・貝克演出，搭檔應該是巴比・賈斯伯（Bobby Jaspar）吧，還有莫里斯・范德（Maurice Vander），一個很出色的鋼琴家，他也常常出現。記得有個晚上聽了他們演奏〈你怎麼樣？〉（*How About You?*），我感覺被我的處境和我前方尚有的可能感動了，包羅萬象的可能！在年輕的時候，你不能等待主賽事開始，那時的我什麼都等不及了，不思考，直接衝——永遠往前衝！你還記得那種感覺嗎？

* * * * * * * * * * * *

主持人：我們剛剛聽的是〈你怎麼樣？〉，由切特・貝克、巴比・賈斯伯、莫里斯・范德、本諾・凱爾森（Benoit Quersin）和尚–路易・維亞萊（Jean-Louis Viale）演出。以斯拉，能不能告訴我們，你為什麼離開巴黎？

以斯拉：我為什麼離開。我心裡有個聲音一直在思考，我心裡有個聲音——大膽的那個聲音——總是對理智的部份說：你為何不留下？就算為了女人留下也好，因為巴黎的情色生活完全超乎我在阿勒格尼讀書時的見識。但是，一年半後，我真的不回家不行了。我的寫作——如果能夠稱為寫作的話——嗯，我不知道我當時在做什麼，我剛才說過了，都是一些詩情畫意的廢話，傷感，無關緊要。所以我回家了，回到匹茲堡，我的父母住在那裡，我的姊姊也在那裡，已經結婚生子了。當然，待過巴黎以後，認為那裡已經不適合我了。我一直很喜歡匹茲堡，特別是它破落衰敗的時候。我當然描寫過那個情景，我寫過他們清理乾淨以前的匹茲堡。它現在是這麼一個整潔的都市，金融科技大城市，但在那個時候，你可能會因為在街上深吸了一口氣而死掉，空氣是黑色的，冒著霧霾——他們常常說是「少了蓋子的地獄」——火車叮叮噹噹的聲音，還有大型製造工廠，戲劇色彩非常濃烈的一個地方。要是我留下來，幸運的話，也許可以成為匹茲堡的巴爾札克（Balzac）。但是我必須逃離我的家庭，我必須去紐約。

主持人：在那裡發現了芭蕾舞。

以斯拉：芭蕾舞和芭蕾舞伶，畢竟那是巴蘭欽（Balanchine）的黃金時代，場面宏大壯觀，通通前所未見。我發現了史特拉汶斯基（Stravinsky），我發現了巴爾托克（Bartók）、蕭斯塔科維奇（Shostakovich），這個發現改變了一切。

主持人：你的第一任妻子是舞者。

以斯拉：我的頭兩任妻子都是舞者，你可以想像她們不喜歡彼此，不過那是另一種教育。

我和愛麗卡結婚——

主持人：愛麗卡．賽德爾。

以斯拉：對，愛麗卡．賽德爾，她後來成名了，不過我們結婚時，她只是舞團裡的一個女孩子，深深吸引了我。一切都是嶄新的，一切！突然就在我面前出現。對我來說，這種新奇感，這種發現的激動，展現在這位美麗絕倫的年輕女子身上。維也納出生，在維也納國家歌劇院芭蕾舞學校接受訓練，十四歲以前她和家人住在維也納，後來父母離了婚，她的母親是美國人，帶她來紐約，她就隱沒在巴蘭欽的舞團裡。我們結婚大約一年後，她在《七罪行》（*The Seven Deadly Sins*）擔任獨舞，就這樣，我再也見不到她了。這很像和一個拳擊手結婚，她永遠在訓練。演出結束後，我去後臺看她，她渾身臭得像拳擊手，所有的女孩都好臭，好像走進了第八大道的斯蒂曼健身房。她有一張小猴子的臉——在舞臺上不是那樣，在舞臺上，她的臉是一個巨大的頭骨，只看得到眼睛耳朵。但到了後臺，她看起來像是和穆罕默德．阿里（Muhammad Ali）打了十五局。總之，我老是見不到她，我發現了那個時代很少有男人會發現的東西：一個全神貫注做自己的事的女人，而且與她所做的事融合為一。因此，我們分手了，我的心慢慢轉向了另一個舞者，非明智之舉。達娜。

主持人：達娜・普洛克。

以斯拉：達娜的舞蹈成就始終比不上愛麗卡，但她很不簡單。我不知道我為什麼又這麼做，又做了同樣的事，然後同樣的事發生了。所以後來我和一個酒保在一起，不過她晚上同樣也不在家。

主持人：你沒有子女？

以斯拉：有了這樣的經歷，我把我的女朋友當成自己的孩子。

主持人：沒有子女，你有遺憾嗎？

以斯拉：沒有，我很愛我朋友的孩子，我會想念他們，打電話給他們，參加他們的生日聚會，但我還有別的事要忙。單一伴侶制只是有助於良好的家庭教養……。唔，我向來不太喜歡單一伴侶制，但是芭蕾、芭蕾音樂是下一個我得到的素養，然後我又認識了其他的音樂，莫札特、巴赫、貝多芬、舒伯特，我喜歡舒伯特鋼琴曲、貝多芬的四重奏、偉大的巴赫奏鳴曲、變奏曲、郭德堡變奏曲，卡薩爾斯那些咆哮的大提琴曲。人人都愛，它們都有點像〈姑娘〉了。

主持人：那我們來聽聽你的第六張唱片吧。

以斯拉：最近有個朋友給了我一本尼金斯基日記，第一版，他的遺孀羅慕拉整理的。聽說羅慕拉把她不喜歡的部份藏起來，我想那些部份和狄亞格烈夫有關，因為她忌妒狄亞格烈夫，忌妒他之於尼金斯基的影響力，連尼金斯基生病的事也怪到狄亞格烈夫頭上。總而言之，現在新版本問世了，編輯把刪除掉的部份補回來，但是我讀的是他太太整理的版本，不管這個版本做過什麼更動，照樣非常精采。這本日記讓我回到〈牧神的午後〉（*Afternoon of a Faun*），我另一個初戀。（笑）但是現在我聽得出其中的叛逆——對想像力的乖戾與奴役。唉，我們沒有尼金斯基跳牧神的影片，只好聽聽我們有的東西湊合啦，也就是德布西（Debussy）。

* * * * * * * * * * *

主持人：我們剛剛聽的是德布西的〈牧神的午後前奏曲〉（*Prélude à l'Après-midi d'un faune*），克勞迪奧・阿巴多（Claudio Abbado）指揮伊曼紐爾・帕胡德（Emmanuel Pahud）及柏林愛樂的演出。以斯拉，你曾經寫道，低潮是「難以維持的幸福之後避免不了的崩潰」，你多久會發生這種情況一次呢？

以斯拉：啊，只要陷入低潮，就是發生了這種情況。我很幸運，這種情況只發生過兩、三次。第一次，我被一個我深愛的女人拋棄。第二次，我被一個我深愛的女人拋棄。第三次是我哥哥過世時，我家只剩下我。唔，或許發生過四次吧。但是，總而言之，任何類型的低潮──情緒方面，經濟方面──都是如此，只發生在爬得太高的時候。在權力、安全、控制等虛假概念上，我們爬得太高了，於是當一切都壓到我們身上時，高點會讓低點顯得更深，由於險峻，還有由於你沒能發現暴跌即將發生而感到的恥辱。就像我說的，有時是個人問題，有時是經濟問題，有時甚至是政治蕭條的開始，多年來的相對和平與繁榮催眠了我們，我們逐漸習慣用花俏科技、客製利率、十一種不同的牛奶來緊盯生活的瑣事，造成某種向內的推進，放任它縮小了我們的觀點，使我們隱隱約約抱著期待，即使我們不去爭取、不去培植，真正必要的便利設施也會永遠保持不變。我們相信，「公民自由」這家店自有他人會去顧著，我們不必去顧。我們的軍事力量所向披靡，無論如何，瘋狂離我們起碼有一片海洋之遠。接著，我們上網訂購紙巾，抬頭忽然發現自己被放進瘋狂之中。我們心想：這是怎麼發生的？這件事發生的時候，我在幹什麼？現在思考是不是太晚了？不管怎樣，我的想像力在為時已晚的情況下任意擴大，會有什麼好處？就這一點，我有一個年輕朋友以這個方式，寫了一篇相當令人驚奇的短篇小說，討論我們多少可以透過鏡子想像出一種生活，甚至想像出一種或多或少能減少我們自身盲點的意識。從表面看，這篇小說好像與作者無關，但它其實是一幅含蓄的肖像，刻劃出一個某人決心超越她的出身、她的特權和她的天真。（輕笑）。順便說一句，這個朋友她是——唔，算了，不說了，不說她的名字。當我沒提這件事，就這樣吧。那句話是怎麼說的？戰爭是神教美國人世界地理的方式。

主持人：你不信那句話。

以斯拉：我認為許多美國人無法輕易在地圖上指出摩蘇爾的位置，但是我也認為神忙著安排大衛．歐提茲（David Ortiz）的全壘打，沒空關心教我們地理的事。

主持人：再來談談音樂吧。

以斯拉：我還剩幾張？

主持人：兩張。

以斯拉：兩張，而我們才講到我三十多歲，我們永遠講不完。我下一張唱片是史特勞斯（Strauss）的《最後四首歌》（*Four Last Songs*），我在德國沒聽他的音樂，也聽不進華格納的音樂，我是後來才醒悟。我喜愛奇里．特．卡娜娃（Kiri Te Kanawa）演唱的《最後四首歌》，誰會不愛呢？

* * *

主持人：我們剛剛聽的是奇里・特・卡娜娃女爵士演唱的〈日暮之時〉（*Im Abendrot*），安德魯・戴維斯（Andrew）指揮倫敦交響樂團。以斯拉，你剛才說過，沒有子女不覺得遺憾，但事實上有傳言說你其實有一個孩子，在歐洲，傳言是真的嗎？

以斯拉：我有兩個孩子。

主持人：你有兩個孩子？

以斯拉：雙胞胎，既然你都問了。我不得不說，這個問題很不禮貌。我跟你說過我那個朋友？有一輛黑色小摩托車、帶我認識佛瑞的那個？事情是這樣的，她懷孕了，就在我要離開巴黎的時候，我在不知情的情況下回到美國。我必須回來，我一無所有，無法生活下去。

主持人：你們沒有保持聯絡？

以斯拉：我們通信了一段日子，不過她後來就失蹤了。那是一九五六年的事。一九七七年，我碰巧去巴黎待了一個星期，宣傳某本在法國出版的書。我住在出版社附近的蒙塔勒貝特酒店，我在酒吧和編輯聊天時，一個年輕女子向我走來，長得很漂亮，她用法語對我說：先生，不好意思打擾你，不過我相信你是我爸爸。我心想，好吧，如果她想這麼玩的話。所以我說，坐，小姐。她告訴我她的名字，當然還有我一聽就認出的姓氏。我認識我的法國情人吉娜維芙時，她剛好就是女孩這個年紀。所以我說，你是吉娜維芙．某某某的女兒嗎？她用法語說：沒錯，我是吉娜維芙的女兒，我也是你的女兒。我說，可能嗎？你幾歲了？她告訴我。我說，但你怎麼能確定我是你爸爸呢？她說，我媽媽告訴我的。我說，你特地到這裡等我？是。你知道我在巴黎？是。然後她說：我哥哥馬上就來。我說，哦？他幾歲了？同齡。沒錯，你有一個女兒，還有一個兒子。這個時候，我的編輯站起來說：「我們改天再討論翻譯問題吧。」

主持人：你講這個故事非常平靜，但內心一定十分震驚。

以斯拉：十分震驚，也十分開心。你看，我不必把他們養大，我見到他們時，他們已經成年了。第二天晚上，我們和他們的母親一起吃晚餐，共度美好的時光。現在，他們有了孩子，也就是我的孫子，他們迷死我了。我喜歡我的孩子，但我的法國小孫子可是把我迷死了。

主持人：你會去探望這些不為人知的家人嗎？

以斯拉：我每年去巴黎一趟，我和他們在法國見面，但很少在美國見面，這樣可以遠離流言蜚語。現在或許我會在美國和他們見面，我提供他們經濟幫助，我愛他們。我不知道有傳聞，你怎麼知道的？你是怎麼知道的？

主持人：某人告訴我。

以斯拉：「抹」人告訴我的，知道嗎，以英國腔來說，還真是好聽。

主持人：是蘇格蘭腔。

以斯拉：你是蘇格蘭人，怎麼每個人都是蘇格蘭人，接下來你會告訴我歐巴馬是蘇格蘭人。

主持人：總而言之，以斯拉，我想你會很高興有機會澄清事實，用你自己的聲音澄清。

以斯拉：哎呀，這段電臺訪問絕對比我所預料的更意味深長。我是一個父親，這個祕密曝光了，的確，這是一件奇妙的事，發生在我的身上，一件不可思議的事。我剛才跟你說過了，人生充滿了意外，即使看起來不像是意外的事，其實也是意外。當然，從受孕開始就是意外，它訂下了發展的方向。

主持人：這個事影響了你的作品嗎？

以斯拉：如果我必須養他們，那就會影響，但是我不必。我從來沒有寫過他們，沒有很明顯地寫過他們，我甚至驚訝自己現在還在談論他們。我不知道我為什麼沒有騙你，你讓我嚇了一大跳。你也是一個很有魅力的年輕女人，我則老了，添加或刪除哪些生平事蹟已經不再重要了。

主持人：你還沒有老。

以斯拉：我的靈魂老了。

主持人：最後一張唱片，我們聽什麼？

以斯拉：阿爾班尼士（Albéniz）《伊比利亞》（*Iberia*）專輯中的曲子，他在人生最後幾年完成這張專輯——我記得他是死於腎病，享年近五十歲——聽的時候，請記住一點：它出自一個即將被吹滅的思想、情感，這個壯麗的爆發、這個竄煙的火光是它遺留下來的……我來主持的話，我們就坐在這裡，聽上整整一個半小時，因為每一首都是建立在上一首的基礎上，它們各自獨立，但合起來聽會更加豐富，逐步增強的感情會讓聽眾跟著心痛。活力，天真，專注。我喜歡巴倫波因（Barenboim）的版本，部份是因為他與愛德華．薩依德（Edward Said）的合作關係。當然，也是因為薩依德去世以前寫過一篇關於晚期風格的文章——藝術家意識到，當生命即將結束時，他的藝術貢獻也將隨之畫上句點，這種體悟會影響到藝術家的風格，他的風格可能多了一種堅定和寧靜，也可能傳達出頑固、艱困和矛盾。但是，如果藝術家死時只有四十八歲，你能說這叫是「晚期風格」嗎？在全力與腎結石的劇痛搏鬥之際，他是如何譜出這麼美妙、輕鬆又充滿喜悅的傑作呢？我說過了，我很想和你一起聽完整張專輯，不過既然你現在示意我結束談話，我們就來聽第二首歌，這首歌叫〈港〉（*El Puerto*），據我所知，這種音樂叫薩帕提阿多舞曲，我猜是墨西哥的踢踏舞音樂。

* * * * * * * * * * * *

主持人：〈港〉，出自阿爾班尼士的《伊比利亞》，丹尼爾．巴倫波因（Daniel Barenboim）演出。告訴我，以斯拉，為什麼單一伴侶制不好？

以斯拉：為什麼單一伴侶制不好，好問題，因為單一伴侶制違反了自然。

主持人：寫小說也一樣。

以斯拉：同意。

主持人：但你肯定體驗過單一伴侶制的好處、樂趣。

以斯拉：沒錯，當我只有單一伴侶時。但我現在沒有性生活，好幾年沒有了。我沒有想到，少了性，生活有這麼多的樂趣。是蘇格拉底還是他的同輩說過，老年獨身禁欲如同終於從野馬的背上解脫下來，不是嗎？

主持人：獨身禁欲肯定是違反了大自然。

以斯拉：老年獨身禁欲並不違反，大自然喜愛老年人獨身禁欲。不管怎樣，我為這個物種的生生不息貢獻了我的雙胞胎，他們貢獻了他們的的孩子。我做了我的份內工作。

主持人：不知不覺中。

以斯拉：這也許是最好的，我喜歡作為進化的工具。通常是你年輕時，年輕又充滿活力，進化會說：「我需要你。」

主持人：就像山姆大叔（Uncle Sam）⓬。

以斯拉：就像山姆大叔，你這個蘇格蘭人蠻厲害的哦。進化戴上他的大禮帽，拽著他的山羊鬍子，指著你說，我、需、要、你。就是在不知不覺為進化服務的過程中，人對性產生了狂熱。

主持人：我猜這就是你從軍時勛績顯赫的原因。

以斯拉：我是打過幾場仗，有一個紫心勳章。早在六〇年代性革命開始前，我就搶灘登陸上岸。我是五〇年代搶灘登陸、在炮火中掙扎上岸的那一代人，我們英勇地在海灘上與強大的敵人戰鬥，接著花之子（flower children）⓭在我們血淋淋的屍體上遊蕩，一路經歷多次高潮。但你問的是年老，這麼老是什麼感覺，簡單的答案是，你做事時會提醒自己，看每一樣東西時，當作這是你最後一次看到它，很可能果然就是最後一次。

主持人：你怕死嗎？

以斯拉：我已經感覺到了死亡，也許我還有三年、五年、七年的時間，頂多就九年或十年了，在那之後，你就會超越老這件事（笑）。除非你是卡薩爾斯，順便說一下，卡薩爾斯也彈鋼琴，他九十多歲時告訴一個記者，他過去八十五年來每天彈奏同一首巴赫鋼琴曲。記者問卡薩爾斯，不覺得無聊嗎？他說，不會，恰好相反，每一次演奏都是一種新體驗，一場新的探索行動。所以也許卡薩爾斯永遠不會老，

⓬ 一幅著名的美國募兵海報以「我需要你」為標題，山姆大叔（Uncle Sam）縮寫恰好是US，為美國的綽號與擬人化象徵。

⓭ 指西方在六、七〇年代出現的嬉皮，他們喜歡戴花，主張和平。

也許他是在演奏布雷舞曲時斷氣。但我不是卡薩爾斯，我沒有抽到「地中海飲食」的籤，我對死亡怎麼看？我不會去想死亡，我想的是全部，我的一生。

主持人：你滿意你這一生所取得的成就嗎？

以斯拉：我很滿意我已經做到最好了。我從來不逃避我的工作職責，我努力工作，盡了全力，我從不讓任何我認為我沒有盡力的東西進入這個世界。我後悔出版了一些不太重要的書？不見得，你寫出了第一本書和第二本書，才能開始寫第三本書。你不是在寫一本很長的書──這種觀點太過詩意。但是，這是這是一條生涯道路，要繼續走下去，每一部作品都是不可或缺的。

主持人：你現在在忙什麼嗎？

以斯拉：我剛剛開始動筆寫一部宏大的三部曲，事實上，今天稍早的時候我寫了第一頁。

主持人：哦？

以斯拉：沒錯，每一部有三百五十二頁，這個數字的意義我就不細說了。我從結尾開始寫，所以是結尾、開頭、中間。前兩本會是中間、開頭、結尾。最後一本只有開頭。我認為這個計畫會向世界證明我不知道自己在做什麼，從來不知道。

主持人：你認為要花多長時間？

以斯拉：噢，一、兩個月吧。

主持人：告訴我，以斯拉，如果海浪就要打上岸，可能把你在荒島上的所有唱片都沖走，你會跑去救哪一張？
以斯拉：天啊，只能一張，這個島在哪裡？
主持人：非常非常遙遠。
以斯拉：非常非常遙遠，附近有沒有其他人？
主持人：沒有。
以斯拉：只有我一個人在荒島上。
主持人：是的。
以斯拉：我還可以帶什麼？
主持人：《聖經》。喜歡的話，你也可以帶《摩西五經》，或者《古蘭經》。
以斯拉：我一點也不想帶那些書，如果我再也看不到那些書，我會很高興。
主持人：《莎士比亞全集》。
以斯拉：很好。
主持人：再一本你選的書。
以斯拉：我稍後會講到。還有什麼？
主持人：一樣奢侈品。

以斯拉：食物。

主持人：我們會處理食物，不要擔心食物。

以斯拉：那麼，我要帶一個女人。

主持人：對不起，我應該先說的，你不能帶另一個人。

以斯拉：連你也不能？

主持人：不能。

以斯拉：那麼，我要帶一個娃娃，充氣娃娃，我自己選擇，我要什麼顏色都行。

主持人：我們會給你的，你的唱片呢？

以斯拉：我只選擇真心喜歡的，所以很難說我願意反覆聆聽什麼音樂。有些日子，你在《彩虹仙子》的心境，有些日子，心情是德布西。不過我認為必須是一部偉大的古典作品，在史特勞斯的《最後四首歌》中，我永遠能夠領會到翱翔之美，翱翔，我可以帶全部四張嗎？

主持人：很抱歉……

以斯拉：很難和你討價還價。

主持人：規則不是我訂的。

以斯拉：誰訂的？

主持人：羅伊．普羅姆利（Roy Plomley）。

以斯拉：他是蘇格蘭人？

主持人：時間恐怕不多了。

以斯拉：那就〈日暮之時〉吧，有了那個，我想我有勇氣熬過島上的日子，我和我的充氣女人，我們甚至可能共度美好的生活，過著靜謐的日子。

主持人：你要帶的書呢？

以斯拉：這麼嘛，絕對不是我的書，我想我會帶《尤利西斯》，我這輩子已經讀過兩遍，到目前為止兩遍。無窮的豐富，無窮的阻礙，不管讀了多少遍，都會遇到新的謎，而它能保持樂趣。況且，我會有很多時間，所以就是喬伊斯的《尤利西斯》了，還有他的筆記。我告訴你為什麼需要筆記。他的天賦，他的喜劇天賦，會逗得你樂不可支，他淵博的學識叫人興奮，都柏林這座城市就是這部書的風景，它就是這部書，不是我的城市，但是如果我和我的姐姐、我的母親、我的父親、我的阿姨、我的叔叔、我的外甥和外甥女留在匹茲堡的話，我也能做到。不過嘛，喬伊斯也沒有留下；他一有機會離開都柏林，他就逃離了，逃到了的里雅斯特，逃到了蘇黎世，最後逃到巴黎。我想他不曾回去都柏林，但他終其一生都念念不忘這座城市和它那十億個細節，念念不忘在小說中用一種全新的方式來刻劃它。

博學、機智、豐富，種種的別緻新奇……天啊，好極了！但是如果沒有筆記就做不成了。順便說一句，我沒什麼興趣拿它和荷馬史詩比較。事實上，根本一點興趣也沒有，不過我想如果到了荒島上我會開始有興趣，不然還能怎樣呢？充氣女人也許很完美，但和她在一起的時間也就只能那麼多。所以，好，我要和喬伊斯談戀愛。

主持人：以斯拉，謝謝你讓我們聽到你——

以斯拉：不過，我最喜歡充氣娃娃的一點是，沒有摩擦，我不是指肉體上，而是情感上。我很愛我的寶貝舞伶，但我們之間摩擦不斷，因為她們屬於巴蘭欽先生，不是屬於我。

主持人：你總是用佔有的語言來談論愛嗎？

以斯拉：怎麼可能不用這樣的語言！愛是變化無常的，是桀驁不馴的，是鎮壓不住的。我們盡力馴服，為它命名，為它計劃，甚至也許在六點到十二點之間遏制它，或者你如果是巴黎人，那是五點到七點之間。但就像這個世界上許多可愛的和不可抗拒的東西，愛終究會從你的身上撕下來，在這個過程中，你有時還會被抓傷。在生活中最具挑戰的混亂和不定形的事物上，試圖強加秩序和形式，這是人類天性。為了這麼做，我們之中有一些人起草法律，或在道路上畫線，或在河流上築孀，或隔離同位素，或製作更舒適的胸罩。我們之中有一些人則是發動戰爭。也有人寫書，最會幻想的人寫書。我們別無選擇，只能把清醒的時間花在整理和理解持續不斷的混亂上，在形式和比例根本不存在的地方偽造形式和比例。正是這種衝動，這種馴服和佔有的狂熱——這種必要的愚蠢——點燃了愛，維持著愛。

主持人：但是你不認為在愛中建立自由很重要？自由和信任？不帶盼望的理解？

以斯拉：下一張唱片。

主持人：既然我們知道了你其實有子女，以斯拉，有遺憾嗎？

以斯拉：遺憾我沒有早點遇見你，這是你謀生的工作嗎？

主持人：對。

以斯拉：你喜歡嗎？

主持人：當然。

以斯拉：當然。你知道的，我認識一個住在西班牙的詩人，非常出色的西班牙詩人，她現在六十幾了，但三十多歲時，快三十歲或是三十出頭的時候，她非常喜歡冒險，她去馬德里的每一家酒吧，設法找到那裡最老的男人，這樣她就可以把他帶回家。和馬德里最老的男人上床就是她的任務。你做過那樣的事嗎？

主持人：沒有。

以斯拉：你現在願意開始嗎？
主持人：也就是跟你？
以斯拉：也就是跟我。你結婚了嗎？
主持人：結婚了。
以斯拉：已婚，唔，這點並沒有阻止安娜．卡列尼娜（Anna Karenina）。
主持人：沒有。
以斯拉：也沒有阻止艾瑪．包法利（Emma Bovary）。
主持人：沒有。
以斯拉：會阻止你嗎？
主持人：安娜和艾瑪都沒有好下場。
以斯拉：孩子？
主持人：兩個。
以斯拉：兩個孩子和一個丈夫。
主持人：對的。
以斯拉：好吧（笑），讓我們忘掉他吧。我覺得妳是一個很有魅力的女人，我覺得非常愉快。我明晚要去聽音樂會，我有兩張票，我一個朋友本來打算和我一起去，但我相信他願意改天再去。了不起的毛利齊奧．波里尼（Maurizio Pollini）來了，他要表演貝多芬最後三首鋼琴奏鳴曲。所以，我問妳的最後一個問題？在《荒島唱片》節目中？明天晚上，毛利齊奧．波里尼將在皇家節日大廳演出，我只能帶一個女人，我希望那個女人是妳。所以，小姐，妳說呢？妳有興趣試一試嗎？

謝詞

愛麗絲在第四十四頁和四十五頁所讀的兩段文字出自馬克・吐溫（Mark Twain）的《頑童歷險記》（*Adventures of Huckleberry Finn*），特別是二〇〇一年發行的Modern Library Paperback Edition版本。

第四十六頁的文字出自尚・惹內（Jean Genet）的《竊賊日記》（*The Thief's Journal*），特別是Grove Press一九九四年發行的版本。

第四十七頁第一段的文字出自阿爾貝・卡繆（Albert Camus）的《第一人》（*The First Man*），特別是一九九六年發行的First Vintage International Edition版本。

第四十七頁的第二和第三段出自亨利・米勒（Henry Miller）的《北回歸線》（*Tropic of Cance*），特別是Grove Press一九九四年重新發行的版本。

第四十八頁和第四十九頁的文字改編自Parkmed Physicians of New York所提供的衛教手冊。

以斯拉在第六十九頁和七十頁朗讀的段落，是詹姆斯・喬伊斯（James Joyce）於一九

○九年十二月八日寫給妻子諾拉的一封信，摘自《詹姆斯・喬伊斯精選書信》（*Selected Letters of James Joyce*），此書最早由Faber and Faber Limited於一九七五年出版，一九九二年再版。

如愛麗絲所說，第七十二頁以斯拉唱的歌詞出自〈*My Heart Stood Still*〉，理查・羅傑斯（Richard Rodgers）譜曲，勞倫茲・哈特（Lorenz Hart）作詞，以及九月歌〈*September Song*〉，寇特・威爾（Kurt Weill）譜曲，馬克斯韋爾・安德森（Maxwell Anderson）作詞。

愛麗絲在第八十四頁畫線的文字也是出自卡繆的《第一人》，特別是一九九六年的First Vintage International Edition版本。

如以斯拉所指，他在第八十六頁朗讀的「駁船船夫」段落出自《塊肉餘生錄》（*The Personal History of David Copperfield*），特別是Bradbury & Evans一八五〇年發行的版本。

第九十二頁和九十三頁的歌詞出自歌曲〈海平線上〉（*Beyond the Blue Horizon*），萊奧・羅賓（Leo Robin）、理查德・懷廷（Richard A. Whiting）和W・弗蘭克・哈林（W. Franke Harling）創作。以斯拉跟著樓・克莉斯蒂（Lou Christie）的版本一起唱。

愛麗絲在第九十七頁和九十八頁所閱讀的文字，摘自基塔・瑟倫利（Gitta Sereny）的《進入黑暗：檢驗良心》（*Into that Darkness: An Examination of Conscience*），特別是一九八三年發行的First Vintage Books Edition版本。

第九十九頁的文字摘自漢娜・鄂蘭（Hannah Arendt）的《平凡的邪惡：艾希曼耶路撒冷大審紀實》（*Eichmann in Jerusalem: A Report on the Banality of Evil*），特別是一九九四年發行的Penguin Classics版本。

第一〇〇頁至一〇一頁的文字是出自基塔・瑟倫利（Gitta Sereny）的《進入黑暗：檢驗良心》（*Into That Darkness: An Examination of Conscience*），特別是一九八三年發行的First Vintage Books Edition版本。

第一〇三頁的段落出自普利摩・萊維（Primo Levi）的《奧斯威辛的生存：納粹對人性的攻擊》（*Survival in Auschwitz: The Nazi Assault on Humanity*），特別是Collier Books/Macmillan Company出版社一九九三年發行的版本。

第一一八頁關於裁縫師喬迪的故事，摘自一九七八年出版的《飛快》（*Lickety Split*）。

第一六三頁引用的旁白來自Ted Steeg編劇、製作的陪審團義務介紹影片，片名為《該你了》（*Your Turn*）。

正如阿馬爾指出，第二三一頁引用的歌詞出自〈他們都笑了〉（*They All Laughed*），由喬治・蓋希文（George Gershwin）作曲，埃拉・蓋希文（Ira Gershwin）作詞，查特・貝克（Chet Baker）演唱，只做了少許修改。

第二四五頁至二四八頁所概述引用的《荒島唱片》，為蘇・勞利訪問約瑟夫・羅特布拉特（Joseph Rotblat），該集在一九九八年十一月八日播送。

艾勒斯戴在第二七四頁提到的詩是曼德爾施塔姆（Mandelstam）未命名的作品，艾勒斯戴的英文轉述根據Leeore Schnairsohn自俄文原文的翻譯。

如同以斯拉的回憶，他在第三二〇頁所引述的詩出自卡明斯（Cummings）之手：《不用了，謝謝》（*No Thanks*）中的第二十四篇，這本詩集最初由卡明斯於一九三五年自行出版。

國家圖書館出版品預行編目（CIP）資料

非對稱：愚蠢或瘋狂，哪一個描述了你的世界？／
麗莎・哈利迪（Lisa Halliday）著；呂玉嬋譯.
-- 初版. -- 新北市：臺灣商務, 2020.12
352 面；14.8×21 公分
譯自：Asymmetry

ISBN 978-957-05-3289-0（平裝）

874.57 109014825

Muses

非對稱
愚蠢或瘋狂，哪一個描述了你的世界？

作　　者一麗莎·哈利迪（Lisa Halliday）
譯　　者一呂玉嬋

發 行 人一王春申
選書顧問一林桶法、陳建守
總 編 輯一張曉蕊
責任編輯一劉柏伶、徐鉞、廖雅秦
特約編輯一謝淑雅
封面設計一兒日設計
內頁設計一黃淑華

行銷組長一張家舜
影音組長一謝宜華
業務組長一何思頓
出版發行一臺灣商務印書館股份有限公司
23141新北市新店區民權路108-3號5樓（同門市地址）
電話：（02）8667-3712　傳真：（02）8667-3709
讀者服務專線：0800056196
郵撥：0000165-1
E-mail：ecptw@cptw.com.tw
網路書店網址：www.cptw.com.tw
Facebook：facebook.com.tw/ecptw

局版北市業字第993號
初版一刷：2020年12月
印刷廠：鴻霖印刷傳媒股份有限公司
定價：新台幣380元

法律顧問一何一芃律師事務所